Persuasion

by Jane Austen

勸服

珍・奧斯汀◎著　　簡伊婕◎譯

好讀出版

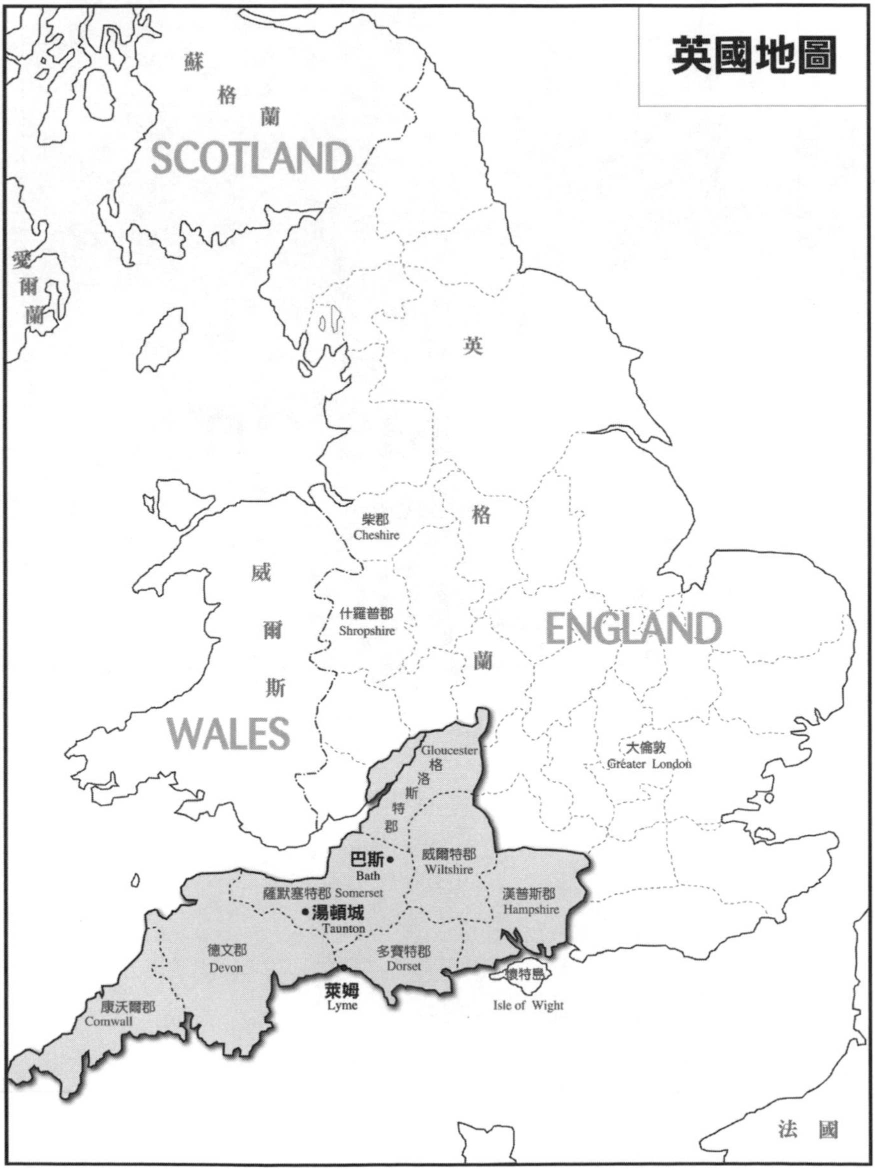
英國地圖
蘇格蘭
SCOTLAND
愛爾蘭
英格蘭
ENGLAND
柴郡
Cheshire
威爾斯
WALES
什羅普郡
Shropshire
Gloucester
格洛斯特郡
大倫敦
Greater London
巴斯
Bath
威爾特郡
Wiltshire
薩默塞特郡 Somerset
湯頓城
Taunton
漢普斯郡
Hampshire
德文郡
Devon
多賽特郡
Dorset
懷特島
Isle of Wight
萊姆
Lyme
康沃爾郡
Cornwall
法國

※巴斯市區，由南邊的舊城區往北邊的新市區，地勢逐漸攀升，越往上爬越是爬坡。

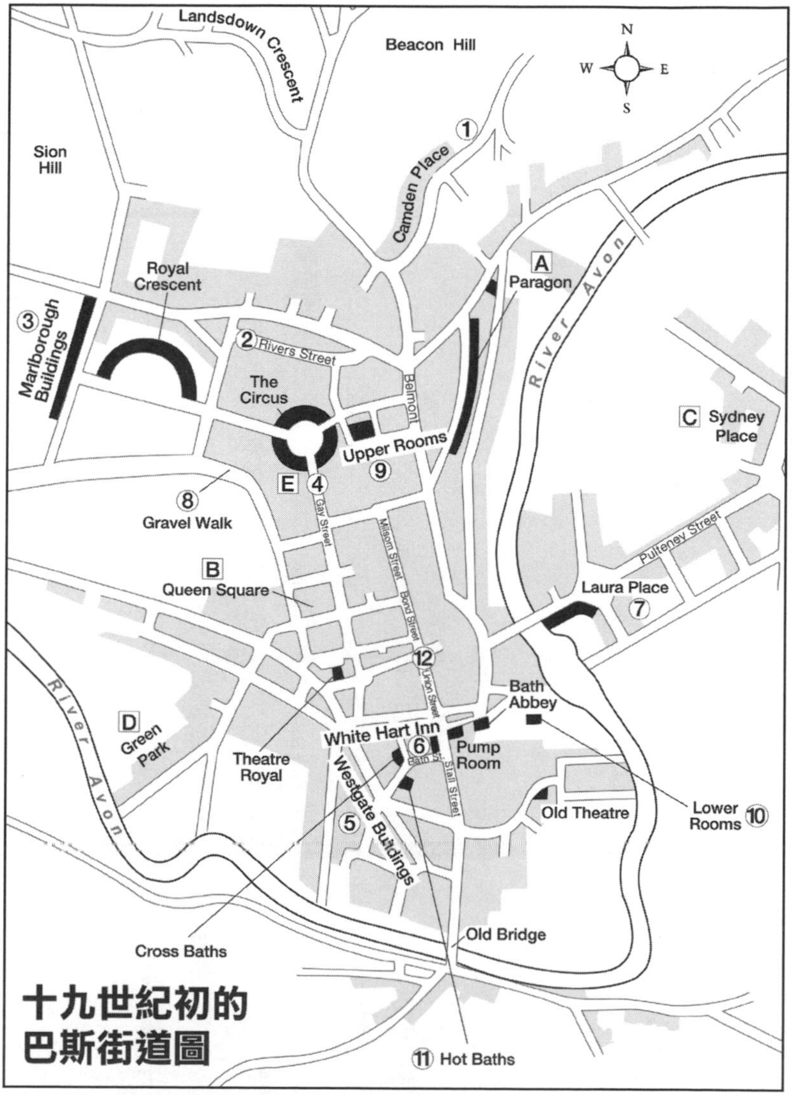

①坎登廣場，沃特爵士一家新住所，位在新市區最北端，地勢最高，寓有地位至高之意。現名Camden Crescent。
②里弗斯街，羅素夫人居於此，表示地勢／地位次之。
③懋李羅住宅區，華利斯上校夫婦居於此，表示地勢／地位再次之。
④蓋街，卡夫特司令官夫婦居於此，位置不致太高或太低，令虛榮的沃特爵士頗感滿意。
⑤西門住宅區，史密斯太太居於此，位在舊城區，近溫泉浴場，地勢／地位最低，令沃特爵士十分鄙夷。
⑥白鹿旅店，瑪斯格羅夫太太與家人下榻於此，瑪麗目睹艾略特先生與克蕾太太在附近親密交談。
⑦羅拉廣場，孀居的道林波子爵夫人及其女兒居於此，是十分寬敞與氣派的住宅區。
⑧貴佛道，一條幽靜的散步道，安與溫特伍上校重拾戀情後，散步至此互訴心境。
⑨新社交堂，全名Upper Assembly Rooms，位在新市區，安與溫特伍上校參加在此舉辦的音樂會，愛情希望再度萌生。
⑩舊社交堂，全名Lower Assembly Rooms，位在舊城區，毀於1820年一場火災。
⑪巴斯的其中一座溫泉浴池，離史密斯太太的住所最近，她都來這裡浸浴治療。
⑫聯合街，上承新市區的Milsom Street，下接舊市區的Stall Street。

A Paragon，珍．奧斯汀第一次到巴斯，即居於此。
B Queen Square，1799年，珍．奧斯汀居於此。
C Sydney Place，1801年，珍．奧斯汀居於此，她在這裡住最久。
D Green Park，短暫離開巴斯一陣子的珍．奧斯汀，1804年返回後即居於此。
E Gay Street，1805年，珍．奧斯汀居於此。這一年她的父親過世，她和家人亦從此搬離巴斯。

第一章

Persuasion

凱林奇府邸，位處英格蘭西南部的薩默塞特郡，府邸主人沃特・艾略特爵士消遣之道自成一格，不論閒來無事或心煩意亂，他總是樂此不疲讀著同一本書《從男爵名冊》①。根據書裡記載，包括自己所屬家族在內，這些最早獲封從男爵②爵位的家族可謂十分珍稀，每每使他激起無限敬佩和尊榮之心，家中大小事頓時不再令人心煩如麻，反倒轉念爲寬容以待、平淡以對。然而，當他翻閱那些才剛於上個世紀獲封爵位的各家族書頁時，發現竟氾濫不可盡數，無能讀之；或是當其他頁面亦無法吸引他的目光時，幸好，還有尊貴的家譜能讓他百讀不厭。這本他最心愛的書總是敞開落在他最心愛的一頁——

凱林奇府邸・艾略特家族

沃特・艾略特，生於一七六〇年三月一日，於一七八四年七月十五日，與格洛斯特郡的南方公園區③鄉紳詹姆士・史蒂文森之女——伊麗莎白結婚。他與艾略特夫人（於一八〇〇年辭世）育有三女——長女伊麗莎白生於一七八五年六月一日，次女安生於一七八七年八月九日，死產男嬰生於一七八九年十一月五日，三女瑪麗生於一七九一年十一月二十日。

以上便是書上所載，一字不差。不過沃特爵士添了幾筆，追加補充家族近況。他在瑪麗的生日後面加上「於一八一〇年十二月十六日，與薩默塞特郡的厄波克羅斯村④鄉紳查爾斯・瑪斯格羅夫之子嗣查爾斯結婚」，並不忘補記艾略特夫人去世的確切日子。

接下來的家譜篇幅，則以一般性口吻述說這支古老尊貴的艾略特家族發跡歷史：家族最早如何定居於英格蘭西部的柴郡，並且收錄《貴族名錄》⑤所載的事項——家族的某某人曾於郡政府服務、誰曾在某選區連續三屆當選國會議員，他們是如何盡忠職守、憂國憂民；家族的某某人如何在英王查理二世加冕那一年，受封爲從男爵；還有歷代從男爵夫人的名字如瑪麗、伊麗莎白等等也在列……這些光輝顯赫的家族歷史，洋洋灑灑記載於十二開本大小的書冊裡，共計兩大頁。文末並印上了艾略特家族的家徽，以及銘辭——**「主宅 凱林奇府邸・薩默塞特郡」**。銘辭底下，沃特爵士不勞其煩地以親筆寫上「推定繼承人⑥，第二代沃特爵士的曾孫——鄉紳威廉・沃特・艾略特」。

沃特爵士相當愛慕虛榮，於內重視外表，於外重視社會地位。年輕時，他是個風度翩翩的俊秀男子，如今來到五十四歲年紀，仍是個十足體面的男人。他比一般女士更重視外表，甚至比任何一名攀附了當今新興貴族光環的僕從，更爲自己的社會地位感到沾沾自喜。沃特爵士一向認爲，一名紳士擁有從男爵爵位是莫大恩典，具備不凡相貌則屬次等福澤，而齊福雙至的他自認非常幸運，也無怪他如此自戀。

集俊美外表與社會地位於一身的沃特爵士，明白他得找位性格心智亦十分傑出的伴侶，才能與他般配。艾略特夫人生前是個非常優秀的女性，聰慧且可親，若不深究夫人當年何以一時糊塗，願嫁給內外皆浮誇的沃特爵士，那麼可說她於此後的人生裡，確實在各方面都發揮了精明的判斷力、面面俱到的處世能力。十七年的婚姻生活，艾略特夫人包容、體貼另一半，矯飾其缺點，可貴地激發出先生內在高貴的一面。艾略特夫人或許並非世上最幸福的女人，她卻在日常處世之中，在親愛的朋友與孩子身上，找到豐富的人生意義。相信辭世那一刻，對於將拋下鍾愛的一切，她必定感到依戀與不捨。艾略特夫人撒手人寰時，留下了三個女兒，當時，長女和次女分別爲十六歲和十四歲，做母親的不能不擔心這兩個正値青春年華的少女，更不可能放心把教養女兒的重責，託付給她們那狂傲糊塗的父親。幸好，艾略特夫人有位通曉事理、行止得宜、受人尊敬的女性摯友，她與艾略特夫人十分投緣，後來乾脆搬到凱林奇村⑦居住。艾略特夫人過世後，母親生前亟欲爲女兒奠定良好教養與處世準則的重任，便義不容辭落到了這位滿懷慈藹與饒有見地的摯友肩上。

雖然大家一直猜想，這位摯友和沃特爵士是否會結婚，但艾略特夫人辭世十三年來，他們始終維持著近鄰與密友的關係，即便至今，他們兩位，仍一個是寡婦，一個是鰥夫。

這位摯友正是羅素夫人，有點年紀、心性穩定、手頭綽裕的她，不太可能想再婚，這完全不需向外界多解釋些什麼，反倒在一般人觀念裡，女性再婚，比起守寡更有爭議呢！但沃特爵士仍保持單身，則有待解釋。如同大家所見，這麼多年來，他一直爲自己感到驕傲，自認是個顧及女兒感受而始終無意再娶的好父親（事實上，他曾試圖發展過一、兩次關係，但都失望的無疾而終）。一切都是爲了女兒？爲了長女伊麗莎白，沃特爵士倒眞有可能放棄一切（儘管一定會放棄得很勉強、不情願）。十六歲時，伊麗莎白便繼承了死去母親的一切，包括女主人的權力與社會地位；她的面貌姣好，長得與父親十分相像，對父親的影響力向來舉足輕重，這對父女也一直相處融洽。相較之下，沃特爵士的另外兩個女兒則顯得無足輕重。三女瑪麗，在父親心中之所以尚有一丁點表面的影響力，是因爲她嫁入還算有社會地位的地主家族，成了鄉紳查爾斯・瑪斯格羅夫的夫人。次女安，氣質優雅、性情溫和，眞正懂她的人無不給予極高評價，並由衷欣賞她、喜愛她，然而她的父親與姐姐卻視她爲無物，在他們心中，安說的話毫無分量，安的需求也總受到漠視與犧牲；安，就只是個名字罷了，她的存在可有可無。

對羅素夫人而言，安則是她最疼愛的教女、最貼己的朋友。三個教女，羅素夫人個個都疼愛，但只有溫文達禮的安，能使她憶起孩子們死去母親的身影。

幾年前，安・艾略特仍是個出落得相當美麗的女孩，沒想到美貌竟快速消殞，不過即使在她芳華正茂時，沃特爵士也不曾讚賞她的容貌（或許是因安的細緻五官、散發溫柔氣息的黑眼珠，與父親一點也不相像的緣故）。沃特爵士從不認爲安很美，如今，安的芳華已褪、身形瘦弱，想贏得父親珍視的目光，自然更不可能。沃特爵士過去從不曾、現在更不抱希望想像，有關安的婚姻記述，可能出現在他最喜愛的《從男爵名冊》之中。他相信，伊麗莎白才是那個能覓得門當戶對婚姻的女兒；畢竟，瑪麗僅能算是嫁入富裕的古老地主名門，身爲從男爵的千金，這樁聯姻是瑪麗爲夫家添了尊貴的社交光環，艾略特家什麼好處都沒沾上。終有一天，伊麗莎白一定能找到合適的對象。

花樣青春究竟能盛放多久，這事兒誰也說不準。有時，一個二十九歲女人的嬌豔魅力，比起她在十九歲年紀時更有過之而無不及。這的確可能。一般而言，任何人在這段最青春寶貴的十年歲月中，若無任何病痛纏身也無勞心勞力，當能繼續保有盛開的青春容顏。伊麗莎白就是最好的例子。十三年的光陰過去了，她仍是當年那位美麗的「艾略特小姐」，歲月寬厚，臉龐無痕。或許是這份不老魅力，使沃特爵士一廂情願忘了伊麗莎白的眞正年紀，半盲目半癡愚地以爲，他和伊麗莎白將能青春永駐，儘管所有人都邁向年老色衰。沃特爵士清楚看見，他的另外兩個女兒及熟人舊識，全都在變老。安的面容憔悴，瑪麗的膚質粗糙，他身邊的每張臉無不變得愈來愈醜，尤其眼見羅素夫人眼角魚尾紋正急遽擴散，年華衰逝之恐怖形樣，不能不令他感到焦慮心煩。

但伊麗莎白與父親不同，她並不那麼對自己的青春美貌感到滿意。成爲凱林奇府邸女主人這十三年來，主掌家中大小事，無不得以沉著判斷力來面對，她深深明白，如此勞心費神，自己絕不可能看來比實際年齡年輕。十三年來，她對往來府邸的客人善盡地主之誼，她制定家規，甚至領銜乘坐象徵貴氣的四馬馬車，緊跟羅素夫人身後，進出薩默塞特郡內各名門貴族的客廳與餐廳。十三個天降寒霜的嚴冬，都由她爲地方上僅有的幾場名門舞會擔任開舞角色；十三個春暖花開的季節，她總是和父親前往倫敦來一場時髦渡假，盡情享受大千世界。這一切她全記得，然而她也意識到自己已然二十九歲的事實，不由得感到悲傷與憂慮。她當然對自己青春如昔的容顏甚感得意，但也擔心年華消逝的腳步逐漸逼近；她不禁期盼著，一、兩年內身邊就能出現擁有從男爵身分的適婚對象，那將再好不過。屆時，她會很樂意像年輕時的自己，捧起《從男爵名冊》好好閱讀品賞，但此刻她卻一點也不想碰它。她看著屬於艾略特家族的那一頁，永遠只見到有關自己實際年齡的殘酷敘述，底下再沒任何關於婚姻的補述（三妹瑪麗除外）；這已成了她最厭惡的一本書。好幾次，每當父親把書攤開至家族那一頁，擱在離她咫尺的桌上，她便立刻別開視線、闔上書本，把書推開。

爲了婚事，伊麗莎白曾有一段傷心過往，而那本書記載家族歷史的種種文字，更每每勾起她的傷心往事。家族歷史文末提到的「推定繼承人，鄉紳威廉・沃特・艾略特」，正是使她傷透心的人。無奈的是，此人卻是父親未來將傳遞世襲從男爵身分與家業的對象。

當她還是小女孩時，伊麗莎白便知道，她如果沒有弟弟，堂兄威廉・沃特・艾略特就會繼承父親的從男爵爵位，所以她注定要與艾略特先生結婚；事實上，她父親也一直如此認定這門婚事。艾略特先生當年還是小男孩時，沃特爵士並不認識他，但艾略特夫人過世後，沃特爵士便急於與之相熟，不過艾略特先生那廂回應卻不熱烈；沃特爵士仍期盼與之建立情誼，甚至自圓其說，視艾略特先生的冷淡態度爲年輕人含蓄羞怯、不擅社交的表現。某年春天，沃特爵士父女倆到倫敦旅行，當時伊麗莎白青春正茂，然艾略特先生對此番引見卻表現得猶如強迫中獎似的不甚情願。

那時，艾略特先生還很年輕，正在研讀法律。初次見面，伊麗莎白便感覺他是個很親切和善的男士，更加堅定了討好他的心意。父女倆邀請艾略特先生到凱林奇府邸作客，那一年之中，他們不斷談論著他，期盼他的到來，他卻始終沒出現。翌年春天，他們再度於倫敦會面，艾略特先生的行止仍是那般親切和善，父女倆亦再次盛情邀請他至家中作客，他們深切期望，又再度失望。這之後，卻接獲他與別人結婚的消息。很顯然，艾略特先生並不稀罕成為艾略特家族的繼承人、擁有從男爵身分，他為了拋開世襲束縛、追求個人自主，不惜紆尊降貴，與一名富有但出身低下的女性結婚。

對於艾略特先生結婚一事，沃特爵士深感受辱與氣憤。身為艾略特家族的大家長，理應有權受知會並過問此婚事，尤其他還曾在公開場合帶著這名年輕人露面哪！「一定有人見著我們在一起，」沃特爵士說：「一次在海德公園附近的塔特索賽馬拍賣市場，另外兩次在下議院的大廳。」沃特爵士嚴詞反對這樁婚事，艾略特先生卻不當一回事。艾略特先生毫無辯解之意，還表示如果沃特爵士認為他不配再接受家族的多方照顧，那便這麼辦吧，他可一點也不在乎。自此，雙方便不再往來。

那段與艾略特先生的尷尬往來，即使晃眼多年已過，伊麗莎白仍憤怒依舊。畢竟她確曾眞心喜歡艾略特先生，加上對方又是父親的繼承人，帶著對自己名貴出身的自傲感，伊麗莎白因而認定，唯有艾略特先生，才能與身為從男爵長千金的她完美匹配；而且，可不是所有能唸出名號的從男爵，她都看得上眼。可悲如艾略特先生，竟為自己結了一門毫不相稱的婚姻，這樣的人著實不值得她再留戀。儘管如此，此時此刻（一八一四年夏天）伊麗莎白仍不忘應有禮數，繫上了黑絲帶，哀悼艾略特先生的喪偶之痛。隨著妻子的過世，若艾略特先生沒再犯下什麼更糟的作爲，他那有失體面的第一樁婚姻，或許終將受到淡忘，不再可鄙。然而，他偏不反省與自愛。根據幾個向來喜歡在人後說長道短的朋友所言，艾略特先生曾以大不敬的口吻談論沃特爵士一家人，甚至蔑視自己尊貴的家族出身，更不在乎他未來將繼承什麼從男爵爵位。艾略特先生此等行止，實難可恕。

這些事，幾乎就是伊麗莎白生活中所心繫的了。她的生活場景全然優雅卻單調，外在富足但內在貧瘠，難怪她需要找點煩憂自擾、製造情緒起伏，爲平淡的鄉居生活添點變化，也可塡補日常生活的空虛，畢竟她平日既不出門多方請益就教，在家也未曾培養任何雅趣嗜好。

但現在又多了件令人心煩的事：「父親爲錢煩惱已有一段時日。」伊麗莎白知道，父親老捧著《從男爵名冊》閱讀，是想暫時忘卻惱人的金錢問題，無論是爲了沉重的帳單支出，抑或意識到財務代理人⑧薛波先生對家中經濟陷入窘境的暗示。凱林奇的地產是相當可觀的，問題出在沃特爵士不善理財管治。艾略特夫人在世時，家中經濟自有其掌管節流之道，從未入不敷出，但夫人一過世，務實理財作法也隨之消逝；從那時起，沃特爵士便一直超支度日。然而要他減少支出是不可能的，畢竟他的花費無一不是從男爵該有的生活格局。儘管沃特爵士無可責難，但隨著負債情況愈來愈嚴重，實情也愈來愈難對女兒相瞞。去年春天，父女倆到倫敦渡假時，沃特爵士曾稍稍暗示伊麗莎白這情況，甚至直接了當地問：「我們有沒有辦法縮減開支？妳能否幫忙想想什麼支出是可以省下的？」伊麗莎白一聽大驚，繼而急切地、自恃見解允當地認眞設想對策。最後，她提出兩項作法：中斷不必要的慈善捐款、放棄翻新客廳的裝潢；提出以上權宜之計後，隨即她又沾沾自喜再提出一項：以後，每年不需再從倫敦帶禮物給安，這筆支出也可以省下來。這些節流的小作法固然很好，卻對家中財務大洞於事無補，沃特爵士驚覺得趕緊向女兒坦承事情的嚴重性。伊麗莎白瞭解一切後，和父親一樣，除了哀嘆命運不濟，再也無計可施。父女倆誰都不願提出任何有損體面尊嚴、犧牲生活享受的撙節之道。

礙於凱林奇府邸資產的繼承問題，沃特爵士僅能自由處置其中極小部分的資產，然即使他把這些僅有土地全賣掉，也無助解決龐大債務⑨。他能接受拿這些土地進行抵押，但絕不可能賣掉它們。土地絕不能賣，賣了對他的聲名來說是莫大恥辱。凱林奇的地產，必須像他當初繼承那般，完好無缺地傳承下去。

沃特爵士和伊麗莎白決定向兩位最值得仰賴的朋友請益，一位是住在鄰近鎮上的薛波先生，另一位則是羅素夫人。父女倆十分期待，這兩位是否有人能在不犧牲他們舒適生活與尊貴面子的前提下，幫忙想出讓家裡脫離經濟窘境、縮減開支的好法子。

譯註：

①*The Baronetage of England*，一本介紹英國從男爵及其家族歷史的指南，分上下兩冊，由出版家John Debrett首次出版於一八〇八年。

②從男爵（Baronet），英國榮譽制度中位階最低的爵位，世襲但非貴族，位在最低階貴族男爵（Baron）之下、騎士（Knight）之上。此爵位由英王於一六一一年設立，當時國家需要民間贊助金錢以養活軍隊士兵，故設定條件開放有錢人以金錢換取爵位。英國榮譽制度，是封建制度下的階級劃分，可分為貴族和平民。除了王室，其下的貴族共可分五等（公／侯／伯／子／男爵），均為世襲，一般統稱為勛爵Lord），貴族之下、平民之上另有兩等爵位：從男爵（世襲）與騎士（非世襲），均非貴族，僅為榮譽封號，一般都以爵士（Sir）敬稱之。

③此為虛構地名。

④此為虛構地名。

⑤*Dugdale*，一本介紹英國十七世紀貴族的名冊，由英國內戰時期的歷史學家Sir William Dugdale（曾編寫《從男爵名錄》）所編纂，一六七五年和一六七六年都曾出版。

⑥heir presumptive，指未來將繼承沃特爵士爵位和財產的艾略特先生，但如果沃特爵士未來有了兒子（血緣更近的男性親屬），他則會失去繼承權。

⑦此為虛構地名。

⑧agent，沃特爵士的財務代理人兼律師。

⑨沃特爵士的財產幾乎都是限定繼承（entail）的財產，意即他得將這些財產交予繼承人，但其中他也有一小部分財產不在此限，可以自由進行買賣，或與限定繼承財產分割開來。

第二章

Persuasion

律師薛波先生是個態度恭謹的人，不論他對沃特爵士的影響力如何，或是沃特爵士對他的評價如何，他一向小心翼翼、明哲保身，從他口中沒可能說出任何不中聽的話。因此，他推託自己想不出好法子，但有個小小建議，那就是聽取羅素夫人的高見。眾所皆知，羅素夫人是個明白事理的人，薛波先生十分希望夫人能提出解決凱林奇府邸財務窘境的治本方案，並衷心期望他的當事人能採納建議。

羅素夫人對這狀況感到很憂心，急於幫忙想方設法。人情練達是她的特色，她絕不輕躁而行。就眼下這狀況而言，有兩個相對立的重要原則在她心中天人交戰，使她很難提出定見。若是自己碰上這種債台高築窘境，以她絕對正直務實、注重榮譽的個性，事情該怎麼辦便怎麼辦。然而，從一般人該具備的通情達理角度，她很希望有種作法能兼顧沃特爵士的心情、維護艾略特家族的聲譽，還能照應到這尊貴家庭的一切期望。羅素夫人是一位很寬大仁慈的女性，而且生性熱情、行止端正、嚴守禮儀、教養得宜，她可說是處世完美楷模。此外，她的心智陶冶完熟，思想相當理性，言行也很一致，唯獨過於重視家族出身。羅素夫人太過重視社會地位使她有些盲目，對那些坐擁名利之人身上的缺點、所犯的缺失，視而不見。她的身分僅爲騎士①遺孀，因此對於具有從男爵爵位的沃特爵士，敬重有加。撇開沃特爵士做為一名老朋友、貼心的鄰居、親切的主人、摯友的丈夫、安與她兩姐妹的父親這些身分不談，光是做為一名從男爵，面臨如此困窘的財務難關，羅素夫人認爲，沃特爵士理當被待以無限的同理心與關心。

他們必須縮減開支，此點無庸置疑。爲了達成目標，羅素夫人很是焦慮，擔心讓沃特爵士和伊麗莎白受任何一點苦。她擬了節約計畫，做了精確估算，並出人意表地徵詢了安的意見，畢竟似乎誰也不覺得，安會對這問題感興趣。夫人尋求安的意見，她最終擬定並提交給沃特爵士的計畫，其中即大舉採納了安的建議。安所提出的每項修正方案，無不務求放下驕傲姿態，對負債現況誠實正直以對。安期待作法更積極、改善更全面，以求早日脫離負債，且認爲此時此刻沒有比誠實正直更重要的態度了。

羅素夫人一邊看著手上的資料，一邊說：「如果我們能說服妳父親接受這一切，許多事都會好辦許多。如果他願意採納這些節約計畫，七年內就能還清債務。我希望我們能讓沃特爵士和伊麗莎白明白，凱林奇府邸的尊貴聲名源遠流長，並不會因爲生活方式的忖度縮減而有絲毫減損；甚至在眞正明眼人看來，沃特爵士採取的原則與作法是相當明智的，又怎可能使他失卻任何一分尊嚴。事實上，負債就該清還，其他許許多多的王室貴族不也同樣這麼做，而且本該這麼做嗎②？沃特爵士節流還債的作法絕非特例，怕的是不這麼做，日後將招致更痛苦的後果。我是眞心希望能說服妳父親。我們得表現出嚴肅而堅定的態度，雖然妳父親貴爲一名紳士與一家之主的心情，我們也需加以設想照顧，但更重要的，是保全他做為一個人該有的誠實正直人格。」

安希望父親根據誠實正直原則行事，也希望父親的朋友同聲一氣地加以力勸。她認為要想快速解決所有應還債務，就得全方位縮減開支，如果不這麼做，她看不出一個人有什麼品格可言；她希望這一點能列入計畫中，並當成責任義務來實行。安雖然相當看重羅素夫人的影響力，但對於這份發自她內在道德良心驅使而擬定的嚴正節流計畫，她認為無論是全面節流或半套改革，要想說服他們同意，恐怕不太容易。安看著羅素夫人原先擬好的折衷溫和方案，例如捨棄一對馬匹或兩對馬匹等建議，她相信以她對父親和伊麗莎白的瞭解，他們無論如何一定都很難接受，少了享受與派頭，就是痛苦。

安所提出的全面節流計畫終究沒能提出，因為就連羅素夫人的溫和提案，都遭到了否決。他們無法忍受，也不能接受。「什麼！生活上的每樣享受都得犧牲。旅行、倫敦、僕人、馬匹、食物等等都縮減了，這種有失體面的生活，簡直比任何沒有爵位的紳士名流還不如。不，我寧願馬上搬離凱林奇府邸，也不願接受這些不名譽的安排，屈辱留下。」沃特爵士如此回應道。

「搬離凱林奇府邸！」薛波先生幾乎立刻接受了這項提議。身為一名財務代理人，沃特爵士若真執行了節流計畫，他的利益也會受到波及；但他也了然於心，沃特爵士若繼續住在凱林奇府邸，經濟情況將不會有任何改善。於是薛波先生繼續往下說：「既然這提議是由當事人沃特爵士主動提出，那我也沒什麼好顧忌的了。我完全贊成這個提議。畢竟，凱林奇府邸是這麼一幢帶有歡聚宴客、名門尊貴氣息的宅院，沃特爵士居住其中，生活型態與派頭必然要相稱，不得任意改換。倘若住在其他地方，沃特爵士就可全憑自己的主張安排生活，而且無論塑造何種生活風格，他都將因建立起一套理家應有原則而受人敬重。」

沃特爵士確定將搬離凱林奇府邸，至於之後究竟將於何處安家，經過幾天猶疑考慮，總算有了初步規畫。

他們就三處落戶地點進行考量：倫敦、巴斯③，或是一棟位在凱林奇村的房子。安一心一意希望第三個選擇能雀屏中選。她的想法是，若能住在凱林奇村，他們不僅可以繼續和羅素夫人往來，距離三妹瑪麗的夫家也近，偶爾還能觀賞凱林奇一帶的蓊鬱草木以自娛。但一如往常，安的期盼總是落空。她不喜歡巴斯，巴斯讓她感覺不到歸屬感，然而巴斯終究成了她的新家。

一開始，沃特爵士傾向考慮搬至倫敦，但薛波先生擔心若住在倫敦這大都會，沃特爵士在生活開銷方面恐怕亦難自持，因此他巧言說服爵士捨倫敦選巴斯。對於經濟陷入窘境的紳士如沃特爵士，巴斯會是穩當許多的選擇；相對較少的花費，就能使他維持生活派頭，不失體面與貴氣。此外，巴斯還有兩個實質上勝過倫敦的優點，一是它同樣位在薩默塞特郡，距離凱林奇很近，僅五十哩；二是羅素夫人每年冬天都會待在這兒。羅素夫人對此結果甚爲滿意，她一開頭便建議他們選擇巴斯，而沃特爵士和伊麗莎白也在誘導之下相信，住巴斯能使他們的生活貴氣依舊、享樂依舊。

對於親愛的安，羅素夫人不得不反駁她的一心盼望，畢竟要沃特爵士自甘不名搬到凱林奇村的其他小房子，實在太離譜。若眞這麼做，到頭來安一定會發現這是何等的羞辱，沃特爵士也必定深感不快。夫人認爲安之所以不喜歡巴斯，可能出自偏見和誤解：首先，安的母親死後，她在這裡念書念了三年；其次，在那之後，安也曾在心情極爲低落的情況下，和羅素夫人在此共度某年冬天。

總之，羅素夫人本身很喜歡巴斯，因而也認定這裡適合沃特爵士一家人。至於安這位年輕朋友的健康狀況，羅素夫人認爲一年之中的溫暖月分裡，只要安和她一起待在自家的凱林奇別墅，身體就不會有什麼問題。事實上，生活中有點變化，對身心健康未嘗不是好事。安一向太少出門，認識的人不多，心情當然總是低落鬱悶；一旦入住巴斯，社交圈廣了，這些問題將會改善。羅素夫人希望她多認識一些人。

而沃特爵士之所以極不願搬到凱林奇村的其他小房子，則受到「凱林奇府邸要出租」此項原因的強化，這是縮減計畫裡一個非常重要的提案，而且一開始就已巧妙提出。這意味沃特爵士不僅得搬離此地，還得眼睜睜看它落入別人之手，這是何等的考驗，心志堅強勝乎沃特爵士的人，恐也難以承受。因此，凱林奇府邸要出租這件事得全然守密，不能被外人知曉。

沃特爵士絕無法忍受讓外界知道他要出租房子。薛波先生曾有一次提到登廣告，便不敢再提第二次。沃特爵士極度抗拒登廣告，不管是哪種作法都不行，就是不能透露任何暗示，讓外界得知他要出租房子。他的設想是，必須有一個足夠體面的承租人主動提出請求，並且一切依他的條件，還得當作是他的莫大施恩，他才願意將房子租出去。

對於喜歡的事物，人果眞很容易找到理由支持自己。沃特爵士一家人要搬離凱林奇府邸，羅素夫人之所以爲此高興還有另一原因。最近，伊麗莎白和一個朋友過從甚密，羅素夫人希望藉著搬家讓她倆中斷友情。這個朋友正是薛波先生的女兒，經歷了一段不完滿的婚姻，帶著兩個孩子的負擔回到娘家。她是個極其聰明的年輕女性，深知如何取悅別人；至少，這取悅之道在凱林奇府邸很管用。羅素夫人認爲這段友誼並不恰當，儘管她已暗示伊麗莎白要小心謹愼，但這位女性友人仍十分討伊麗莎白歡心，且已多次留宿府邸。

的確，羅素夫人對伊麗莎白幾乎毫無影響力。羅素夫人愛伊麗莎白，乃出於理所應然，而非喜愛使然。伊麗莎白對她永遠只是表面的關心，出於禮貌的殷勤。任何事，若她想使伊麗莎白改變心意，從不曾成功；她曾多次極力說服伊麗莎白，讓安也一同去倫敦旅行，因爲不讓安作陪實在是很不公平、有失體面的自私安排。在一些小事情方面，她想提出較佳的判斷與經驗供伊麗莎白參考時，也總是徒然，這位艾略特小姐永遠只按自己意思行事。不過，這回伊麗莎白如此堅決反抗羅素夫人，執意要與克蕾太太做朋友，卻是前所未見。身爲伊麗莎白的妹妹，安，不才是最値得姐姐投注感情與信賴的對象嗎？但伊麗莎白卻將這一切給了一個毫不重要、僅需保持疏淡交往的外人。

在羅素夫人看來，克蕾太太在身分地位方面與伊麗莎白極不相稱，在人品性格方面也是個很危險的同伴；因此藉著這次搬家，拋開克蕾太太，無疑是最重要的目的，艾略特小姐也將有機會與更多合適的人交朋友。

譯註：

①Knight，和從男爵一樣，都是貴族之下、平民之上的榮譽爵位，均非貴族。騎士位階較從男爵低，但非世襲，一般以爵士（Sir）敬稱，爵士的妻子則稱夫人（Lady）。羅素夫人的稱呼由此而來。

②當時就連王公貴族也會面臨舉債問題，所以沃特爵士並非特例。

③Bath，字面即「沐浴」之意，英國著名的溫泉鄉、旅遊勝地，溫泉設施建置始於西元一世紀的羅馬帝國時期。

有天早上，薛波先生在凱林奇府邸，突然放下手中報紙說：「沃特爵士，請容我說幾句話。目前，大環境對我們相當有利。隨著《巴黎和約》①帶來的和平局面，許多富有的海軍將官勢必將回到陸地上來，他們肯定都想有個家安定下來。沃特爵士，這可是千載難逢的好時機，有這麼多適合承租凱林奇府邸的理想人選哪！他們之中許多人藉著這場戰爭致了富②，如果這會兒來了個富有的海軍司令官投石問路，那可就……，沃特爵士。」

「那麼，我想他是個非常幸運的人，薛波先生。」沃特爵士回答：「我們的海軍軍官在戰爭中因爲俘獲大小敵船，換來了大量財富，而如果有人能順利拿下何其尊貴的『大船』如凱林奇府邸者，那可等於中了大獎中的大獎，可不是嗎？薛波先生。」

薛波先生聽出沃特爵士的話中有話，非常識相地笑了，並補充說道：「沃特爵士，請容我大膽地說，與海軍紳士們做生意是非常愉快的。我對他們交易的方式稍有瞭解，我必須說，他們大方爽快得很，和從事其他行業的人沒有兩樣，他們絕對是相當合適的承租人選。因此，我有個大膽建議，倘若您想出租房子的流言傳了出去（這是非常有可能的，畢竟我們都知道，這世上只要有人試著隱匿低調，就會有人好奇想知道），更何況身分尊貴如您，動見觀瞻必定受人注目（而平凡人物如我約翰・薛波，便絕不可能有人想知道我藏了什麼祕密隱而不宣）。因此，恕冒犯，無論我們如何謹愼行事，未來若仍有流言傳出，我是不至於太驚訝的。在這樣的推測下，我認爲一定會有許多承租人直接找上門（如果其中有人是富裕的海軍司令官，那眞的値得好好考慮了），並請容我再說兩句，若眞有這種情形，無論何時，我必定會在兩小時內趕到這裡，幫忙處理承租事宜，省去您回覆的麻煩。」

沃特爵士沒說話，僅點頭。但很快地，他站了起來，在房裡踱著步，一邊以挖苦的口吻說：「我想海軍紳士們，若眞來到凱林奇府邸，很少有人能不懾於這裡的氣派吧？」

「無疑地，他們一定會張望四周，然後感謝自己的好運。」克蕾太太接腔說。她之所以也在場，似乎是因只要她一來到凱林奇而身體狀況就會全好起來的緣故，薛波先生便帶著她一起來。「我十分同意父親的想法，我相信海軍中人會是非常理想的承租人。我認識很多海員，他們爲人慷慨豪爽，做事也不失細膩，整齊井然、謹愼仔細。沃特爵士，您這些珍貴的畫作到時若留在屋裡，絲毫不用擔心毀損，房子裡的一切和周遭環境，也一定會受到妥善照顧的。庭園和灌木林，全會像現在一樣得到最好的養護。艾略特小姐，您同樣不必擔心您的美麗花園會受忽略、疏於照料。」

「關於這一切，」沃特爵士冷冷地反駁著：「假使凱林奇府邸眞要出租，我可還沒決定要附帶哪些優惠條件，也並不打算特別對承租人施恩。莊園，當然一定會爲他開放，畢竟無論是海軍或從事其他行業的人，很少有人能擁有這麼一大片園子吧！至於景觀庭園的使用範圍，則又得另外考慮了。

我可不樂見外人一天到晚在我的灌木林裡散步，我也要提醒伊麗莎白得好好守護她的花園才是。這麼說好了，我並不打算對凱林奇府邸承租人提供任何額外的優惠，無論他是身在海軍或陸軍。」

一陣短暫停歇後，薛波先生接著說：「這些房東和房客之間的權利義務，一般都有慣例可循，所有事情都會規範得清楚明白、十分簡化。沃特爵士，攸關您權益的部分完全不需擔心。我在處理時一定會特別留心，確保承租人的權利不逾越其所該得。不怕您以爲我說大話，我對您權益的捍衛之心，絕對遠超乎您的想像。」

此時，安說話了。

「海軍爲我們的國家百姓付出了這麼多，我覺得，至少得使他們和各行各業的人一樣，在租屋時，擁有同等應得的舒適與優惠條件。海軍所付出的辛勞是我們無法想像的，光憑這一點，他們便值得擁有舒適的租賃條件。」

「這的確是實在話，的確是。二小姐說的話，眞是非常實在。」薛波先生回應著。「是啊，這話說得是。」克蕾太太也附和著。而沃特爵士很快地接話：

「海軍這職業有其價値，一點不錯，但我若有任何朋友是名海軍，我一定會爲他感到遺憾的。」

「噢，是嗎？」有人帶著一臉驚訝表情回答。

「是這樣，沒錯。我對海軍這職業，有兩點反感。」沃特爵士發表看法：「第一，這職業是種工具，能把一個出身卑微的人，拉抬到極不相稱的身分地位，並且爲他帶來無比尊榮，這是連他父親、祖父輩都不敢企想的人生境界。第二，這職業將恐怖地磨耗一個人的青春與活力，我對這一點知之甚詳。從事海軍，將使一個人承受比一般人更巨大的職業風險。像是，有人獲晉升卻受辱，理由是出身寒微；這人的父親，很可能是另一名出身高貴同袍的父親根本不屑一顧的談話對象，更別說要期望同袍之間能心悅誠服地相處。其次，他還可能年華老去得太快，容貌之衰醜連自己看了都嫌惡。去年春天我在倫敦時，曾於某個場合和兩個男士短暫交集，這兩人的容貌正好可佐證我前面所言。其中，聖·艾夫斯勛爵③，他父親僅是鄉下的一名副牧師，窮困得連三餐都成問題，但我卻得讓座給這位勛爵。另一位是海軍司令官鮑德溫，他的容貌受風霜摧殘之情狀遠超乎你們所能想像，臉龐呈紅褐色，皮膚十分粗糙，臉上爬滿皺紋，腦勺側邊發了九根白頭髮，頂上無毛，僅撲粉覆之。

『我的老天，這老傢伙是誰啊？』當時，我問站在身旁的朋友巴索·莫利爵士。

『老傢伙？』巴索爵士叫道：『那是鮑德溫司令官，難不成你以爲他多大年紀？』

『六十歲吧，』我說：『也許有六十二歲。』

『四十歲。』巴索爵士回答：『的的確確是四十歲。』

你們一定能想像，我當時有多驚訝吧！我絕對忘不了鮑德溫司令官。這眞是太驚人了，想不到海上生活竟能摧折一個人的容貌至此地步；就某種程度而言，我知道他們全都過著四處飄移、天候不定、風摧雨折的生活，直到最後終於刻劃出一張歷盡風霜的老臉。但令人遺憾的是，他們竟無法在來到鮑德溫司令官的年紀之前，快些結束其容顏早衰的可悲生命。」

「不不不，沃特爵士，」克蕾太太叫道：「這麼說實在太苛刻了。請給予這些悲慘之人一些同理心吧！並非所有人都生就一副漂亮臉孔的。的確，大海無情，長年在海上生活的人容貌老得快，我的確經常看到這些青春早逝的例子。然而，其他各行各業的人難道不是如此嗎？大部分人也許都是如此呢！服役中的陸軍境況不見得特別好；從事靜態職業的人必定也得勞心又勞力，即使勞心不勞力，無情歲月仍會在人臉上留痕。律師則通常日夜操煩，憔悴至極。醫生更是全天候待命，天氣再惡劣依舊得出診。至於牧師……」她停頓了一會兒，似乎在思考牧師會遭逢何種職業風險，「即使是牧師也不得不走進受病毒細菌汙染的房間，將自己的健康與容貌，全然暴露在有害病菌的危害之下。事實上，一直以來我都相信，每種職業都有其存在必要與光輝價值可言。我敢說，只有一種人能常保健康與青春：他們住在鄉間，過著規律生活，自由打發時間，做自己喜歡的事，並且依靠恆產過活，完全不用爲了生計煩惱；而其他從事各行各業的人，確實都在青春年華走下坡之際，漸漸失去美好的形貌。」

先前，薛波先生急於在沃特爵士心中營造「海軍將領會是凱林奇府邸理想承租人」的好印象，似乎有其先見之明，因爲第一位前來探問出租事宜的人，正是海軍司令官卡夫特。那次在凱林奇府邸談論房子的合適承租人選後，薛波先生和卡夫特司令官便因出席了在湯頓城召開的四季法庭④，而結識彼此。事實上早在這場會面之前，薛波先生便已從他倫敦的朋友口中，打探到卡夫特司令官有意租屋的消息。這也是他後來趕忙到凱林奇的原因，他要向沃特爵士呈報有關這位承租人選的一切：卡夫特司令官，薩默塞特郡本地人，獲得大筆財富後，希望能在自己家鄉落戶安居，先前曾為了找尋郡內附近的房子，而前往湯頓城檢視租屋廣告資訊，但都沒找到合適的房子。之後，意外得知凱林奇府邸可能要出租的消息（薛波先生特別提到，正如他先前預示，沃特爵士的動向很難密守得滴水不漏），並知道他（薛波先生）與府邸主人的關係，於是在四季法庭裡趨前自我介紹，想多瞭解有關房屋出租的細節。後來，他們談了很久，卡夫特司令官雖未實地走訪，但僅憑薛波先生的形容介紹，便表達承租凱林奇府邸的強烈意願。此外，卡夫特司令官還光明落拓地仔細向薛波先生介紹有關自己的一切。種種跡象顯示，卡夫特司令官將會是最值得信賴、最合適的承租人選。

「這位卡夫特司令官究竟是什麼人哪？」沃特爵士態度冷淡，若有似疑地詢問著。

薛波先生回答，卡夫特司令官來自紳士家庭，同時提及府邸名稱。接著在一陣短暫停頓後，安繼續往下補充：「他是白色中隊的海軍少將，曾參與特拉法加海戰⑤，之後一直待在東印度⑥。我想，他派駐在那兒應該有好幾年。」

「那想必他的臉大概就像我們家僕人制服的袖口、披肩那樣，整個呈橘黃色吧！」沃特爵士評論著。

薛波先生趕忙向他保證，卡夫特司令官絕對是位非常健壯、活力充沛、容貌好看的男士；當然，膚色黝黑了點，但絕不太過。他具備紳士般的思想舉止，應不太可能對租約條件提出異議，畢竟他的目的是覓得一個舒適的家並盼望儘早入住（當然，他知道必須爲此付出高昂代價）。他也明白一棟如此聲譽卓著、裝潢美善的房子，可能得花他多少代價承租（沃特爵士若提出更高的租金，他也必定不訝異）。他曾詢問有關莊園的使用，若能獲准在裡頭的獵場打獵將再好不過（他說自己有時會帶槍外出，但絕不殺生，眞正是位紳士哪）；然而，對這一點他其實並不強求。

薛波先生的口才辯給，爲了強調司令官是絕佳的承租人選，還特別針對其家庭狀況娓娓道來：已婚又沒有孩子，這可說是最理想的狀態了。薛波先生說道，要想把一棟房子照料得妥貼穩當，絕少不了女主人；還說，他可不知道，屋子裡少了女主人，相較於多了好幾個小孩的情況，哪一種對屋內的傢俱保存危害較大。又說，一個家庭有女主人、沒有小孩，無疑地，屋裡的傢俱將能受到女主人盡善盡美地照顧，可說是世上最幸福的傢俱了。他是見過卡夫特太太的，就在湯頓城，當時他和司令官長談房子出租事宜時，卡夫特太太幾乎全程在旁聆聽。

「感覺上，她是一位談吐舉止皆優雅的幹練女性，」薛波先生繼續描述：「她對房子本身、出租條件、租金等問題，詢問得甚至比司令官還仔細，也似乎比司令官更諳交易之道。沃特爵士，我還發現，相較於司令官，她與凱林奇這一帶的淵源似乎更深呢！過去有位紳士住在這一帶，而她正是這位紳士的姐姐，卡夫特太太親口告訴我的。她的弟弟，一名幾年前住在蒙福特的紳士；天哪，這位紳士姓什麼？我不久前才剛聽到這姓氏，怎麼一時想不起來。潘妮洛佩，我親愛的女兒，幫我想想卡夫特太太的弟弟、那位曾住在蒙福特的紳士，姓什麼來著。」

但克蕾太太和伊麗莎白聊得正起勁，完全沒聽到父親的詢問。

「薛波先生，對於你提到的這位，我毫無印象。」沃特爵士接著說：「我不記得自從川特老先生過世後，還有哪位紳士住在蒙福特。」

「天哪，眞是怪了，我怎麼一點也想不起來。我看，很快地我連自己名字也會忘記。這姓氏是我很熟悉的，我和這位紳士也非常熟稔，大概見過他一百次吧！我記得，有次他來找我商量一名鄰居擅闖他家的事；事情是，鄰居農場主人的一名工人闖進他的果園，破壞圍籬、偷摘蘋果，當場被他抓到。後來，出乎我的判斷，事情最後竟以和解收場。也眞夠怪了！」

過了一會兒，安說話了。「我想，您指的是溫特伍先生吧！」

薛波先生不勝感激。

「沒錯，就是『溫特伍』這個姓。這個人就是溫特伍先生。您知道的，沃特爵士，此人兩三年前曾在蒙福特擔任副牧師啊！我想他大約是在一八〇五年來的，您一定知道他，我確信。」薛波先生補充說明。

「溫特伍？噢，是那個溫特伍先生，蒙福特⑦的副牧師啊！你稱他爲『紳士』，這可誤導了我，我還以爲你說的是某個擁有房產的人。我記得溫特伍先生不過是個尋常人，毫無顯赫的出身或姻親關係，和史特拉福家族⑧一點也沾不上關係。眞不可思議，我們許多貴族的姓氏，怎麼會變得那麼普通常見？」

當薛波先生意識到，拉抬卡夫特家的各種裙帶關係，對沃特爵士全然起不了作用時，便很快地見風轉舵，將話題帶回司令官的家庭狀況，繼續熱烈地著墨這對承租人無可匹敵的優勢：他們的年紀、成員、財富，他們對凱林奇府邸的喜愛，期盼能順利承租此房子的心意等等。薛波先生舌粲蓮花，把司令官夫婦積極渴盼入住的心情，說得好像能成爲沃特爵士的房客是世上最幸福的事似的。若在他們知道沃特爵士對收取高額租金的盤算後，還願自命爲最幸福的房客，那可就眞的是品味獨到了啊！

無論如何，這事兒總算談定了。雖然沃特爵士一直以憎恨日光看待任何意欲承租凱林奇府邸的人；對於承租人的極度富有，也感到很不是滋味，沒想到這麼高額的租金條件，他們竟如此爽快地答應。但沃特爵士仍和薛波先生談定了此事，並准許他開始擬定合約，授權他招呼仍待在湯頓城的卡夫特司令官，選定日子來看房子。

沃特爵士並不是個明智的人，幸好他的人生閱歷還算足夠，能助他看清——從各方面而言，卡夫特司令官絕對是無可挑剔的承租人；不過，他的見識和觀察也就這麼多。把房子租給一名海軍司令官，也或多或少使他的虛榮心受到撫慰，畢竟卡夫特司令官的社會地位夠高，但又不至於太高。「我把房子租給了卡夫特司令官。」這說法聽起來體面極了，遠比僅是租給某某紳士「先生」來得氣派許多。這年頭，某某「先生」的稱號太過普遍（全國上下似乎只有五、六人，是眞正尊貴的「先生」），走到哪兒似乎都得好好解釋自己的身家來歷。司令官，這頭銜有一定的社會地位，卻又不至於高過「從男爵」的尊貴地位。在這樁交易與互動之中，沃特爵士必然是高高在上的一方。從來，凱林奇府邸的大小事都少不了伊麗莎白作主。如今，她一心只想趕快搬家，自然很高興眼下就有這麼一位承租人，並希望趕緊把事情談定且繼續進行；她對此事樂觀其成，未持任何異議。

此事將交由薛波先生全權處理。安，一直聚精會神、全程聆聽著凱林奇府邸的出租事宜，聽到事情得此最後結論，不禁漲紅了臉，趕緊步出室外，讓舒服的冷空氣鎮靜波動不已的心情。她一邊沿著最喜愛的林道散步，一邊輕嘆口氣說著：「幾個月後，『他』或許就會在這裡散步了吧！」

譯註：

①這裡是指法蘭西與歐洲多國組成的「反法聯盟」，在一八一四年五月三十日簽訂的《巴黎和約》（Treaty of Paris），但這短暫和平破裂於一八一五年拿破崙重返法蘭西奪回政權，再啓戰局。法蘭西野心家與軍事家拿破崙稱帝以來，四處擴張領土爆發戰事，使歐陸秩序嚴重失衡（統稱拿破崙戰爭），英國、俄國、普魯士等主要國家多次組成「反法聯盟」討伐拿破崙大軍。戰爭歷時十多年，法軍在一八一四年的萊比錫一役戰敗，之後法蘭西與第六次「反法聯盟」簽訂和約，拿破崙退位，被放逐到義大利厄爾巴島。但不到一年，拿破崙從島上逃出重奪政權，各國很快組成第七次「反法聯盟」，拿破崙於六月十八日的滑鐵盧戰役慘敗，之後宣布投降，隨著一八一五年十一月二十日的《巴黎和約》再次簽訂，終為拿破崙戰爭劃下句點，也為歐陸帶來和平。

②十六世紀末期，當時的英國女王伊麗莎白一世，目睹航海大發現的先驅西班牙、葡萄牙，自美洲、

非洲、亞洲運回了無數財寶與物產，意識到發展海上實力的重要，因此建立了皇家海軍，並成功於一五八八年擊敗西班牙無敵艦隊，逐步邁向海上霸權王國。時序來到十九世紀，英國皇家海軍已發展得極為成熟，在對抗法蘭西的拿破崙戰爭中，局面佔上風的皇家海軍戰艦不僅打擊敵方軍艦，也允許俘獲敵方商船，甚至是敵方私掠船（privateer，戰時由國家發予私掠許可令，默許民間船隻裝載武力掠奪敵方商船，若有餘力也可攻擊敵方軍艦），建功之餘可向皇家海軍部領賞，賞金則視俘獲的敵艦規模或商船的貨物價值而定，人人有賞，但又以司令官、艦長階級的海軍軍官能分得較高比例獎金，因此賺取大量財富者所在多有。

③珍・奧斯汀塑造此人物的原型，靈感可能來自參與特拉法加海戰一役的海軍英雄「納爾遜勛爵」（Lord Horatio Nelson），勛爵的出身是鄉下牧師之子，而珍・奧斯汀的父親亦是鄉下牧師。

④Quarter Sessions，於英格蘭、威爾斯各郡首府（文中的湯頓城為薩默塞特郡首府）每季召開的法庭，由兩位以上的治安法官（justice of the peace）與陪審團共同審理重大刑案。但四季法庭並無審判權，須交由巡迴大審（Assizes）中翩然而至的高等法院法官判決。不過，四季法庭與巡迴大審的制度，均廢止於一九七二年。

⑤十九世紀初，英國皇家海軍艦隊（fleet）底下，依等級又分紅色、白色、藍色三大中隊（squadron），以紅色中隊居首位。當時正在進行對抗法蘭西的拿破崙戰爭，其中又以一八〇五年的特拉法加海戰（Battle of Trafalgar）為歷史上最知名的一役，英國在此戰贏得漂亮，卻失去了優異的主帥納爾遜中將。

⑥泛指東南亞與印度一帶，十七世紀英國曾短暫佔領摩鹿加群島（位於新幾內亞西面，隸屬現今的印尼），後來不敵荷蘭的勢力，只好專心經營印度這塊殖民地。

⑦此為虛構地名。

⑧這是英國的一個名門世家，家族成員中有人的名字為Wentworth（溫特伍），但書中溫特伍上校的出身與此家族並無相關。

表面上看來，安所指的「他」是溫特伍先生，但其實是「溫特伍上校」。海軍上校腓德烈克・溫特伍，也就是蒙福特前任副牧師溫特伍先生的哥哥，因參與聖多明哥外海之戰①有功，擢升爲海軍中校，但並未馬上受任用，因而在一八〇六年夏天來到薩默塞特郡。由於父母雙亡，他便到郡內的蒙福特依親，在弟弟家居留半年。當年的他是個全身散發優秀光芒的年輕人，充滿智慧、才氣和抱負；安則是非常美麗的女孩，而且溫柔端莊、雅致易感。擁有這麼多美好特質的兩人，相遇注定要相愛。即使他倆各自僅展現出一半的優點，也足使他們互相吸引、墜入愛河了，畢竟當時，男方正在賦閒，女方也無其他愛慕對象。他們日漸相熟，熟悉後便很快相戀，而且愛得很深。女方接受了對方愛的告白與求婚，男方則得到全然的接納和允諾；愛情在滋長、鞏固，這種時刻誰也說不清，誰較完美，誰較幸福。

緊接著是一段美好幸福的愛情時光，但僅維持短暫。阻礙出現了。對於女兒的婚事，沃特爵士不置可否，僅以無比的驚訝、全然的冷漠與緘默消極以對，並明確表示他絕不會給女兒任何嫁妝。他認爲這是一門丟臉至極的婚事；至於羅素夫人，雖不像沃特爵士那般自視出身尊貴，卻仍有門當戶對的觀念，她也認爲這門親事絕對不合適。

羅素夫人的內心激動悲憤不已。安．艾略特，一名出身良好且美貌、內涵兼具的女性，竟想在如此年輕的十九歲年紀，丟棄她所擁有的一切。十九歲的安，竟和一個孑然一身的年輕窮小子訂了親！除了青春正盛的個人風采，此人身無長物，也毫無致富希望；前途未明，縱有機會謀職，也無顯赫姻親關係可確保升遷。但是，安卻要丟棄一切——與這樣的對象結婚肯定沒有未來，絕對是葬送未來；羅素夫人不禁悲從中來。安還這麼年輕，沒認識幾個對象，就要被一個既無顯赫姻親關係、也無體面財富的陌生人搶走，或說她竟如此紆尊降貴，成為別人的附屬品，自甘陷入磨耗青春、充滿憂苦與不確定性的生活。不行，她絕不容許這種事發生。無論是以朋友立場出面悍然干預，或以近乎母親立場、出於母愛的嚴正勸說，她都要阻止這門婚事。

溫特伍上校沒有財產。他在軍中的職運很不錯，然錢賺來得快，花去得也快，一直沒有置產。但他很有自信，相信自己很快就會變得富有；生性樂觀、充滿活力的他，認為自己很快就會當上艦長②，很快就會被派駐基地③，屆時就能賺得大量財富，擁有一切。他一向很幸運，並相信幸運之神將永遠眷顧他。就是這番自信，讓他的內在更為溫暖動人，再加上談吐風趣迷人，這些對安來說，已然足夠。惟羅素夫人對這些特質卻持相反看法。他那樂觀的性情、無所懼的心志，在羅素夫人看來全然不是這回事：若遭逢災難與不幸，此種性格只會使情況演變更糟，使他身陷更大危險，意即他雖有才氣，卻過於剛愎自用。此外，羅素夫人本身也不解幽默風趣，認為凡事過於輕率以對，必將導致不幸。總之，夫人從各方面反對這門婚事。

羅素夫人這些因出自內心厭惡而持的反對意見，安幾乎無從反抗。當時，年輕而溫順的她，若僅僅只是父親的惡意或許還可能反抗（伊麗莎白卻不曾以任何一句話或一個眼神來緩和局面），但要她反抗羅素夫人，這個她一向深愛且信賴的對象，簡直不可能；再加上，夫人當時總以一派溫柔的堅持，不斷勸她打消結婚念頭，她又怎能不被勸服。她被勸服著相信，這是一樁錯誤婚約，不夠深思熟慮、不夠門當戶對，這樣的婚姻絕不可能幸福。但安之所以解除婚約，不僅僅是出於自私考慮。相較於考慮到對自己的好處，如果不是真心為對方好、為他設想得更多，安怎可能輕易放棄他。安主動提出分手，是審慎考慮且犧牲小我、成就對方為重的決定，也只有這麼想，才能撫慰自己毅然決然提分手的痛苦。甚至，她還需要更多的撫慰，以承受男方極度不諒解的情緒反應。男方這邊，完全不能理解安的考慮，也不願接受，並對悔婚理由如此牽強尤感到十分受辱。後來，他憤而離開此地。

雖然這段關係僅維持了幾個月，然而安所承受的分手痛苦，卻非幾個月時間就能平撫。她對對方懷抱的情感與歉疚心情，持續了很長一段時間，青春歲月從此只有愁雲、不見歡樂，青春美麗的容顏也早早消殞不復見。

轉眼，那段令人傷悲的短暫愛戀，已結束七年多了。時間確實為安沖淡了許多傷悲，或許就連對對方的感情也沖刷而去了吧！但安太倚賴以時間治療情傷了，從未想過以轉換空間（唯一的一次，是在分手後不久去了巴斯）以擴大社交圈，來分散、放鬆心情。凱林奇府邸社交圈，沒有任何一位比得上她記憶中的腓德烈克・溫特伍，而在他們這小小社交圈裡，也沒有任何一位能使自視甚高的她看上眼。畢竟，在她那般青春的年紀，若能談另一段戀愛，將是療癒情傷最自然幸福而有效的解藥。二十二歲時，曾有個年輕人向她求婚不成，之後這年輕人娶了她那分外主動的妹妹。對於安的拒絕，羅素夫人感到很惋惜。那位年輕人名叫查爾斯・瑪斯格羅夫，身爲家中長子，父親是薩默塞特郡內，聲望財富僅次於沃特爵士的一位鄉紳，而且這個年輕人品格端正，儀表也相當出眾。羅素夫人是這麼想的：在安十九歲的時候，或許還能對她的結婚對象期待更多，但如今安已經二十二歲，若能嫁給鄉紳之子，體面地離開那個父親偏心過了頭的家庭，且夫家就在附近，那眞是再好不過的一門婚姻。然而這一次，安卻不容羅素夫人置喙。夫人一向自認識人英明，也絕不爲先前干預安的婚事感到遺憾，可她現在卻開始爲安深感憂心，擔心安結婚無望；安是這麼一位性情溫暖，有包容力、深富居家氣質的女性，但究竟有才華且獨立的對象都到哪兒去了。

當年主動取消婚約，是因安的心中自有審愼考慮，時至今日，安與羅素夫人從不曾談論這件事；她們不知道彼此的想法，不管在當時或現在，不管各自的想法仍堅持著或改變了。然而，現今來到二十七歲年紀的安，與十九歲時被勸服退婚的她，想法已大不相同。她並不怪羅素夫人，也不怪自己聽了夫人的話，她只是認爲，如果現在，在相似處境下，有年輕人尋求她的意見，她絕不會建議他們分手。分手，便會像她所經歷的：立刻承受不幸的情傷，而未來的幸福卻不可測。她相信，當時在全家都反對的情況下，她若執意堅守婚約，儘管會因另一半前途不明而感焦慮，繼而生活中可能伴隨許多擔憂、等待、失望的心情，但即使如此，她也仍是個快樂的少婦，而不是這個失去婚姻、長久活在悲痛中的她。至於對另一半前途不明與毫無財富的憂慮，她認爲，這些眞的都過分擔心了，而且事實證明全然不是這回事。他那天生樂觀、無比自信的特質，證實全爲美好的特質，因爲財富果眞降臨了，而且比預期來得快。他的才氣與熱情，似乎預示了一切，並帶領他走上財富的運途。他們的婚約取消後，很快地他便受到任用，所有他曾對安展望的未來，全都實現了。他在軍中表現傑出，迅速往上升了一級，而且如今藉著多次順利俘獲敵船的功績，他必已累積了可觀財富。雖然這些事，安僅憑《海軍名冊》④和報紙報導得知，但他致富的事應該無庸置疑。甚至，安瞭解他對感情的執著專注，因此猜想他應該仍未婚。

現在的安變得如此能夠說服人心。她所希望的也僅是，當時若能勇敢捍衛自己的婚姻幸福，並對另一半的前途保持樂觀信心，那該多好！若能勇於甩開對未來、運途過分擔心的那份小心翼翼，該有多好！現在看起來，那心態簡直汙蔑人類自助天助的情操，懷疑上蒼冥冥中自有安排的用心。當時，那個被迫以謹慎態度面對婚姻大事的安，如今年紀漸長，終於懂得什麼是眞正的愛情。當年的她面對愛情，全然違背心之所向，然而當初只要順從並堅定自己的心意，愛情的果實將自然成熟與收割——這是她始料未及的體悟。

經歷了這些難處、回憶與感情，當得知溫特伍上校的姐姐極可能住進凱林奇府邸時，又怎能不使她想起過去的傷痛。她只得藉著一次次的散步與不斷嘆息，平息震盪不已的內心。她覺得自己好蠢，怎麼就是無法理性、坦然面對有關卡夫特家的任何消息，以及一連串相關的出租交易討論呢！幸好討論過程中，知道她那段祕密往事的三個人，全都表現得冷漠、明顯無感，一副完全不想喚起任何記憶似的。她清楚明白，羅素夫人之所以如此，動機絕對比她父親與伊麗莎白來得高尙，她相當佩服夫人冷靜以對的表現。無論如何，他們之間自然而然形成了一股全然不復記憶的氣氛（儘管不知究竟爲何如此），這點至關重要。而如果卡夫特司令官確定承租凱林奇府邸，她也將再次暗自感到欣慰，因爲當年的事情僅有她的這三位親朋曉得，她確信他們絕不可能透露口風；溫特伍上校那邊，由於當時他和擔任副牧師的弟弟同住，他弟弟或許對婚約略知一二，但畢竟副牧師已搬離此地許久，再加上對方相當明白事理、當時也還未婚，所以她不禁樂觀相信，絕不會有人從副牧師口中聽說這件事。

至於溫特伍上校的姐姐，也就是卡夫特太太，先前並不在國內，她長年陪伴先生駐紮在海外基地。安自己的妹妹瑪麗，於事情發生之時，正住校念書；後來，三名熟知此事的親朋，有人出於尊嚴從不承認，另兩人則因顧忌而沒說，所以瑪麗對這件事毫無所悉。

由於羅素夫人仍住在凱林奇，而瑪麗的夫家也僅距離此地三哩遠，未來，安勢必會與卡夫特家有所來往，幸好當時她與溫特伍上校的事確實沒有外人知道，因此她將不需爲此感到彆扭。

譯註：

①Battle of San Domingo，發生於一八〇六年二月六日，拿破崙戰爭中的一場海戰。英國海軍艦隊在聖多明哥南方的加勒比海海上，與法蘭西戰列艦隊激戰，最後英國獲勝，摧毀了敵方兩艘戰列艦，俘獲三艘軍艦。珍・奧斯汀的哥哥法蘭克亦參與此役。

②艦長為被指派的職位（post），非軍銜（rank）。

③海軍基地的敵我雙方戰況往往激烈，溫特伍上校估計若有機會派駐，便可能俘獲更多敵船、賺取更多獎賞。

④軍方印製的出版物，裡頭印有彼時各級海軍軍官與軍艦的服役動態。

卡夫特夫婦約定至凱林奇府邸看房子的日子，終於來到。那天早上，安發現，維持她近乎每日散步至羅素夫人家的習慣，這麼做最是自然，如此也可全程避開那場面；但她也發現，因而失去與司令官伉儷見面的機會，會感到遺憾也是很自然的。

雙方對這次的會面都很滿意，當下立刻確認交易。兩方的女主人無不希望順利成交，所以眼裡盡看見對方的優點。至於男士們，由於司令官展現出十足誠懇親切、大方豪爽的特質，使沃特爵士深受感染，並在飄飄然的自信下，拿出了最合宜文雅的行止表現；而他的飄飄然來自於薛波先生告訴他，司令官曾從傳聞那兒聽說沃特爵士是一位以高尚教養著稱的模範人物。

房子本身、莊園及傢俱，均受到卡夫特夫婦認可；卡夫特夫婦做爲理想承租人這一點，也受到凱林奇府邸男女主人認可。一切人事時地物如合約條件、時間，全都沒問題。薛波先生的助理們開始進行作業，合約中，所有以「本契約所指示」擬定的各項規範，也不見任何一方提出異議而需修改，交易非常順利。

甚至，沃特爵士竟滿口直率的說，司令官是他見過容貌最好看的海軍中人；還直率過頭地說，司令官若願意讓他的僕從幫忙修整髮型，那麼他會很樂意與司令官一同出席各場合。至於司令官，他則在坐馬車穿越莊園、離開府邸的路上，同樣滿懷誠懇地對太太說：「儘管曾在湯頓城聽到關於沃特爵士的負面評價，但我感覺這位從男爵雖平庸無爲，人倒不壞。」從這兩位讚美彼此互不相上下的言行來看，所謂「禮尚往來」就是這回事吧！

卡夫特夫婦預訂在米迦勒節（九月二十九日）這一天遷入凱林奇府邸，沃特爵士則打算再早一個月搬到巴斯，搬家事務的種種安排看來刻不容緩。

至於這家人將選擇巴斯的何處落戶，羅素夫人十分明白，安的意見絕不可能受到採納，也沒人會當回事。夫人因此很不願她那麼快離開此地，而希望她待到耶誕節過後，再由自己帶她一起前往巴斯。可夫人卻另有計畫必須離開凱林奇幾個星期，因而無法周到地邀請安多留些時日。安本身，一方面怕受不住九月分的巴斯烈日發威，另一方面則捨不得離開秋日鄉間的甜美與瑟然。但她仔細思量後覺得自己不應留下，認爲最正確明智也最不痛苦的作法，就是和家人一起前往巴斯。

不過，有件事發生了，使安有了別的任務。三妹瑪麗，常嚷著身體不舒服，總把病情說得很嚴重，只要稍有不適便請求安去照顧她。這會兒，瑪麗又不舒服了，宣稱自己這整個秋天身體都好不起來，因而懇求（毋寧說是要求）安不要去巴斯，反該前往厄波克羅斯別墅盡可能地陪伴她，待得愈久愈好。

「『我不能沒有安的陪伴。』這是瑪麗的說詞。那麼，我想安最好留下來，反正巴斯沒有人需要她。」伊麗莎白如此回覆。

安認爲，能被需要是件好事，即使這種請求的方式不太禮貌，但仍強過絲毫不被重視、不被需要。她開心自己能有點用處、被賦予一些任務，並十分樂意享受家鄉的秋日美景，噢，她最親愛的家鄉。安欣然同意留下。

瑪麗的邀請，解決了羅素夫人的煩惱。這件事很快便決定妥當，羅素夫人於耶誕節後再帶安前往巴斯，這段時日，安將交替在厄波克羅斯別墅和凱林奇別墅落腳。

到目前爲止，凱林奇府邸這家人的各項搬家安排皆妥當，直到羅素夫人發現一件令她大吃一驚且錯得離譜的決定。那就是，克蕾太太竟將與沃特爵士、伊麗莎白一同前往巴斯，她將在搬家後續大小事務上，擔任伊麗莎白最重要且得力的助手。羅素夫人對這項決定深感遺憾，並感到不解、悲傷與憂心；他們竟然將克蕾太太看得如此重要有用，安則毫無價值與用處，這對安而言是莫大侮辱，著實太令人生氣惱怒！

對於家人的漠視與侮辱，安早已痲木了，但對這項決定，她的確和羅素夫人一樣深感輕率，而且敏銳地察覺了些什麼。以安對自己父親的長時間冷靜觀察與瞭解（她還眞希望自己沒觀察到那麼多），她感到父親若與克蕾太太繼續親密來往，將對這個家產生非常嚴重的後果；當然，父親現在或許還沒有這種念頭。克蕾太太不在場時，父親雖然經常嚴詞批評她臉上長雀斑、有顆暴牙、手腕動作不太靈活，但別忘了，她很年輕，且整體看來是美麗的。更重要的是，她聰穎伶俐、善於取悅人，和純然的外表吸引力相比，這些內在特質對男人而言更具危險魅力。安察覺到這種吸引力是何等危險，她覺得自己有義務提醒伊麗莎白意識此可能性。她知道成功機會渺茫，但若眞發生這種憾事，伊麗莎白的處境會比她更可憐，而且她認爲，伊麗莎白屆時一定會怪罪她爲何不多加提醒。

安終究說出口了，卻換來不領情。伊麗莎白完全不能理解，安爲何會有這麼荒唐的猜想，而且十分生氣地回應表示，那兩位都相當謹守各自適當的身分與處境，這點沒有人比她更清楚了。

伊麗莎白激動地說：「克蕾太太絕不會忘記自己的身分，我和她比妳熟稔得多，較清楚她內心的想法。我向妳保證，他們兩人對婚姻大事抱持的態度，是相當體面而有教養的。克蕾太太比起一般人，對於身分與地位不對等的婚姻，無疑是更嚴正反對的。至於父親，這麼多年來他一直爲了我們保持單身，我眞的不認爲該如此懷疑他。再說，克蕾太太若是一位生得很美麗的女性，那或許我眞的不該讓她與我們這麼親密；但我很確定，無論是她的外表魅力或天底下發生任何事，都不可能誘使父親去結這樣一門紆尊降貴的親事，如此一來父親會變得很不幸。可憐的克蕾太太儘管有不少優點，可絕稱不上美麗。我眞的認爲她和我們交往，沒什麼値得擔心的。聽到妳這麼說的人，只當妳不曾聽過父親批評克蕾太太欠佳的外貌，但我知道妳至少聽過五十次了。天啊，她那顆暴牙，還有那些雀斑。事實上，我個人並不像父親那樣對雀斑感到嫌惡，因爲我的確認識一個臉上長了雀斑但不至於太難看的人。妳一定也曾聽他批評克蕾太太臉上的雀斑吧！」

「外表縱有缺點，」安回答：「只要行爲舉止討人喜歡，缺點也會漸漸受到包容的。」

「我並不這麼想，」伊麗莎白立刻予以回應，「討人喜歡的行爲舉止，或許能爲好看的外表增色，卻不可能美化欠佳的容貌。更何況，這種事我比任何人都更需要擔心，並不勞妳來操心建議我什麼。」

安做了她該做的事，爲完成任務而開心，她感覺此番提醒不見得毫無作用。伊麗莎白即使對她的猜疑感到氣憤不平，但或許日後會更敏銳以對吧！

這個家的氣派四馬馬車被賦予的最後一趟任務，是將沃特爵士、伊麗莎白和克蕾太太載往巴斯。一行人離開時心情非常好。憂苦的佃農和長工們，事前似乎接獲暗示最好前來爲領主送行，看得出他們並不太情願，而沃特爵士似也早有準備地不忘欠身致意。同一時間，安也離開了凱林奇府邸，孤寂平靜地走向凱林奇別墅，她將在那兒與羅素夫人共度一星期。

此刻，安這位親愛朋友的心情也如她一般低落。羅素夫人感到這個家已然分崩離析。她珍視這個家族的聲名，如同愛惜她自己的；與這個家族的日常交往，早就變成彌足珍貴的習慣。看到空蕩蕩的家園已令她很難受，一想到這尊貴家園即將落入他人之手，更是痛苦難當。她無法面對凱林奇府邸人去樓空的孤獨與愁思，也不想在第一時間看到卡夫特夫婦遷入，爲了逃避這些，即使必須離開親愛的安，她仍不得不暫別此地。她與安將在同一天離開凱林奇，而羅素夫人旅程的第一站，就是將安送至厄波克羅斯別墅。

厄波克羅斯，是個中等規模的村莊。幾年以前，村裡還只有兩棟高級房屋，它們都以講究的古典英式風格打造，與其他自耕農和勞工的寒愴房子，卓然有別。一棟是鄉紳的宅邸，高牆、大門、老樹無一不備，是一幢古老且堅實的建築。另一棟則是牧師公館，小巧而堅固，爲整齊庭院所環繞，窗框爬滿茂密的葡萄藤與梨樹枝。後來，鄉紳的兒子要結婚，便將村子裡某間農舍改建成氣派別墅，做爲兒子與媳婦的居所。這棟由年輕鄉紳夫婦居住的厄波克羅斯別墅，打造得相當時髦，有迴廊、法式落地長窗，還輔以許多花哨的雕飾。時髦的厄波克羅斯別墅，與那幢坐落在四分之一哩外堅固碩大的鄉紳主宅，一新一舊各有風采，無不吸引著遊人的目光。

安經常造訪厄波克羅斯，她對厄波克羅斯家族作風的瞭解，就如同對自己家那般熟悉。住得很近的厄波克羅斯別墅與主宅兩家人，交往十分密切，一天之中不論何時，他們總會進進出出屋子來往好幾次。因而，當安發現瑪麗竟獨自在家，她的確有點驚訝；以她對妹妹的瞭解，沒有人陪伴，難怪瑪麗會感到身體不適、精神欠佳。瑪麗的資質雖然比伊麗莎白好，卻缺乏安的洞察力與好脾性。當她身體無恙、遇上開心事、感覺受呵護，心情就會變得很好且精神奕奕，但只要有一點點不舒服、不開心，整個人就會變得委頓；此外，她也害怕獨處。做爲艾略特從男爵的千金，使她沾染了一身驕氣，相當妄自尊大，生活中稍有不順，便動輒得咎認爲是別人忽略她或羞辱她所致。就外貌而言，她不及兩位姐姐美，即使在芳華正茂時，也僅博得「好女孩」的名聲而已。這會兒，瑪麗正躺臥在厄波克羅斯別墅那小巧客廳的褪色沙發上；這沙發曾如此漂亮，但歷經四個年頭的使用，加上兩個小孩的折騰，逐漸顯得老舊破敗。瑪麗看到安來了，如此招呼她：

「喲，妳終於來了！我才正開始想，是不是再也見不到妳了。我病得好嚴重，幾乎沒辦法說話。整個上午，我連一個人影都沒見到。」

「看到妳身體這麼不舒服，我很難過。」安回答：「妳星期四寫給我的信，可是提到身體一切都好呢！」

「是呀，我總是盡可能使自己好起來，不過那時候，我的確感到身體不適。甚至，我從不曾像今天早上這般如此感覺不舒服，這種狀況絕不適合單獨被人撇下。如果我突然患了什麼急病，連搖鈴求救都沒辦法，該怎麼辦才好。那麼，羅素夫人走了嗎，她連馬車都不下？這個夏天，她來我家的次數，大概不超過三次。」瑪麗叨叨地說著。

安得體地回應，並問候瑪麗的丈夫。瑪麗立刻回答：「噢，查爾斯外出打獵去了。我從早上七點就不見他至今。我告訴他，我是多麼不舒服，但他還是出門了。他說不會離開太久，卻到現在還沒回來，現在都快下午一點鐘了。我可以很確定的告訴妳，這麼漫長的一個早上，我連一個人影都沒見到。」

「兩個孩子在家陪妳，不是嗎？」安關心地問。

「是啊，但也要看我受不受得住他們的吵鬧聲。」瑪麗無奈地說：「這兩個孩子很不乖，有他們在，我不可能好得起來。小查爾斯根本不聽我的話，渥特也變得跟他一樣壞。」

「會的，妳很快就會好起來了。」安爽朗地說著：「妳知道的，每次只要我一來，妳就會好起來。對了，住在主宅的大家一切都好嗎？」

「我可不清楚他們的近況。」瑪麗諷刺地回答著：「除了我公公瑪斯格羅夫先生，我今天都還沒見過其他人呢！我公公路過這裡時，也沒下馬，只是隔著窗子跟我說話。我告訴他我很不舒服，但之後還是沒人來看我。我想，兩位瑪斯格羅夫小姐可能都在忙吧，而且她們從來就只想到自己。」

「或許妳一會兒就能見到她們了。」安試著安慰，「這個早上還沒過完呢，時候還早。」

「我告訴妳吧，我可不想她們來。」瑪麗負氣地說：「她們又是說話又是大笑的，太吵了。噢，安，我是眞的覺得很不舒服，妳沒提早在星期四過來，眞是太不體貼人了。」

「我親愛的瑪麗，」安耐心地回答：「回想一下妳寫給我的信，信裡的妳是那麼健康舒朗，妳的口吻是那麼愉快，而且說自己一切都好，要我不用趕忙過來。妳也知道的，我很希望能多待些時間好好陪伴羅素夫人。何況，除了照顧她的心情，我也眞的很忙，有好多事要辦，眞的無法那麼快抽身離開凱林奇呀！」

「喲，妳會有什麼事要忙？」瑪麗問著。

「讓我來告訴妳吧，眞的有很多事要做，」安回覆著：「現在一時要回想，也無法全想起來，但我可以告訴妳其中一些。我忙著清點父親的書冊和藏畫，並抄一份目錄。我也在庭園裡花了好多時間，一一告訴園丁麥肯錫，哪些植物是伊麗莎白要送給羅素夫人的。我也有自己的私人物品要整理，像是把書和樂譜分開放，而且得重新整理所有皮箱，因爲不確定屆時要讓四馬馬車運送哪些行李。另外，瑪麗，我還得做一件頗勞煩人的事，那就是到教區裡的每戶人家一一道別，聽說他們希望我這麼做。光是這些事，就花了我好多時間呢！」

「哎呀，原來如此。」短暫停頓片刻後，瑪麗繼續說：「但是妳怎麼都沒問我，昨晚普爾家的聚會如何。」

「妳去了？我沒問，是因為我以爲妳身體不舒服，應該無法出席聚會。」安有點吃驚。

「是啊，我的確去了。我昨天身體狀況非常好，是今早才變得很不舒服的。所以如果我沒去，那才奇怪呢！」瑪麗如此回答。

「很高興知道妳昨天精神很好，那是個愉快的聚會吧？」安關心地問著。

「沒什麼特別的。」瑪麗描述著：「因爲總是事先就會知道晚餐吃些什麼、有哪些人會來，而且沒有自己的馬車可坐，實在很不舒服。昨晚是我公婆瑪斯格羅夫夫婦帶我去的，坐得好擠哪！他們兩位都那麼胖，佔去了好多空間。我公公總是自己坐前排，所以我得和兩位瑪斯格羅夫小姐亨麗耶塔、露易莎，一起擠坐後排。我想，我今天會這麼不舒服，應該是這樣的緣故。」

安耐著脾氣、強作愉快地傾聽，果眞讓瑪麗漸漸好了起來。後來，瑪麗已能挺起身坐在沙發上，並希望自己在晚餐前能離開沙發，站得起來。接著，她好像忘了自己才剛這麼說，便起身走到客廳的另一邊整理花束；然後，開始吃冷肉；再一會兒，她已全然好了起來，還建議外出散一下步。

「我們該往哪兒去呢？」當她們準備就緒，瑪麗問著。「我想，在主宅的人過來向妳致意前，妳應該不願意先過去吧？」

「我是一點都不在意形式的，」安回答著：「瑪斯格羅夫太太和小姐們，都是我很熟悉的人，完全不需要講究這些表面上的禮儀。」

「噢，但她們的確應該盡可能早點過來拜訪妳。」瑪麗表示意見，「她們是該這麼做的，要知道，妳可是我姐姐呢！無論如何，我們還是過去寒暄一下，之後再好好地去散步。」

安一向認為這種形式上的往來，非常表面且拘泥，但卻也不想多加阻止。她認為，主宅和別墅的這兩家人，私底下彼此雖反感與微詞不斷，但仍究少不了這樣的交際往來。於是她們來到主宅，在格局方正、裝潢老派的客廳裡，足足坐了半小時。客廳地板晶亮，擺了張小毯；仍住家裡的兩個女兒，將平台鋼琴、豎琴、幾個花架、幾張小桌擺得到處都是，逐漸為客廳營造出一種雜亂錯落的風格。哎呀，那些掛在四周牆板上的畫像，也就是畫裡分別穿著棕色天鵝絨服裝、藍色綢緞衣飾的先生女士們，若親身看到這毫無秩序可言的雜亂客廳，會怎麼想呢？其實，畫中的他們也看似正睜大了眼，驚訝地說不出話來。

瑪斯格羅夫家，如同他們的房子，也面臨著變化（或說是改造）。男女主人是老派的英式作風，年輕人則迎上了新時代。瑪斯格羅夫夫婦，都是性情非常好的人，親切又好客，但因沒受過太多教育，行止不很優雅。他們的孩子則思想舉止皆新派。這個大家庭的成員眾多，已成年的孩子除了查爾斯，便是兩位瑪斯格羅夫小姐，亨麗耶塔和露易莎，她們年紀非常輕，分別才二十歲和十九歲。兩姐妹曾在英格蘭西南部的愛塞特①，接受一般的才藝教育。如今，就像其他無數年輕女孩一樣，她們崇尚時髦、愉快、歡樂的生活；她們的服裝華美、容貌頗佳、神采奕奕、舉止大方不扭捏，在家中受疼愛，在外頭得寵愛。安一向認爲她們姐妹倆是她所認識的人之中，最幸福的兩個人兒；但即使如此，人們總不免自我懷抱一股優越自適感，任誰也不想跟別人交換些什麼，安自然也是，她並不想拿自己更爲優雅與教養的心智，來交換這對姐妹花自然散發的快活特質。她唯一羨慕的，是她們之間看似非常瞭解體貼彼此、感情深厚的姐妹關係，畢竟這是她與自己兩個姐妹之間從不曾擁有的。

總之，安與瑪麗受到相當熱情的招待，沒有誰比瑪斯格羅夫家主宅的人，更諳熱情待客之道了。這半小時裡，大夥愉快地聊天。最後，安一點也不驚訝瑪麗邀請了兩位瑪斯格羅夫小姐，一起加入散步行列。

譯註：

①愛塞特（Exeter），位在薩默塞特郡西部的德文郡。

事實上，不需藉此次造訪厄波克羅斯，安也能瞭解到，甲地和乙地雖近在咫尺僅隔三哩，但這群人和那群人各自的談吐、見解、觀念，卻已然天差地別。每此來到厄波克羅斯，安都有此感觸。她多麼希望父親與姐姐也有機會瞭解，凱林奇府邸的人自認眾所皆知、深感興趣的事情，瑪斯格羅夫家的人卻一無所知、毫不關心。基於這樣的認識，她也告訴自己必須體認，自家圈子內發生的大事，對瑪斯格羅夫家的人而言，很可能是無足輕重的。由於過去幾星期以來，安的心思都放在凱林奇府邸搬家的相關事宜上，因此這回來到厄波克羅斯，她確實滿心期待這裡的人能出於更多好奇心與同理心從各方面表示關心。但她卻分別從瑪斯格羅夫夫婦口中聽到很類似的意見：「沃特爵士和妳姐姐已經離開凱林奇了，那麼，安，妳覺得他們會在巴斯的哪個區域落腳？」然後，他們其實並不感興趣聽安怎麼回答。甚至，兩位瑪斯格羅夫小姐還補充說道：「希望今年冬天，我們可以到巴斯去。但是，爸爸，請記得，如果我們眞的成行了，一定要找個時髦的好地方待下，我們可不想住在作風老派的皇后廣場那一區！」而瑪麗則以憂慮而挖苦的口吻接話：「至於我，等你們到時候全離開、全都在巴斯快活時，我在這裡也會過得很悠哉的。」

安告訴自己，她絕對不要變成這般如此自我中心、自欺欺人的人，並只要一想到羅素夫人這位充滿眞正同理心的朋友，內心便不由得滿懷感激自己是何等幸運。

瑪斯格羅夫家的男士們，也自有其護獵與狩獵活動，他們有馬匹、狗兒、報紙等著忙碌費心。女士們則把心思都放在一般的家務、鄰里、服裝、舞蹈、音樂上。安體認到，再小的社交圈也必須擁有自成一格的關注話題與事物；她因而希望待在厄波克羅斯的這段期間，自己能趕緊投其所好，融入這個小圈子。畢竟，她將至少在這兒待上兩個月，的確應該盡可能把思考事情的角度、觀點及記憶，轉換成厄波克羅斯家的作風。

安相信這兩個月會生活得很愉快。瑪麗畢竟不像伊麗莎白那麼有敵意和無情，安對她是有一點影響力的，甚至還可能使她從善如流。厄波克羅斯別墅裡的其他家庭成員，也都很友善、沒有敵意，她與妹夫的關係良好，瑪麗的兩個小孩更是近乎愛母親般地喜愛她，甚至對她還多了幾分敬重，這兩個孩子使她有機會付出關心與照顧，感染了許多的快樂。

查爾斯・瑪斯格羅夫待人和善有禮，見識與性情無疑都優於他的妻子，然而卻才華平庸、談吐膚淺、氣質欠佳，即使過去安曾與他有過一段關係，也絲毫不使安感到留戀。不過，安也認同羅素夫人的想法，查爾斯如果和一名更適配的對象結婚，他會有所提升的；一位眞正有見識、有智慧的女性，將能大大涵養他的個性，使他的個人氣質及專注重心，往更爲有益、理性、優雅的方向邁進。但現在的他，除了從事打獵等戶外活動，對其他事都提不起勁，也從不閱讀或以任何方式充實自己，徒然虛度了許多寶貴光陰。然而，他的確是個個性相當快活的人，妻子偶爾變得意志消沉時，他的心情通常不太受影響，也能忍受妻子有時的蠻不講理，這點倒讓安大感佩服。雖然常有小小爭吵（安經常夾在這兩人中間，被迫聽兩方的互道抱怨），大體而言，查爾斯和瑪麗還算是幸福的一對。不過，這對夫妻對「缺錢」這件事倒很有共識，並總是希望瑪斯格羅夫先生能送他們大禮。但如同在很多方面查爾斯總是見解較好的那位，因此每當瑪麗憎恨地抱怨她的公公為什麼不送大禮給他們時，他總是辯護著：「父親的錢有許多用途，他有權決定自己的錢喜歡怎麼花。」

至於在管教孩子方面，查爾斯的觀點亦大大優於妻子，身體力行程度也還不壞。「如果不是瑪麗的干涉，我一定能把孩子教得很好。」安經常聽他這麼說，並對他的話很有信心。可換個立場，瑪麗則指摘：「都要怪查爾斯把孩子寵壞了，我沒辦法讓他們守規矩。」只是瑪麗的說法卻怎麼也不能讓人信服，安絲毫無法附和著說：「是這樣沒錯。」

待在厄波克羅斯的這段時間裡，最讓安感到不愉快的情況是：大家都過於信任她，不管在別墅或主宅，她都得聽兩家人私下對彼此的抱怨。由於大家都知道瑪麗多少會聽進安說的話，因而全都不切實際地不斷請求或暗示她好好勸勸瑪麗。「我希望妳能說服瑪麗，要她別老是想像自己生病了。」查爾斯嚴辭表達著。而當瑪麗心情不好時則是說：「我真的認為，查爾斯即使見到我快死了，他也不相信我是真的生病了。我很確定，安，如果妳願意，妳或許能幫我說服他，我是真的病得不輕，我是真的從來沒這麼不舒服過。」

關於孩子的事，瑪麗則宣稱：「孩子們的祖母總是一直想見到孫子，但我真的很不喜歡把他們送到主宅去，因爲祖母對小孩太溺愛、太縱容了，給他們吃那麼多垃圾食物、糖果什麼的，孩子回家後，下半天的光景總是又生病又使壞。」而瑪麗的婆婆瑪斯格羅夫太太，則一趁有機會與安獨處便說：「噢，安，我眞希望媳婦能有妳一半本事，好好管教兩個孩子。他們跟妳在一起的時候特別乖巧，像變了個人似的。但說眞的，他們眞是被慣壞了，實在可惜哪，妳妹妹竟沒辦法向妳學習管教孩子的方法。還有，不是我偏心，他們眞是我見過最優秀健康的孩子，媳婦卻絲毫不懂該怎麼教導他們，我可憐的小寶貝。唉，不過這兩個孩子有時還眞是煩人，就是這樣我才不那麼希望他們經常到主宅來，否則的話我也想多見見他們。我想，媳婦對於我不常邀孫子們過來玩，並不很高興。可是妳也知道的，帶小孩眞是夠煩人的，隨時得要他們別玩這個、別碰那個的；或是爲了讓孩子聽話，即使知道甜食對他們的身體並不好，還是只能多給他們吃些蛋糕。」

此外，安還從瑪麗那兒聽到這樣的說法。「我婆婆總以爲她的僕人個個老實可靠，如果我們有人質疑，甚至會被視爲忤逆她。但我很確定，她的貼身女僕和洗衣女傭，經常工作不做，整天在村子裡閒晃呢，我一點也沒誇張！不管去到哪兒，我都會見到她們；我敢說，每次走進我的育兒室，都會看到她們倆其中一人出現在那兒。如果我的潔麥瑪不是天底下最値得信賴可靠的保母，那一定是被她們兩個給帶壞的，因爲她告訴我，她們倆總想找她一起去散步。」而瑪斯格羅夫太太這邊則說：「我給自己訂了個規矩，永遠不過問媳婦的事，而且我知道媳婦也不會聽我的。但，安，我想妳或許能導正這些事情，所以這才告訴妳，我對媳婦的保母沒好感。我曾聽過一些有關她的奇怪傳言，她總是在外晃蕩，而且就我所知，我敢說像她這樣注重穿著打扮的女人，所有與她接近的女僕，一定都會被帶壞。我知道媳婦很信任她，不過，我這樣提醒妳之後，妳可以觀察一番，如果看到任何不恰當的事，不用擔心，儘管提出指正。」

再一次的，又是瑪麗與婆婆之間的事。瑪麗說，當大夥在主宅與其他家庭一起聚餐時，婆婆總是不讓她坐上位①。她實在不懂，爲什麼她在家中的地位會這麼不受重視。另有一天，安與兩位瑪斯格羅夫小姐一同散步時，其中一位談到關於人們身分以及唯恐失去身分的話題，之後便接著說：「我對妳是沒有顧忌的，因爲大家都知道妳把身分地位這種事看得多自在、多不在意啊，眞不懂爲什麼有些人如此荒謬可笑，把身分看得比什麼都重。眞希望有人能暗示瑪麗，如果她能夠不要這麼重視身分，不要老想著要跟媽媽爭坐上位，那該多好！我們當然都知道她擁有坐上位的權利，但是不是別這麼堅持會更恰當得多。媽媽其實並不在意這種事，但我知道很多人都注意到了。」

安該怎麼導正這些事情？她能做的也僅是耐心聆聽、平撫不滿，爲另一方緩頰，並暗示他們所有的人對於往來如此密切的家人，應該多些包容力；而爲了讓妹妹變得更好，她則盡量把這些暗示說得明白易懂。

除此以外，安待在厄波克羅斯的生活無疑是非常愉快的。離開相距僅三哩的凱林奇，藉著環境與話題的改變，她的精神和心情變好了起來。因爲有人在一旁長時間陪伴，瑪麗身體不適的狀況也減少了。安住在厄波克羅斯別墅，與這家人在沒有更深入、更親密的情感互動且也沒什麼特別事要忙的情況下，能和主宅的人天天互動往來倒也不失爲好事一樁。這兩家人每天的交際往來眞是親密不嫌多，他們每天早上都碰面，晚上也很少分開度過；但是安認爲，他們之間的往來之所以能如此融洽，除了因爲在一些慣常場合都能見到瑪斯格羅夫夫婦可敬的身影，也由於兩位瑪斯格羅夫小姐總能帶來歡聲笑語、盡情歌唱的緣故。

其實，安的鋼琴彈得比兩位瑪斯格羅夫小姐要好得多，但因爲沒有好嗓音，也不懂如何演奏豎琴，更沒有嬌寵孩子的雙親坐在一旁展露自以爲樂的聆賞雅趣，所以根本沒人注意到安的鋼琴造詣，只當她是出於社交禮節或爲了讓大夥盡興而彈琴；關於這點，她心知肚明。但她知道，彈琴是爲了使自己快樂而彈，一向如此。不過她也記得，生命中有那麼一小段時期，對音樂擁有不凡鑑賞力與品味的母親，總是細細聆聽她的演奏，並且鼓勵她；可惜這份受到聆聽與肯定的幸福，自從母親在她十四歲那年過世之後，便不曾再擁有。彈琴，使安感覺自己全然活在孤獨的世界中。然而，瑪斯格羅夫夫婦只偏愛自家女兒的演奏，完全無視於其他人的演奏，安非但不感到羞辱，反而很爲她們兩姐妹開心。

主宅舉辦聚會，時有其他訪客加入。在厄波克羅斯，如同瑪斯格羅夫家這般有頭有臉的家庭並不多，於是人人都來造訪；他們比起別人家，更常舉辦宴會，也有更多受邀而來或偶然而至的賓客。瑪斯格羅夫家眞是特別受歡迎呢！

兩位瑪斯格羅夫小姐爲跳舞而瘋狂，晚宴有時也會以即興小舞會劃下句點。瑪斯格羅夫家有個表親家庭，住在距離厄波克羅斯步行可達的範圍內，家境不太富裕，他們的娛樂全繫於瑪斯格羅夫家。無論何時有聚會，他們都很樂意前來，任何遊戲都參與，任何地方都能跳舞。至於安，比起太過動態的角色，她則更樂意爲他們擔任樂師，連續彈奏一小時的對舞曲②也沒問題。這樣的親和力，贏得了瑪斯格羅夫夫婦對她音樂造詣的注意，他們經常讚美著：「彈得好，安，彈得好極了！哎呀，瞧那些小指頭，靈活地像在琴鍵上飛舞著哪。」

就這樣，安在厄波克羅斯愉快度過了三個星期。米迦勒節眼看就要來到，此刻安的心又被帶回凱林奇。摯愛家園將要讓給別人，房間與傢俱，樹叢與美景，這珍貴的一切將交由新的主人凝望視之，踩踏行之。到了九月二十九日這一天，她的心思再也容不下別的事情；這天晚上，由於瑪麗有時會有記下當日日期的習慣，她突然發出了同情共感的驚呼聲：「哎呀，今天不正是卡夫特夫婦搬進凱林奇府邸的日子嗎？我眞慶幸之前都沒想起這件事，想到就令人難過呢！」

卡夫特夫婦發揮了海軍本色迅速進駐凱林奇府邸，並候迎鄰居前來友好初訪。瑪麗爲表示禮貌不得不去，但又怕觸景傷情，十分慨嘆地說：「沒有人知道這對我來說是多大的煎熬，我會盡量能拖就拖。」她爲了此事十分焦慮，後來還是說服查爾斯早點送她過去拜訪，不過，回來後的她卻有如受到神奇震盪而顯得活潑愉快。由於夫妻倆的雙馬二輪馬車僅能乘坐二人，安很慶幸自己毋需同行；但她仍很希望見到卡夫特夫婦，在他們回訪時，她很高興自己正好在家。他們來的時候，查爾斯不在，由瑪麗與安兩姐妹招呼。坐在瑪麗身旁的司令官，非常和善地與兩個小男孩玩了起來，而卡夫特太太則與安談天說話。藉著談話，安得以觀察卡夫特太太，看看她與「他」之間是否有相似之處：容貌上雖不像，但從聲音、神態的變換確實能捕捉到一點影子。

卡夫特太太不高也不胖，身材拔碩、活力充沛，使她看起來很具分量。她的黑眼睛明亮有神、牙齒整齊好看，總的來說，她有張令人感到舒服的臉孔。由於長年和丈夫在海上生活，皮膚因日曬而變紅，使她看起來比實際的三十八歲年齡大了些。她的舉止神態大方、自在且堅定，感覺上是個很有自信、從不遲疑的人；當然，她絕不粗俗，待人也很和善。談到有關凱林奇府邸的事，她會十分照顧到安的心情，此舉讓安很激賞並感到開心。但安更開心的是，在雙方互相引見的那半分鐘裡，卡夫特太太並未表現出任何知悉安過去婚約的可疑徵兆或猜疑，這點使安感到很滿意。安完全放心了，並自若地生出力量與勇氣，直到卡夫特太太突然說出一句使她大爲震驚的話。

「我發現，我弟弟當年待在這一帶的時候，他有幸認識的人，是妳，而不是妳妹妹。」

安眞希望自己已經脫離會臉紅的年紀，但她確實還不到心如止水的境地。

「但妳可能還沒聽說，他已經結婚了。」卡夫特太太補充道。

卡夫特太太接下來說的話，在在說明了她所指的弟弟是溫特伍先生。安很慶幸，自己方才並未說出不適用於任何一位「弟弟」的問候語；現在，她終於可以放心表達自己的所思所想。安也立刻感到這是多麼的合理，卡夫特太太其實從頭到尾都是在談艾德華，而不是腓德烈克。她爲自己的會錯意感到羞愧，隨即興致相宜地聆聽溫特伍先生這位前鄰居的近況。

接下來的談話一切平靜，直到最後他們要離開時，安聽到司令官告訴瑪麗：「我們這幾天正在等待我妻舅的造訪，我想妳們應該聽過他的名字。」

話沒說完便被打斷，兩個小男孩撲了上來，像老朋友般纏著司令官，不讓他離開。接著，司令官完全把心思放在玩笑似的提議上，說要把孩子裝在他的外套口袋帶走之類的話，以至於他完全忘了上一句話還沒說完。安只好盡可能使自己相信，司令官所說的妻舅和卡夫特太太口中的弟弟，應該是同一位；然而，安仍無法確定。她因而很焦慮地想知道，卡夫特夫婦先前到主宅拜訪時，是否提及任何有關妻舅將造訪的事。

主宅的人預計今晚到別墅共度夜晚。一年之中到了這個時節，天候不佳，總導致路況不宜步行，別墅的人於是期待聽到四輪馬車到來的聲音，但卻是露易莎走了進來。大夥第一個不祥預感是：露易莎是來致歉的，今晚主宅的人不能過來了。就在瑪麗準備好面對屈辱時，露易莎的說明令人放下一顆心：她之所以走路來，是因爲得替馬車多留些空間以擺放她的豎琴。

「我來告訴你們原因，」露易莎補充著：「以及所有的事。我先走路過來，是想提醒你們，爸爸媽媽今晚心情很不好，尤其是媽媽，她想起好多有關可憐理查哥哥的事呢！爲了好好安慰媽媽，也因爲比起鋼琴她似乎更喜歡豎琴，所以我們決定最好把豎琴帶來。讓我來告訴你們，她這麼不開心的原因。早上卡夫特夫婦來訪（他們稍後也造訪了別墅，可不是？）時，他們剛好提到卡夫特太太的弟弟溫特伍上校，目前剛回英國或正休役什麼的，很快就會來拜訪他們。等他們離開後，很不幸的，媽媽突然想到，可憐的理查哥哥生前服役時有一度的艦長，就是姓『溫特伍』或類似的什麼姓；我不清楚何時或何地，總之在他死去前有這麼一段日子，唉，我可憐的哥哥。接著，媽媽立刻去找哥哥的信件和遺物，結果發現果然沒錯，此人就是哥哥提到的那個人。於是媽媽便整副心思都是這件事和可憐的理查哥哥！所以，我們得盡可能製造歡樂氣氛，別讓媽媽一直想著這件陰鬱悲傷的事。」

這段悲慘家庭歷史的實情是這樣的，瑪斯格羅夫家曾非常不幸的，出了一個老是令人煩心、無可救藥的兒子，還好非常幸運的，他還不到二十歲年紀就離開了人世。由於他在陸地上是那麼愚蠢且不可管束，所以被送到了海上。自此，他便很少受到家人關心（當然這是他自作自受），而他也很少與家人聯絡；於是兩年前當他們接到他死於國外的消息，也幾乎並不感到唏噓或遺憾。

雖然妹妹們如今能爲他做的，僅僅是稱呼他「可憐的理查哥哥」，但事實上他不過就是個愚笨、無情、無用的狄克·瑪斯格羅夫③，他從未做過任何有意義的事得以不辱或光耀自己的名字，無論是他生前或死後。

他在海上服役了許多年，由於候補海軍少尉的流動性很大，這些候補軍官無不是每位艦長亟欲擺脫的。他曾在腓德烈克·溫特伍上校的巡防艦④「拉寇尼亞號」服役半年，期間受到溫特伍艦長的正面影響，他總共寫了兩封家書，這是他離家期間唯二寫回家的信。意思是，這兩封信是眞正出於情感而寫，其他的信都僅僅是爲了要錢。

由於這家人一向不太注意或好奇彼時有哪些軍官或船艦，因此兩封家書雖然都提及讚美艦長的話語，他們當時卻毫無印象。就在這一天，瑪斯格羅夫太太因想起「溫特伍」這姓氏與她兒子的連結而大受震撼，或許可將之視爲人腦偶然迸發了奇特運作，引來靈光一閃。

瑪斯格羅夫太太跑去找信，證實了她所猜想的。很久沒重讀這些信了，隨著可憐的兒子年紀輕輕便死去，那些他曾犯下的錯事也變得雲淡風輕；瑪斯格羅夫太太的心情十分激動，比起她當時接獲兒子死訊時，更感沉痛悲傷。瑪斯格羅夫先生的心情也同樣受到震盪，但不像妻子那麼強烈就是了。當晚，他們來到別墅後，首先很顯然想要重述這件事的始末，之後便期盼家人們盡可能地給予歡樂，以平撫傷痛。

接下來，聽到他們的談話，安的心神重又受到震盪，面臨了新的試煉：瑪斯格羅夫一家人不斷談論著、重複惦念著溫特伍上校，並不斷苦想幾年前他們從克里夫頓回來時，曾經見過一兩次的那位，「應該」或「可能」、最後終於確定「就是」同一位溫特伍上校，一個非常優秀的年輕人，但他們仍不確定那究竟是七或八年前的事。無論如何，安知道，往後勢必得更加習慣這些談論。他就要來到這裡了，安必須訓練自己一切以平常心看待，而且不僅是因爲他即將到來，還因爲瑪斯格羅夫夫婦表示只要他一來到，他們就會主動自我引見，與之往來做朋友。他們所以這麼做，一方面是滿心感激他曾善待可憐的狄克，另一方面則非常景仰他的人格，因爲狄克當時受他照顧的那半年，曾在信中盛讚（但好幾個字都沒拼寫正確）他是一個「非常英勇、有衝勁的人，只是在教學⑤方面太過嚴苛」。

瑪斯格羅夫夫婦做出的此番決定，也爲他們的夜晚帶來了寬慰。

譯註：

①在社交場合中位居上位的權利。瑪斯格羅夫太太雖為長輩，且是瑪麗的婆婆，但因瑪麗是從男爵的千金，其社會地位仍高於她的婆婆。

②並非一般鄉村圓舞曲（country dance），而是對舞曲（contra dance），男男女女跳舞時呈兩排、面對面地跳，舞姿與隊形較優雅，適合在宴會中跳。珍・奧斯汀非常熱中此種舞曲的彈奏與起舞。

③狄克（Dick），是理查（Richard）的非正式簡稱。

④frigate，彼時仍是風帆戰艦時代，依船隻噸位和火砲數量分為六個等級，巡防艦為第五級的小戰艦，參戰機會雖多，但因砲門數量不多，攻擊火力不夠，無法在艦隊陣列中對峙作戰，而總位居艦隊外圍。但巡防艦的優點是體型輕巧活動迅速，適合單艦作戰，也很適合執行偵察、傳達、護送，以及襲擊敵方運輸線等任務；並因船行速度快，相較於一二三級的笨重戰列艦（ship of the line），更容易俘獲敵艦以賺取大錢。

⑤根據規定，每艘軍艦都得有一位教師，為船上的候補海軍少尉們進行寫作、算術、航海學科教學，但通常施行不力就是了。從狄克信中的敘述，可知溫特伍上校似乎擔任著教師角色，並甚為關心部屬，但同時也感覺得到狄克不太受教。

第七章

Persuasion

幾天後，大家都得知溫特伍上校已經來到凱林奇。瑪斯格羅夫先生前去拜訪，回來後對他讚不絕口，並邀請他與卡夫特夫婦來週一道來厄波克羅斯作客。最令瑪斯格羅夫先生失望的是，日子無法再提早些，他急著想在自家好好招待溫特伍上校，拿出酒窖裡最濃醇的美酒來歡迎他。不過，瑪斯格羅夫先生還得再等上一週！但對安而言卻是「只剩」一週，過了這一週他們就得照面。她隨即盼望，自己能以平靜的心度過這僅剩的一星期。

爲了對瑪斯格羅夫先生的禮貌拜訪致意，溫特伍上校很快便進行了回訪。就在那半小時裡，安與瑪麗也正準備前往主宅；若真的去了，勢將碰上他。但就在此時，瑪麗的大兒子因嚴重摔傷而被帶回家，孩子發生意外，使她們前往主宅的事全擱在一旁。之後，雖仍處在擔憂孩子的焦急心情下，當旁人談及有關他回訪的種種，安仍無法毫不在意地留心聽著。

孩子的鎖骨脫臼了，而且背部摔得很重，讓人十分擔心。這是個悲傷的午後，但安必須立即收拾心情處理大小事：派人去請醫生來；請人去找孩子的父親並加以告知；平撫孩子母親的情緒，以防她歇斯底里；指揮所有僕人；把瑪麗的小兒子帶開；還得照顧並安撫受傷的可憐孩子。此外，她也很快想起，得捎個措詞合適的口信到主宅去，可沒想到主宅來的盡是些受驚且碎嘴的人，一點忙都幫不上。

首先得到的幫助是妹夫返家了，他最能給予妻子適切的照顧；次好的幫助，則是醫生的來到。醫生來之前，大家都因孩子的狀況不明，不由得憂心忡忡：他們猜想孩子摔得很嚴重，卻又不知傷到哪兒。現在，孩子的鎖骨很快復了位。然後，羅賓森先生摸摸碰碰地爲孩子做檢查，神情相當嚴肅，最後則低聲向孩子的父親與阿姨報告狀況。他說孩子的情況應該頗爲樂觀，要大家可稍稍放下心，好好用些晚餐。孩子的爺爺奶奶於是先行離開，但兩位姑姑特別多留了五分鐘，且竟然把關心的話題從侄兒的傷勢岔開，開始說起稍早溫特伍上校來訪一事，熱切地描述著：和他相處是多麼愉快，他是多麼英俊，他比她們認識並喜歡的任何一位異性朋友，長得好看許多；聽到爸爸邀請他留下用餐，她們是多麼高興，但聽到他說無法留下，她們是多麼難過；可是當聽到他說明天晚上願接受爸爸媽媽的邀請前來用餐，她們又是如何高興；而且他答應邀約時的態度是多麼愉悅，就好像他完全、也應該理解爸媽如此熱情邀約的動機；總之，他的神態和說話是多麼的優雅，她們敢說就連爸爸媽媽也被迷住了……最後，兩位小姐帶著無限歡喜與愛慕的心情溜也似地跑掉了，她們現在滿心想著的全是溫特伍上校，哪裡會是受傷的小查爾斯。

傍晚，兩位小姐和他們的父親再度來訪探視小查爾斯的情況。小姐們再度以同樣的癡狂說著同樣的故事。甚至，瑪斯格羅夫先生也已經不像第一時間那樣擔心長孫，他一起附和女兒所言，極力稱許對方。他並且希望宴請溫特伍上校一事不必延期，只是覺得很可惜，別墅這邊的大家勢必會因掛心孩子而可能無法參加。「喔，那可不行，怎麼能丟下孩子！」兩位做父母的才剛受到極大驚嚇，怎可能有此考慮，安則因慶幸得以逃脫赴宴，也忍不住跟著幫腔反對。

之後，查爾斯．瑪斯格羅夫卻開始表露明晚想赴宴的念頭，「孩子的狀況很好，而且我也很想被引見給溫特伍上校，所以也許我明晚會去，但不留下來用餐，只是在那兒待上半小時。」他的想法立刻遭到妻子急切反對，「喔，不行啊，眞的，我不能讓你走。想想，萬一到時發生了什麼事該怎麼辦？」

孩子這一晚狀況很好，第二天也有愈見好轉的跡象。不過是否傷到脊椎，可能還需要一段時間觀察，據羅賓森先生表示，情況應該不會再惡化。查爾斯．瑪斯格羅夫開始覺得沒必要把自己關在家裡。讓孩子繼續躺在床上休息，盡可能安靜躺著玩，除此之外，做父親的還有什麼可做的呢？照顧孩子這種事是女人的工作，他在家一點幫助也沒有，如果他再繼續關著自己，那就太荒謬了。他父親非常希望他能認識溫特伍上校，所以如果沒有什麼充分的理由必須留下，他就會去。之後，他打獵回來便直接宣布，他將立刻著裝到主宅參加晚宴。

「這孩子的復原情況已經好得不能再好了。」查爾斯對瑪麗說：「所以，我剛剛告訴父親我會赴宴，而他也贊成我這麼做。妳有姐姐陪著妳，親愛的，我想我完全不必擔心。畢竟，是妳不想離開孩子，但我留下卻一點用也沒有。如果有任何情況發生，安會派人來通知我的。」

夫妻之間通常都知道什麼情況下，再反對對方也無益。從查爾斯說話的方式，瑪麗便知道他已下定決心要去了，留也留不住。於是，她不再吭聲，等到查爾斯走出房間，只剩安這位聽眾時，便開始負氣地說著：

「所以，現在就只剩被拋下的咱們姐妹倆，得獨力照顧這可憐的小病患了，而且整晚一定沒人來看我們。我就知道事情會變成這樣，我總是這樣歹命，如果有啥不好的事發生，男人總是先溜掉。查爾斯就跟其他男人一樣壞。太無情了！丟下自己可憐的孩子跑掉，還說什麼孩子現在好得不能再好，眞是太無情了！他怎麼知道孩子現在好好的，接下來半小時內會不會發生什麼急遽變化？眞沒想到查爾斯是這樣無情的人。反正，他走掉了，自己享樂去了，而我就該這麼可憐，孩子的母親哪兒都去不了。我敢說，我比任何人都不適合照顧孩子，我是個母親，孩子若有個什麼，情緒會更受不住打擊哪！我根本受不了打擊，妳看看我昨天是多麼歇斯底里呀！」

「那是因爲妳突然受到驚嚇，是出於震驚和打擊的關係。妳不會再發生歇斯底里的情況，我敢說，現在沒有什麼事可以使我們煩惱。我完全瞭解羅賓森先生的指示，所以一點也不擔心呢！說眞的，瑪麗，我贊同查爾斯說的，照護的工作本來就不屬於男人，那不是男人的本分。生病的孩子永遠是母親的寶貝，而這往往是母性使然的結果。」安持平地說。

「但願我能像其他母親那樣愛孩子。對於照顧生病的孩子，我不覺得自己會比查爾斯更有用，孩子生病已經很可憐了，我總不能老是責罵他或逗弄他吧。妳也看到了，今早我要孩子安靜一些，他卻開始任性踢個不停，我的神經可受不了這些事。」瑪麗回覆道。

「不過，要妳一整晚撇下這可憐的孩子，妳放得下心嗎？」安試問。

「可以的，他爸爸可以，我為什麼不可以？潔麥瑪是那麼小心仔細的保母，而且她可以每小時請人來通報孩子的狀況。我真的認為查爾斯應該告訴他父親，我們夫妻倆都會赴宴。我現在已經跟查爾斯一樣，不再那麼擔心孩子了。昨天事情剛發生時，我是真的很受驚，但今天孩子的情況已經大不相同了。」瑪麗如此回答。

「嗯，如果妳認為現在告知要赴宴不會太遲，那就跟妳先生一起去吧！由我來照顧小查爾斯，我留在孩子身邊，相信瑪斯格羅夫夫婦應該不至於認為不妥。」安成全著瑪麗。

「妳是說真的？」瑪麗大叫，眼睛為之一亮。「哎呀，這真是個好主意，非常好的主意。其實，我去或不去都是一樣的，反正我在家也沒多大用處，可不是嗎？我待在家僅是徒增煩惱罷了。妳畢竟還沒有做母親的情緒，所以最適合照顧孩子。妳要小查爾斯做什麼他都願意，他最聽妳的話了，這遠比把他交給潔麥瑪一個人好得多。噢，我當然要去！我確定我該去，就像查爾斯一樣，他們一定也很希望我能認識溫特伍上校，而且我知道妳並不介意獨自在家。安，妳這主意多好啊，真的。我馬上就去告訴查爾斯，並趕緊把自己準備好。如果發生了什麼事，妳知道的，可以立刻派人通知我們；但我敢說不會有什麼令人擔驚的事。妳應該知道，如果我不是那麼放心我親愛的孩子，我是不會去的。」

下一分鐘，瑪麗立刻去敲她先生梳妝室的門。安也跟著她上樓，並及時聽到瑪麗與她先生以興奮的口吻對話。

「我也要跟你一起去呢，查爾斯，因爲我留在家裡也不會比你更有用。即使把我和這孩子一直關在家裡，他不想做的事，我還是沒辦法說服他做啊！安會留下來，她同意待在家照顧孩子。這是安自己提的主意，這眞是太好了，所以我要跟你一起去，畢竟從星期二以來，我就不曾在主宅吃過晚餐。」

「安眞是個很和藹的人，」查爾斯回答：「而且我當然很高興有妳一起去。只是把她一個人留在家裡，照顧我們生病的孩子，這似乎有點說不過去。」

此時，安已來到他們面前，正好可以親自說分明。她的態度是那麼眞誠，足使查爾斯全然信服；至少，她的說服方式讓人感到很舒服，對於留她一人在家吃晚餐，查爾斯也就不再那麼過意不去了。不過，他還是希望孩子晚間睡著後，安能到主宅加入他們，他親切地力勸，希望安能讓他接送，但安還是沒答應。情況大抵就是如此，不久後，她開心地歡送這對興高采烈的夫妻出門。他們離開了，她祝福他們能有一個快樂的夜晚，儘管這種構築快樂的方式還眞是奇特啊！至於她，獨處總能帶給她最多的舒服自在。她知道，她是深受這孩子仰賴與需要的，而近在半哩外的腓德烈克．溫特伍，卻忙於交際和取悅人群，這又有什麼了不得的呢？

安其實很想知道，對於他們日後不可避免的碰面，他是怎麼想的。也許表現得很冷淡，但在這種情況下，他眞的做得到？也許，不是冷淡就是嫌惡吧！如果他曾想過再見面，就不會等到這時候。畢竟，當時他所欠缺的是經濟上的獨立自主，但後來機緣帶領他早早獲得了一大筆財富，如果安是他，早就採取行動了，不會等到今天。

她的妹夫和妹妹回來之後，對於他們的新朋友和晚宴聚會，無不顯得滿意。聚會中，音樂、歌唱、聊天、笑聲無一不缺，一切是那麼令人感到愉快。溫特伍上校舉止大方，不害羞也不拘謹，他們似乎一見如故地相處熱絡。第二天早上，他要跟查爾斯一起去打獵。他會先來用早餐，本來提議請他到別墅來，但主宅那邊卻堅持要他過去用餐，再加上因為別墅這邊孩子身體不適，他也唯恐太叨擾別墅的女主人。因此，他們也不知為何，最後決定由查爾斯前往主宅，和他碰面一起用早餐。

安明白了，他想避免見面。安聽說，他在聚會中曾淡淡地問候她，就像對一個稍有認識的舊識那樣。他似乎想藉此承認他認識安，就像安之前也曾表示自己認識他那樣。兩人分別這麼做的動機，當然是希望日後相逢時，可避免尷尬地被當作是需要引見的陌生人。

別墅的早晨作息，向來開始得比主宅晚，但這天早晨則更遲。當瑪麗與安才正準備用早餐，查爾斯卻已從主宅返回，說他們就要出發，他是回來帶獵犬的；兩個妹妹也將隨溫特伍上校一同過來，兩位小姐要來探望瑪麗和孩子，溫特伍上校則說若方便的話，也希望來拜訪瑪麗幾分鐘。儘管查爾斯告訴他，孩子復原情況良好，直接拜訪無啥不便，溫特伍上校仍希望查爾斯先行回來給予通知。

對於溫特伍上校的關心，瑪麗開心極了，愉快地準備接待他。安則千頭萬緒，唯一的安慰是，這次會面將很快結束。會面的確結束得很快。在查爾斯通報後的兩分鐘，他們就到了，並在客廳等候。安與溫特伍上校的眼神幾乎相會，男的鞠躬，女的屈膝，行禮如儀。安聽見他的聲音，他正和瑪麗說話，字字句句適切合宜；他也和兩位瑪斯格羅夫小姐說話，是十分輕鬆爽朗的對話。一時間，房子充塞著人影與歡語，但幾分鐘內即戛然而止。查爾斯人已在窗外，訪客再次鞠躬行禮後隨即一同離去，兩位瑪斯格羅夫小姐也離開了，因爲她們突然決定步行送兩位狩獵者到村口。房子頓時清空，安可以安心用早餐了。

「一切都過了、一切都過了，」安在神經緊繃之中，仍充滿感激地一直、一直對自己說：「最糟的情況已經過去了。」

瑪麗在說話，安卻聽而不聞。她見到他了，他們相見了，他們又再次地共處一室！

但安隨即試著說服自己要以平常心面對。自從當年她放棄了一切，八年了，近八年的歲月涓涓滴逝。在時間力量的淘洗下，一切心緒早已被放逐到最遠、最幽微處，如今若再要騷動起來，豈不太可笑了？八年裡什麼事都可能發生，各種各樣的事件、變化、讓與、搬遷……，這些全都必須包含在其中，對了，還有「遺忘過去」這一項也要加進去，如此自然，如此眞切！八年，幾乎是她人生的三分之一光景呀！

啊，再怎麼說服自己也無用。她發現，對一份充滿執著的感情而言，八年並不算什麼。

那麼，他的心情又該怎麼解讀呢？他是眞的想避開她嗎？下一刻，安又因爲自問了這個傻問題，而痛恨起自己來。

但安還想問另一個問題，任她再有智慧也無法斷絕這樣的念頭。這問題的答案很快就揭曉了。後來，當兩位瑪斯格羅夫小姐折回別墅，好好探訪別墅這邊後，瑪麗便很主動地告訴安這個訊息：

「安，溫特伍上校雖然對我問候備至，卻對妳表現得很冷淡。稍早，當他們離開別墅後，亨麗耶塔曾問他對妳的看法如何，他說，妳變得太多，以至於他都快認不出妳了。」

瑪麗一向不懂得尊重、照顧姐姐的心情，這番話刺痛了安，她卻渾然不覺。

「變得快讓他認不出了！」聽到他對自己的看法與評價，安默默帶著深沉的羞辱，徹底屈服了。但，這的確是事實啊，而且想反擊也無從報復起，因爲他完全沒變，即使變了，也只是變得更好看。安早已坦然面對自己容貌的改變，除此之外她又能怎麼想，他愛怎麼看待、怎麼評價就隨他吧！然而，他竟絲毫未變。光陰摧折了安的青春美麗，卻不減他好看的外貌，甚至益發燦然出眾、有男子氣概、神態自若。他依然是當年那個腓德烈克·溫特伍。

「變得快讓他認不出了！」這句話一直在她腦海盤旋不去。但她很快轉念，反倒高興聽見這話。這可以使她清醒，平息她騷動的心緒，將心情沉澱下來，她也就能夠變得更快樂一些。

腓德烈克·溫特伍的確說了這樣或類似的話，但絕沒想到話會傳到安的耳裡。他看見安的容貌竟變得如此憔悴，才會在第一時間感嘆地脫口而出。他一直不曾原諒安·艾略特。當年，她羞辱、拋棄他，使他失望至極。更糟的是，這麼做無異展現了她性格上的懦弱，這絕非個性果決堅定的他所能忍受的——她因聽從別人的話而拋棄了他；她，屈服於旁人的強力勸服，臣服於自己性格上的懦弱與膽怯。

他曾經那麼愛慕她，而且後來再也不曾遇到能與她相媲美的女性；即使如此，他仍克服了人性中好奇心的作祟，絕不願再見到她。在他心中，她的魅力已永遠消失了。

現在的他，目標是成家。他已變得富有，且調任到陸地上，一旦遇上適合的對象就會定下來。事實上，他正在四處張望，並盡可能帶著清楚的頭腦、敏覺的審美觀，全速讓自己愛上某人。他對兩位瑪斯格羅夫小姐都有情意，若任何一位能擄獲他的心，他也會完全獻上自己的。所謂情意，簡而言之，就是任何讓他有好感的年輕女性出現在眼前，他都很樂意奉上自己的情意，但唯獨安・艾略特除外。

溫特伍上校的姐姐猜測著他目前的情感動向，除了安・艾略特遭他祕而不宣地排除在外，他如此率爾地回答：

「是的，我來了，蘇菲亞。我已經準備好締結一門可笑的婚姻。任何十五歲至三十歲的女性，只要願意，誰都可以嫁給我。有點姿色、多點笑容、對海軍稍有傾慕的女性，就能讓我拜倒。做爲一名海員，我一向缺乏和女性交往的機會，本來就沒有什麼權利挑剔，一旦遇上具備這些條件的對象，豈不足夠？」

他姐姐知道，弟弟嘴上這麼說，是故意希望遭到反駁。他那雙明亮有神、自傲不群的眼睛，就是他對結婚對象必然挑剔的最佳證明。當他以較爲正經的口吻形容心中理想對象的條件時，腦海裡依然存放著安・艾略特的身影，而「心志堅定、舉止溫和」這項擇偶條件，則是他從頭到尾一再強調的。

「這就是我想要的女性。」他說：「稍微遜色我還可以接受，卻不能差得太多。我是傻子嗎？我眞的是個傻子，關於這個問題我想得可比一般男性都多。」

從那時起，溫特伍上校與安・艾略特，便經常在相同的社交場合見到彼此身影。這天，他們都將參加瑪斯格羅夫先生舉辦的晚宴，這是兩人共同列席的第一個社交場合，往後還有許多餐宴與會面等著他們呢！而且由於小男孩的病況已然好轉，身爲阿姨的安，再也無法以照顧孩子爲由缺席各聚會場合了。

兩人過去的感情能否再復甦，還有待考驗，但過去的時光，無疑就在他們彼此的記憶裡，任何一方都無法不去想起。甚至，連他們私訂婚約的確切年分，也在他與大夥的談話中，藉著敘述或描繪一些小事件時，喚起了他心中久遠的回憶。他甚至特別點了出來：「……那一年正是『一八○六年』」、「那件事發生在我『一八○六年』出海以前……」幸好基於他的海軍職業，提到某件事在某確切年分發生，並沒有人會感到奇怪；但當他說出「一八○六年」的同時，心中想必仍懷著某種特殊情感。這個與他倆有關的「一八○六年」話題，竟在他們重逢後首次共度的社交場合巧妙談及。安發現，儘管他說話時聲音並未顫抖，而她也沒理由猜測他的目光是朝著她而說，然基於安對他內心的瞭解，她相信他必定也和自己一樣憶起了往事，只是他們當下雖出現了相同的聯想，她卻不認爲他們內心各自承受的苦是相對等的。

宴會上，他們倆並不交談，僅止乎禮地問候彼此。曾經，他們對彼此而言是多麼重要的存在啊！現在，卻什麼也不是了！若是從前，即便讓他們置身像厄波克羅斯主宅這般擠滿人的客廳，他們也仍有許多話想和對方說，並不斷熱切地交談著，語難稍歇。在安所認識的人之中，除了感情特別好、看來特別幸福的卡夫特夫婦（安認爲，即使成了夫妻也應無話不談）之外，也許再找不到任何一對伴侶，如同過去的他倆那般心靈相契、興趣相投，那般熱烈地鍾愛著彼此，那般喜歡著彼此的模樣。如今，他們卻咫尺天涯地成了陌生人；不，比陌生人還不如，因爲他們再也無法變得親近。這是份永久的疏離。

當他說話時，安聽到同一副聲音，察覺著同一副內心。在場的人對海軍事務毫無所悉，大家問起他有關海上生活的種種，兩位瑪斯格羅夫小姐尤其問得多，她們的目光幾乎不曾離開他。她們問了像是船上的生活方式、日常規範、飲食、作息等問題，在他的解說下，她們對於船上在住宿與各方面的安排竟能如此完善，感到不可思議；爲此，他也打趣地嘲弄了姐妹倆幾句。這使安回憶起，過去他也曾因爲她對海軍生活一無所知，玩笑似地取笑她該不會以爲船員在船上都沒食物可吃，或即使有食物，也沒有廚師備餐、沒有僕人伺候或刀叉可用吧！

正當安聆聽、思考著一切的同時，突然被一陣輕語打斷。瑪斯格羅夫太太突然悲從中來想起死去的兒子，不禁說道：

「哎，安，如果上天能饒我那可憐兒子一命，我敢說他一定也會像眼前這位一樣！」

安神情稍凝地溫柔聆聽，瑪斯格羅夫太太因而感到釋然了些；這幾分鐘裡，她沒能跟上大夥的談話。當她再度找回注意力時，發現兩位瑪斯格羅夫小姐正拿來《海軍名冊》（這是她們倆的，也是厄波克羅斯的第一本），一同坐下仔細讀著，宣稱要找到溫特伍上校曾指揮的艦艇。

「我記得你的第一艘船是『亞斯普號』，我們就來找找『亞斯普號』。」

「妳們找不到的，她破舊不堪且解體了。我是最後一個指揮這艘船的人。那時她幾乎已不堪用，但據報告還能在本國海域服役一兩年，所以我就被派到西印度群島①去了。」

瑪斯格羅夫姐妹的神情滿是驚訝。

「我國的皇家海軍部，」他繼續說著：「向來喜歡藉著把好幾百人送上不堪用的船隻，以自娛自樂。因爲海軍要供養的人實在太多了，幾千人命喪海底也毫不要緊，他們可能根本弄不清究竟其中哪一群人是死不足惜的。」

「咳！咳！」司令官大喊：「現在的年輕人究竟在胡說些什麼！在『亞斯普號』服役的時代，沒有比她更好的砲艦②了，以前造的砲艦沒一艘比得上她。能夠得到『亞斯普號』是多麼幸運！你自己也知道，當時和你一起爭取這艘船的人至少超過二十個。像你這樣沒有背景關係的人，竟能夠一路很快就擁有這麼多東西，可幸運得很！」

「我確實自認非常幸運，司令官。」溫特伍上校口吻正經地回答：「我確實像您所期望的那樣，對於被任命爲『亞斯普號』艦長，感到非常滿意。那時，我最大的願望就是出海，非常渴望、深切冀望有所作爲。」

「那倒是。」司令官繼續說：「當時，像你這樣的年輕人，怎可能會在陸地待得住半年以上？男人如果沒有妻子，很快就會想再出海的。」

「可是，溫特伍上校，」露易莎喊道：「當時你一登上『亞斯普號』，發現他們給你的船這麼老舊，應該很生氣吧！」

「在那之前，我就很清楚她是怎樣的一艘船了。」他微笑地說著：「所以當我眞的看到她，一點也不意外。或許可打個比方，假設有件女用長風衣，記憶所及它已經被妳半數朋友都穿過了，最後在一個下大雨的日子，終於輪到妳借來穿，這時候妳可就不會在意它的款式或彈性如何了。啊，『亞斯普號』眞是我最親愛的老朋友，她帶給了我一切。我一直知道，自己若不是和她一起命喪海底，就是會有所成就。我和她在海上，非常愉快地俘獲了許多私掠船，而且幸運地從不曾遇上兩天的壞天氣。之後，來年秋天在返途中，好運又降臨，我幸運碰上了一直想拿下的法蘭西巡防艦，最後我把她帶回了普利茅斯港，接著又有幸運事發生。我們停靠海灣後六小時不到，颳起了劇烈狂風，持續了四天四夜才停。如果那時候可憐的老『亞斯普號』仍在海上，恐怕撐不到兩天，畢竟我們才剛和法蘭西巡防艦交手，『亞斯普號』的狀況並不好。也就是說，如果我們晚個二十四小時返港，我就會以英勇的溫特伍艦長身分，躺在報紙角落的某則小訃告短訊上，而且僅僅只是和一艘老舊的砲艦一起壯烈犧牲，哪裡會有人緬懷我呀！」

安聽了，獨自暗暗地顫抖。兩位瑪斯格羅夫小姐則展現一貫的真摯率性，又是憐憫、又是驚怕地叫喊著。

「我想大概就是在此時吧！」瑪斯格羅夫太太低聲說著，彷彿在自言自語，「之後他就登上了『拉寇尼亞號』，在這船上遇見了我可憐的孩子！」接著，她對查爾斯招招手，「查爾斯，問問溫特伍上校，他當初是在哪兒遇見了你那可憐弟弟。我總是記不住。」

「母親，這事我曉得，是在直布羅陀。那時狄克生了病留在直布羅陀，後來他交給了溫特伍上校一封推薦信，那是狄克以前的艦長寫的。」查爾斯回答。

「噢，查爾斯，告訴溫特伍上校，不用顧忌在我面前提起可憐的狄克。如果能聽到狄克被這樣的好朋友提起，我會很開心的。」瑪斯格羅夫太太補充說明。

查爾斯聽了，考慮到這事如果說了，也許會引發種種可能性，僅點頭示意後離開。

這會兒，瑪斯格羅夫姐妹正忙著在名冊上找尋「拉寇尼亞號」。溫特伍上校一方面不想錯過這本象徵榮譽的珍貴冊子，一方面也想替姐妹倆省去搜尋麻煩，他興致高昂地拿起了它，再次朗聲唸著船艦的名稱、等級、目前暫不服役的簡單介紹；最後還說，這艘船可是男人最要好的朋友之一呢！

「啊，擁有『拉寇尼亞號』的那些日子，真是很愉快。」他回憶著，「靠著她，我很快就賺到了錢。我和一個朋友還曾經一起快樂地巡航西部群島③呢，姐姐，那位朋友就是可憐的哈維爾。妳知道的，他比我還需要錢，他是多麼地想賺到錢。他有個妻子，真是個好傢伙，我絕不會忘記他看起來有多幸福，那全是因爲他有個親愛妻子的緣故。來年夏天，我在地中海又走了好運，眞的很希望他當時和我在一塊兒。」

「我確信，上校，」瑪斯格羅夫太太說話了，「當你成爲那艘船的艦長時，也是我們的幸運日子。我們絕不會忘記你所做的一切。」

情緒低落，使瑪斯格羅夫太太說話的聲音變小，以致溫特伍上校只能聽清楚一部分，再加上可能根本對狄克・瑪斯格羅夫沒印象，他看來有點疑惑，似乎在等待下面的話。

「是我哥哥啦！」姐妹倆其中一人悄悄告訴他：「媽媽又想起可憐的理查哥哥了。」

「我可憐的孩子，」瑪斯格羅夫太太繼續說：「他在你的照顧下，變得多麼踏實啊，也認眞地寫信回家。唉，如果他一直待在你身邊，該是多麼幸福的事哪！溫特伍上校，他離開了你，讓我們感到很遺憾。」

溫特伍上校聽著這番話時，臉上瞬間掠過某種表情，明亮雙眼閃現奇特光芒，俊秀雙唇微微抿起，安確信這暗示著，對於瑪斯格羅夫太太的殷切期盼，他並不盡然同意，或許他那時還一直苦惱該怎麼把夫人的兒子給調走呢！然而，這番沉溺於自我消遣的時間極爲短暫，短到若非像安這麼瞭解他的人，根本不可能察覺。隨即，他恢復了自制，神情嚴肅地朝沙發走來，瑪斯格羅夫太太與安隔鄰而坐，夫人很快挪出一個位置讓他坐下。他們低聲談著夫人死去的兒子，對於爲人母喪兒的悲痛眞情，他表現出十足的體貼，充滿同理心與眞誠善意地傾聽著。

安與溫特伍上校，如今正同坐一張沙發，因爲方才瑪斯格羅夫太太很快地挪了個位置給他。他們之間相隔著瑪斯格羅夫太太，這誠然是面巨大的屏障牆。瑪斯格羅夫太太的體態豐滿結實，這與她天生歡樂、誠懇親切的氣息相得益彰，她絕不適合做個溫柔易感的小家碧玉女性。拜夫人寬厚身形所賜，此刻，安表現於頎長身姿、沉鬱臉龐之外的騷動不安心情，全然得到了掩護。另一側的溫特伍上校則無疑理當獲得讚賞，他是如此自我克制得宜，耐心傾聽那位過於自憐的母親訴說兒子的多舛命運。事實是，那死去兒子活著的時候，也不見有人在乎過他。

雖說，個人身材體型與內心所能承受的悲苦，並無適切比例可言。體型笨重的人和世上身形最纖巧的人，同樣都有陷入深沉悲痛的權利。但無論公不公平，體型笨重的人似乎很容易讓人覺得：「他身上背負的痛苦怎可能多深沉呢，說他擁有大量的快活歡愉還差不多吧！」這樣主觀的論點旁人沒得反駁，純然是個人觀感問題，這種事太容易讓人拿來奚落了。

司令官站起身，雙手叉在背後，在房裡走了兩三圈以提提神，但隨即受到妻子制止，要他有禮貌。他只得走到溫特伍上校身旁，也不管是否打斷人家說話，便自顧自地說了起來：

「腓德烈克，你去年春天如果在里斯本多待一星期的話，瑪麗．葛里森夫人和她的女兒可能就會請你送她們一程了。」

「是嗎？那我很慶幸當時沒辦法多留一星期。」溫特伍上校直率地回答。

司令官責備他對女性太不體貼殷勤了。他則爲自己辯解，宣稱除非是舞會、參觀這類幾小時內就能完結的活動，否則他絕不願讓任何女性登船。

「但我知道自己在做什麼。」他回答：「並非我對女性不殷勤，是我認爲無論再怎麼努力或犧牲，都無法讓船上的女性住得如同在陸地般舒適，而這卻是她們應得的基本照顧。司令官，並非我對女性不殷勤，我甚至認爲應該把照顧女性生活舒適需求的標準，再提得更高一些。我就是這麼想的，這也解釋了爲何我甚不願意聽見或看見女性登船的事情。故此，我盡可能做到，不讓我所指揮的船送女性到任何地方去。」

這話可激起了他姐姐的反彈。

「噢，腓德烈克，我眞不敢相信你會這麼說，這全然毫無根據哪！女人在船上的生活，也能像住在英國最棒的房子那樣舒適呢！我自認在船上生活的時間不比大多數女性短，所以知道沒什麼地方會比軍艦住起來更舒適了。我要說，即使是住在家裡，甚至是凱林奇府邸（她友善地向安點頭致意）的舒適安逸程度，都比不上我待過的大部分船隻。我可總共待過了五艘船呢。」

「這些話完全不中肯。」她弟弟說道：「畢竟妳是和先生一起住在船上，而且是船上唯一的女性。」

「但你不也曾把哈維爾太太、她的妹妹和表妹、三個小孩，從普茲茅斯帶到普利茅斯嗎？這樣不就違背了你所謂的優質殷勤生活照顧嗎？」卡夫特太太反問著。

「我可是爲友情兩肋插刀啊，蘇菲亞。如果可以做到，我願意幫助每一位軍官弟兄的妻子；而如果是哈維爾，只要他想要的，我都願意爲他從天涯盡頭帶來。但可別因此斷定，我樂意讓女性登船哪。」溫特伍上校回應著。

「相信她們一定都會感到很舒適的。」

「或許吧，可我不會因此更樂意讓她們上船。這麼多婦女和小孩在船上生活，絕不可能擁有他們應得的舒適生活權利。」

「我親愛的腓德烈克，你這話說得太漂亮、太不顧及現實了。試問，如果每個人的想法都跟你一樣，那我們這些可憐船員的妻子，又該怎麼辦？畢竟我們誰都想跟著先生，從一個港口遷移到下一個港口的。」

「妳瞧，我的想法並不影響我把哈維爾太太和她的家人，帶到普利茅斯啊！」

「但是，我不喜歡聽到你這種說法，好像你是高貴無比的紳士似的，然後把所有女人都當成嬌滴滴的貴婦，可別以爲其中就沒有明白事理的女性。我們女人並不期待在海上生活的每一天，都能浪靜無波。」

「哎呀，親愛的，」司令官說話了，「他如果娶妻了，想法就會大不同的。如果他結婚了，而我們也有幸活到下一次戰爭，那時候我們就會看到他，和我們以及其他許多人的作法，並沒什麼兩樣。甚至，對於任何願意讓他妻子登船來到他身邊的軍官將領，他也一定會感激不盡的。」

「哎呀，那是當然的。」

「好了，我無話可說了。」溫特伍上校喊道：「一旦結了婚的人開始攻訐我說：『哎呀，等你結了婚，想法就會不一樣了。』我只能說：『不，我不會改變想法。』接著對方又會說：『會，你一定會改變。』然後，對話就結束了。」

他起身，然後離開。

「夫人，過去這些年來，您一定經常旅行吧！」瑪斯格羅夫太太對卡夫特太太說。

「結婚這十五年來，的確是這樣沒錯，夫人。不過，有更多女性她們去的地方比我還多。我曾經四次橫渡大西洋，一次去到東印度群島，然後再返回，就那麼一次。再不然就是到本國附近的幾個地方如科克、里斯本、直布羅陀，但最遠就是到直布羅陀海峽了；我從沒去過西印度群島，您知道的，百慕達或巴哈馬都不能稱做是西印度群島。」卡夫特太太回答著。

關於島嶼的稱呼，瑪斯格羅夫太太沒什麼好反對的，而且也沒什麼好自卑的。畢竟在她的生活中，從沒機會、也從無必要去找這些島嶼的名字來唸。

「夫人，而且我可以向您保證，」卡夫特太太說：「沒有什麼地方住起來，會比軍艦更舒服了。您知道的，我指的是高級軍艦。如果待在小一點的船艦像是巡防艦，空間的確較受限制，但如果是明白事理的女性，住在上頭也一定還是會很開心的。我有把握這麼說，這一生最快樂的時光，我都是在船上度過的。謝天謝地，我的身體一向很健康，再惡劣的天候我都能適應。每次出海，在最初的二十四小時雖然總會有點不舒服，但之後就不再暈船了。只有一次，我的身心真正受到了折磨，而那也是我唯一一次幻想自己生病或患了什麼很嚴重的病。那時候，我一個人在迪爾港過冬，當時司令官（那時他的軍階是上校）人在北海，我無時無刻不感到驚恐，由於完全不懂自處，也不知道何時能收到他的消息，我便幻想自己生了各式各樣的病。不過，只要我們在一起，我就不會感到身體不適，也不覺得住在船上有什麼不便。」

「說得眞好，確實是如此哪，卡夫特太太，我很贊同您所說的。」瑪斯格羅夫太太由衷地說著：「沒有什麼事比夫妻分離更糟的了。我十分同意您的說法，而且我知道那種感覺，因爲我先生每回都會出席巡迴大審，只要一開完庭、見到他平安回家，我總是非常高興。」

這個夜晚，最後是以小型舞會劃下句點。一有人這樣提議，如同往常，安也很樂意爲大家伴奏。雖然，當她坐在鋼琴前，常不覺因觸景傷情而眼眶濡濕，但她還是很高興能爲大家做點事，而且不求回報，只求不要受人注目，唯此而已。

這是個歡樂愉快的舞會，在場沒有人比溫特伍上校更興致勃勃的了。安認爲他絕對有資格感到無比歡快，因爲人人都注意他、敬重他，尤其是年輕女孩們，她們的注意力都放在他身上。海特家的姐妹，也就是先前曾提到的瑪斯格羅夫家的表親，很顯然表現出「愛上他是何其榮幸」的神態；至於亨麗耶塔和露易莎，這兩姐妹完全爲他目眩神迷，她們之間看來仍是那樣相處融洽，眞教人難以相信她們彼此是情敵。如果他因爲受到大家一致的喜愛與讚賞，心情上有點飄飄然地被寵壞，那又有什麼奇怪的呢？

這些想法佔據著安的心思，半小時的演奏裡，她竟毫無意識、卻也未見出錯的機械般地舞動著手指。曾有一次，安感覺到他注視的目光似在觀察她變得憔悴的容顏，或許是想找出這張臉過去曾吸引他的蛛絲殘跡吧！還有一次，她知道他必定是在談論她，安本來毫無所覺，直到她聽見了答案。她確信他一定問了舞伴：「艾略特小姐從不跳舞嗎？」對方的答案是：「喔，不，從不，她早就放棄跳舞了，寧可彈奏。對於彈奏，她從不感到厭煩的。」

還有一次，他對她說話。當跳舞結束，她離開鋼琴後，接著他坐下來彈奏，試圖爲兩位瑪斯格羅夫小姐說明某段旋律。後來，安無意中又走回附近，他看見了她，便立刻起身，故作禮貌地說：「抱歉，小姐，您請坐。」她雖然立即斷然拒絕，往後退去，但他卻再也不願坐下來了。

安不想再見到他這樣的態度，也不想再聽到這樣的話。他的冷淡有禮和拘泥優雅，比什麼都糟。

譯註：

①指英國在加勒比海地區的眾多殖民地。自一六二三年英國在該地區佔領了第一個殖民地「聖克里斯多福」以來，此後近兩百年的歲月還陸續佔領巴貝多、牙買加、巴哈馬群島、格瑞那達、千里達等國。

②sloop，小於巡防艦，為第六級的軍艦，船上僅能搭載十八門砲，其主要任務是傳達、偵察、緝私等任務。

③即亞速爾群島（Azores），位於北大西洋，介乎美國、非洲與歐洲之間，現為葡萄牙的國土。

來到凱林奇的溫特伍上校，就像回到家一般，他想待多久都可以，而司令官也把自己的妻舅當親兄弟看待哩！他剛到的時候，原本打算儘快前往什羅普郡探望落戶在那兒的弟弟，但厄波克羅斯實在太誘人了，他因而緩下既定行程。厄波克羅斯的人們待他是如此友善、勤於恭維，這裡的一切使他醉心，長輩親切好客，年輕人和善可親，他於是決定滯留於此，遲些時候再去拜訪新婚的艾德華，領教弟媳的完美魅力。

不久，他幾乎天天都往厄波克羅斯報到。瑪斯格羅夫家總是熱切期待他的到訪，而他也十分樂意前往，尤其是早上無人相伴的這段時光。這段時間，司令官夫婦通常會到戶外走走，享受他們的新莊園、草地與羊群，並以一種旁人看了慢到不能再慢的步調晃遊著，或是乘著他們最近新添的單馬二輪馬車外出。

到目前為止，瑪斯格羅夫家和他們周遭的親友，對溫特伍上校的看法只有一種：他在各方面都值得受到熱切仰慕與讚賞。然這個友好的社交基礎才剛站穩，瑪斯格羅夫家有位名為查爾斯・海特的表親回來了，他對溫特伍上校的出現感到心煩不已，認為他是個大妨礙。

查爾斯・海特是所有表兄弟姐妹當中年紀最大的一位，是個極和善可愛的年輕人，在溫特伍上校出現以前，大夥都察覺得到他與亨麗耶塔之間的愛意。他擔任聖職，在附近當副牧師，該教區未規定牧師得居住當地，他便住在離厄波克羅斯僅兩哩的父親家中。在這關鍵時期，他全無防備地離家一陣子，遺下他心愛的人，回來後卻痛苦地發現愛人的態度改變了，也就是在此時，他見到了溫特伍上校。

瑪斯格羅夫太太和海特太太是姐妹，她們分有財產，但各自結婚後，身分地位登時變得懸殊。海特先生名下也有一些財產，然與瑪斯格羅夫先生相比實在微不足道。瑪斯格羅夫家在地方上屬於上流社會階層；而海特家的年輕人，則由於父母親社會地位低下，生活方式低調粗俗，再加上他們自身教育程度也不足，除非依附著瑪斯格羅夫家，否則無法打進任何社交圈。不過，海特家的長子例外，他選擇成爲一名學者和紳士，教養與舉止均優於其他人許多。

這兩家人一向相處融洽，一方不驕傲，另一方也不嫉妒，僅兩位瑪斯格羅夫小姐頗有優越感，對於幫忙她們的表親提升社交水準，樂在其中。查爾斯・海特對亨麗耶塔展現殷勤，瑪斯格羅夫夫婦不是不知道，可也未表反對，「這雖然不是頂門當戶對的婚事，但如果亨麗耶塔喜歡他的話……」而亨麗耶塔看來似乎是喜歡他的。

亨麗耶塔的確滿心以爲自己喜歡著他，直到認識溫特伍上校後；從那時起，她便幾乎忘了查爾斯表哥這個人。

至於溫特伍上校究竟比較喜歡兩姐妹的哪一個，根據安的觀察，目前仍存疑。亨麗耶塔或許比較美，但露易莎活潑可愛，而安則不清楚偏溫雅或偏活潑的個性，哪一種比較吸引現在的他。

瑪斯格羅夫夫婦若非欠缺觀察力，就是對女兒們的判斷力很有信心，甚至相信圍繞在她們身旁的男性個個舉止謹慎，因而主宅這邊的男女主人從未表露擔心或評論。但別墅那邊的年輕夫婦則熱中猜測：溫特伍上校究竟較喜歡兩姐妹的哪一個。儘管他到瑪斯格羅夫家作客不過四或五次，而查爾斯・海特也才剛返家，安卻已經聽到妹夫和妹妹對這件事的看法。查爾斯覺得是露易莎，瑪麗則認為是亨麗耶塔，不過他們一致認為，不管他和哪一位結婚都是非常令人樂見的。

查爾斯說：「我生平從未見過這麼親切和善的男性，而且有一次聽溫特伍上校說，他的確在這次戰爭中賺到兩萬英鎊。這筆財賺得眞快，而且如果未來發生戰事，他也還有可能再賺得財富。此外，我也很確定溫特伍上校和其他海軍弟兄比起來，無疑是更為傑出拔萃的。喔，不論他和哪位妹妹結婚，都是一門極好的親事。」

「我相信絕對是。」瑪麗回應著，「哎呀，想想他一路官運亨通！想想他如果受加封為從男爵！『溫特伍從男爵夫人』聽起來多美妙啊，這對亨麗耶塔而言眞是尊榮極了，到時候她的地位就會比我高了，亨麗耶塔一定很樂意。腓德烈克爵士和溫特伍爵士夫人！但，這也不過是新受封的爵位，我不會太看重它們的。」

瑪麗會有「亨麗耶塔比較可能出線！」的想法，乃意料之中。查爾斯・海特自以為配得上亨麗耶塔？她可從來不這麼認為，她不希望他美夢成眞。她很看不起社會地位低下的海特家，若兩家眞的結親，對她和她的孩子來說，該有多可悲。

「你知道的，」瑪麗說著：「我根本不認爲他和亨麗耶塔結婚，是門適當的婚事；再說，想想瑪斯格羅夫家已經和我們家結了如此體面的姻緣，亨麗耶塔可沒有權利拋下這一切。任何一位年輕女性考慮婚姻大事時，都無權爲她家裡的主要成員帶來不快與困擾，也無權爲其他親戚締結前所未見的低賤姻親。而且，請問，查爾斯．海特又算哪一號人物？不過是位鄉下的副牧師罷了。這對厄波克羅斯的瑪斯格羅夫家小姐而言，絕對是一門最不恰當的婚事。」

然而，她先生卻不同意她的看法。除了因爲他很敬重這位表兄弟，也由於查爾斯．海特和他一樣是長子，所以他從長子的角度來看這件事。他是這麼回答的：

「妳這麼說簡直毫無道理，瑪麗。這對亨麗耶塔而言雖然不是最上等的婚事，但透過結識主教的史彼瑟家，查爾斯．海特這一兩年內便可能獲得晉升①。而且別忘了他可是長子，一旦我姨丈過世，他將會繼承可觀的財產。溫斯洛②的那塊地絕不小於兩百五十英畝③，還有湯頓城附近的農場，這可是郡境內最好的幾塊土地之一。我同意妳所說，任何一位海特家的人和亨麗耶塔結婚，都是非常糟的事；但查爾斯例外，而且其他人選也絕無可能，他是唯一適合的人。他是個秉性淳厚且善良的好人，何況一旦繼承了溫斯洛的土地，他一定會改變它的風貌的，他的生活方式將會提升得大不相同。有了這塊地產，他將不再是個無足輕重的人，好一塊自由保有地④哪！不，不可以，如果亨麗耶塔嫁給其他人，可能會更糟。如果她嫁給查爾斯．海特，而露易莎嫁給溫特伍上校，那眞是令人十分滿意的結果。」

「查爾斯大可隨他愛怎麼說！」查爾斯一離開房間，瑪麗便對安如此喊道。「如果亨麗耶塔眞的嫁給查爾斯．海特，對她來說會很糟，對我來說則簡直糟透了。所以，我非常希望，溫特伍上校能早日讓她忘了查爾斯．海特，而且我相信溫特伍上校已經辦到了。她昨天根本幾乎沒理會查爾斯．海特呢！我眞希望，妳昨天也在場看到她這麼做。至於，溫特伍上校對露易莎和亨麗耶塔一樣喜歡？這絕對是胡說，我認爲他當然喜歡亨麗耶塔多得多，可查爾斯竟對自己的想法如此篤定！如果妳昨天和我們一起在場就好了，妳就能爲我們做個裁定；而且我相信妳的想法肯定會和我一樣，除非妳是想和我唱反調。」

安如果去了瑪斯格羅夫家的晚宴，就會見到這所有情況，但由於小查爾斯的身體又感到不適，再加上她推託自己頭疼，於是便留在家裡。她原本只想藉此逃避見到溫特伍上校，沒想到也逃過了當仲裁人的一劫，得以好好在家享受一個寧靜的夜晚。

說到溫特伍上校的眞正心意，她認爲相較於他究竟傾心兩姐妹之中哪一位的問題，重要的反倒是，他應該儘快釐清自己的內心，否則不僅會耽誤人家的幸福，也會使自己的名聲受損。而且不管是亨麗耶塔或露易莎，她們應該都能成爲他多情而善美的妻子吧！至於查爾斯．海特，性情極爲敏感內斂的安，不僅爲那位善良年輕女孩表現出的輕率行止感到痛心，也爲此番舉止對查爾斯．海特造成的傷害感到同情。如果亨麗耶塔發現自己找到了感情的眞正歸屬，就應該儘快讓對方瞭解她的心意已變才好。

表妹的冷落以對，使查爾斯·海特感到非常不安與羞辱。事實上，亨麗耶塔對他的情意並非一天兩天，他實在不需因爲兩次充滿疏離的會面，便認定所有愛情希望都被澆熄而黯然離開厄波克羅斯。可情況是，亨麗耶塔對他的態度轉變，肇因於溫特伍上校這個人的出現，使得他倆關係拉起警報。他其實才離開兩星期；他們分開時，亨麗耶塔對他的前途十分關心，很期盼他儘快辭去現在的副牧師職務，改到厄波克羅斯任職。先前亨麗耶塔內心的期望是這樣的，厄波克羅斯教區的牧師雪利博士，過去四十年來滿懷熱忱地善盡職責，如今已然老邁，無法再負荷那麼大的工作量，他應該儘快聘請一位副牧師幫忙分擔工作，盡可能提供對方最好的條件，並許諾副牧師職務給查爾斯·海特。如此一來好處多多。這樣查爾斯·海特就能在厄波克羅斯工作，不必遠至六哩外的地方；從各方面來看，這會是一個更好的副牧師職務，他就能爲他們最親愛的雪利博士工作，爲慈藹的他分憂解勞，畢竟他年事已高不適合太操勞。即使是露易莎也認爲，如果能如此那眞是好處多多；想當然耳，亨麗耶塔認爲這將是再好不過的安排了。不料，查爾斯·海特一回來便發現，姐妹倆對這事兒的熱中全然不再。先是露易莎的毫無反應，對於他不久前與雪利博士的商談內容，一點都聽不進去，而是站在窗邊，急切盼望著溫特伍上校的到來；就連亨麗耶塔也是，充其量僅敷衍地聽著，而且似乎完全忘了自己先前對這場商談，是如何感到疑慮與掛心。

「啊，我是眞的很爲你高興，不過我本來就認爲你一定會得到這職務，一定會得到的。事情似乎——哎呀，總之，你知道的，雪利博士非有個副牧師不可，而你也確實得到他的允諾了。露易莎，他來了嗎？」

有天早上（瑪斯格羅夫家前一晚才剛舉行晚宴，但安並未參加），溫特伍上校走進別墅的客廳，那裡只有安與身體不適的小查爾斯，小查爾斯正躺在沙發上。

他驚訝地發現自己正與安・艾略特獨處，因而失去了平常的從容神態。驚慌之中他僅能這麼說：「我以爲兩位瑪斯格羅夫小姐會在這裡，瑪斯格羅夫太太說我能在這裡找到她們。」說完他便走到窗邊，試著讓自己冷靜下來，想想該如何應對這場面。

「她們和我妹妹在樓上，我想她們一會兒就會下來。」安如此回答，再「自然」不過地帶著慌亂心情回答。如果不是孩子需要她過去幫忙打點，下一分鐘她一定會離開房間，化解兩人的緊張與尷尬。

他依然站在窗邊，平靜有禮地說著：「希望孩子好些了。」然後沉默下來。

爲了照顧小病患，安不得不跪在沙發前，如此持續了幾分鐘。接著，她獲救般地聽到有人正穿越門廳走來。她轉過頭去，希望看到男主人回來；但卻落空，來的是查爾斯・海特，一個絲毫不能化解尷尬局面的人。而且，查爾斯・海特看到溫特伍上校，比起溫特伍上校看到安，顯得更不悅。

安只能試著說：「你好嗎？要不要坐一下？其他人馬上就下來。」

溫特伍上校從窗邊走了過來，看來想與他說說話。不過，查爾斯・海特卻不領情，立刻在桌前坐了下來，拿起報紙看。溫特伍上校只好再走回窗邊。

下一分鐘又來了一個人。是瑪麗的小兒子，一個出奇矮壯粗魯的兩歲孩子，由於有人幫忙從外頭開門，他便大剌剌地走進來出現在眾人面前，然後衝到沙發邊，看看發生了什麼事，並要阿姨分給他一些零嘴。

這裡沒有吃的，他只能玩玩遊戲。當阿姨要他別逗弄生病的哥哥時，他便纏住阿姨不放，當時安正跪坐著，她忙於照顧小查爾斯，怎麼也甩不掉他。安要他聽話，好說歹說、生氣的說都沒用。她一度設法推開了他，但孩子人來瘋似地覺得好玩，又立刻跳回她背上。

「渥特，」安生氣地說：「馬上下來。你眞的好煩人哪，你惹阿姨生氣了。」

「渥特，」查爾斯・海特喊道：「你爲什麼這麼不聽話呢？你沒聽到阿姨說的話嗎？過來我這兒，渥特，來查爾斯叔叔這邊。」

沒用，渥特絲毫不爲所動。

下一刻，她發現小孩鬆開了她。雖然孩子仍重重壓著她的頭，但因有人把小孩抓了下來，孩子結實的小手臂才總算從她脖子上鬆開。當小孩被帶走後，這才知道是溫特伍上校爲她解了圍。

這個舉動讓她感動得說不出話來，她甚至連一聲謝謝也說不出口。心慌意亂的她，只能讓自己靠在小查爾斯身旁。他貼心地過來幫她解圍，過程中全然靜默無言，當時的各種情況歷歷在目。這會兒，他藉著和孩子玩故意發出聲響，這使她很快地確信，他這麼做是爲了不想聽到她說謝謝，甚至是一種完全不想與她交談的明確暗示。安的心頭紛亂如麻，因感到痛苦而激動不已，無法恢復平靜，直到瑪麗和兩位瑪斯格羅夫小姐走了進來，她便趕緊將小病患交給她們，離開這裡。她無法留下。此刻他們齊聚一室，雖然這是個觀察那四位之間散發愛意與嫉妒的好機會，但她卻沒有心情留下。事情很明顯，查爾斯・海特對溫特伍上校絕不友善且充滿敵意。她所以這麼想，是因爲溫特伍上校出面制止小孩後，她聽到查爾斯・海特生氣地說：「渥特，你爲什麼不聽我的話，我不是要你別煩阿姨嗎？」這話令安印象深刻，她理解到他是很懊惱的，因溫特伍上校做了原本該他去做的事。然而，現在不管是查爾斯・海特或其他任何人的心情，她都沒興趣理解，除非她先稍稍整理好自己的心緒。她感到很羞愧，竟爲這麼一點小事感到如此慌亂不安、不知所措，但事實就是如此。她需要一段長時間的獨處與反思，才能恢復平靜。

譯註：

①即使是教會世界的運作，名門望族同樣能施展影響力。

②此為虛構地名。

③約莫一百公頃（一英畝約等於〇・四公頃）。

④freehold，指地主可永久擁有這塊土地，沒有年限，而且附屬該土地的所有物都歸地主所有，如建物、一草一木、地底下的資源等等。

安想觀察這四位之間的情感互動，機會還是有的。後來因爲經常和他們同席相處，她得出了自己的想法，不過卻很明智地絕不在別墅發表，她知道無論是男主人或女主人都不會感到滿意的。雖然，她認爲露易莎比較受到喜愛，但若是大膽根據以往的記憶和經驗判斷，她不禁認爲溫特伍上校並未愛上兩姐妹中的任一位。她們反而是比較愛他的一方，然而，那其實也並不是愛，那僅只是一點點的愛慕狂熱，但也可能、或終將，使他愛上某一位也不一定。查爾斯·海特似乎察覺自己受到輕視，而亨麗耶塔對兩位男士的情意，有時則顯得拿不定主意。安渴望自己有權力向這四位指出他們究竟在做些什麼，以及他們正如何將自己帶往不幸的道路。但他們的心都很單純，她並不認爲有哪位心存狡猾。最令安感到欣慰的是，她相信溫特伍上校渾然不知自己對誰造成了痛苦，他的態度並未顯出一絲一毫對弱者感到憐憫的勝利感。他也許根本從沒聽說查爾斯·海特正在追求哪一位。他唯一犯的錯，僅只是同時接受了兩位年輕女性的殷勤以待；「接受」，會是最合適的字眼，畢竟他是比較受到愛慕的一方。

經過短暫時日的掙扎，查爾斯·海特似乎退出了戰場。三天過去了，他一次也沒來過瑪斯格羅夫家，這是很明顯的轉變。他甚至婉拒了一次正式餐宴的邀請。瑪斯格羅夫先生曾發現他面前擺著

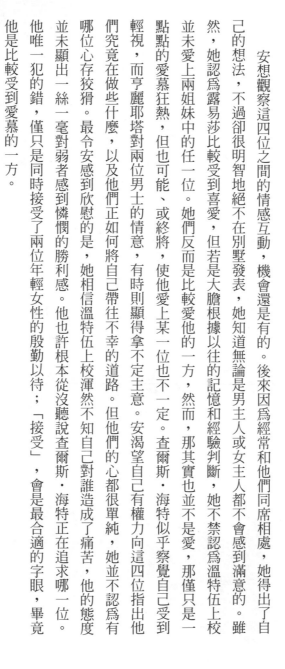

多本厚厚的書，他們夫婦倆立即斷定這行爲不太正常，神情嚴肅地談論著：他這麼認眞，會過勞死的。然而，這倒稱了瑪麗的意，她認爲亨麗耶塔已斷然拒絕了他，而她先生卻樂觀認爲，明天就會見到他人的。安則認爲，查爾斯・海特無疑是明智的。

那陣子的某天早上，查爾斯・瑪斯格羅夫和溫特伍上校一道外出打獵，而別墅的兩姐妹正靜靜做著針黹，主宅的兩姐妹則突然出現窗前。

那是個天氣非常舒朗的十一月天，兩位瑪斯格羅夫小姐穿過別墅的小庭園，目的只是爲了停下來打聲招呼，說她們倆正要去遠足，而且斷定瑪麗應該不會想跟著去。似乎被認爲不勝腳力的瑪麗，當下隨即不服氣地說：「噢，不會呢，我很想一起去，我可是熱愛遠足的。」但安看得出來，兩姐妹的表情都在說：「可我們不想讓妳跟哪。」她並且再度對這家人感到佩服，無論他們是否願意或方不方便，出於由來已久所形成的家庭習慣，他們做任何事之前都會先告知彼此，然後一起行動。安試著說服瑪麗不要跟去，但瑪麗偏要；既然如此，安認爲自己最好也同行，以利和妹妹先行回來，盡可能不干擾兩位瑪斯格羅夫小姐的原定計畫。

「我眞不懂，她們爲什麼認定我不喜歡遠足？」瑪麗一邊上樓一邊說：「每個人竟然都認定我不喜歡遠足！而且如果我們拒絕了她們的邀請，她們一定會不高興的。人家這樣誠心來邀請我們，怎麼能說不呢！」

正當她們準備出發時，男士們回來了。原來他們帶了一隻訓練不足的獵犬，壞了興致，所以才提早回來。他們回來的時間、體力精神都正好適合遠足，於是也開心地加入行列。如果安能預見這結果，她肯定會留下，但是，出於某種興趣和好奇，她發現要退縮似乎太遲了，於是這六人便朝著兩位瑪斯格羅夫小姐選擇的方向，一起出發了。兩姐妹很明顯是這次遠足的嚮導。

關於這次遠足，安一心只希望不要妨礙別人的計畫。當他們穿越狹窄的田間小路、需要分成幾組走時，安一定是跟著她的妹夫與妹妹這一組。此行對她而言最快樂的，莫過於能好好活動和欣賞美景。安愉悅地欣賞著黃色落葉、枯萎樹籬，這正是一年將盡時節裡大地最後的笑顏。她也反覆默誦著許多描繪秋日的詩句，畢竟這個季節有著獨特的感染力，永遠能觸動易感的心靈；這個季節也總能使每個富才思的詩人，寫下一首首情意動人的詩篇。然而，安雖已盡可能沉浸在如此的沉思吟誦之中，卻仍無法不去聆聽溫特伍上校與兩位瑪斯格羅夫小姐的交談。但她發現那都是一些再普通不過的對話，他們只是快活地聊著天，就像所有來往密切的年輕人會有的談話。相較於亨麗耶塔，露易莎似乎與他更親近些；比起她姐姐，露易莎的確更積極博取他的注意。兩姐妹的差異愈來愈大，甚至，露易莎後來說的一席話，更深深觸動了安。

當時溫特伍上校在不斷稱讚這一天的好天氣之餘，又多補充說了幾句：

「這對司令官和我姐姐而言，是再好不過的天氣了！他們今早本來就打算駕車遠遊，或許在山上的我們能朝著他們呼喊招呼呢！我還眞想知道他們今天會在哪兒翻車。噢，我告訴妳，這是常有的事，但我姐姐並不以爲意，她甚至還很樂意被抛出車外呢！」

「啊，我知道你這是誇張說法。」露易莎喊著，「但如果真是如此，換作我是她，我也願意這麼做。如果我愛一個男人，就像她愛司令官那樣，我也會永遠守著他，什麼事都不能使我們分開；我寧願他把我弄得翻車，也不願由別人四平八穩地駕車。」

這話說得熱情滿盈。

「真的？」他以同樣高昂的口吻喊著，「真教人欽佩。」說完後，兩人陷入一陣短暫沉默。

安當下再也無法沉醉於詩句的背誦，秋日的恬然景致也被暫擱一旁，除非她能想起某一首與此刻蕭瑟心境相符的十四行詩，而且詩中必得充滿傷春悲秋、幸福凋萎、青春與希望不再……等萬物終將衰敗的謳歌。當大家依照指示轉進另一條小徑時，安打起精神說話：「這不是要去溫斯洛的路嗎？」沒有人聽見她，或至少，沒有人回答她。

兩姐妹的目的地正是溫斯洛，或說是它的近郊；來到近郊是有用意的，因為很容易遇見在自家附近散步的「某位」年輕男子。一行人穿過一大片籬笆圍起的荒煙蔓草地，再沿一座緩坡往上走約半哩，見到田地正犁著，山坡造了條新徑，而春天終將到來。這說明了農人辛勤勞動不分四季，一篇篇謳歌秋日甜美與瑟然的詩作，不足以委頓頹然他們的身與心。之後，一行人爬上了最高一座山的峰頂，他們站在厄波克羅斯與溫斯洛的交界處，俯瞰著另一面山腳下的溫斯洛小村。

眾人眼前的溫斯洛，既不美麗也稱不上雄偉，其中有棟毫不起眼的矮房子，盡為穀倉與農場建築環繞著。

瑪麗大聲叫嚷著：「哎呀，這裡是溫斯洛，眞沒想到。那好，我們最好往回走吧，我累壞了。」

聽到瑪麗這麼說，亨麗耶塔感到又窘又羞，而且也不見查爾斯表哥走在任何小徑、倚著哪家大門，於是默默同意瑪麗所說，準備折返。「不行。」查爾斯．瑪斯格羅夫說著。「不行，絕對不行。」露易莎也急切地喊著，並將她姐姐拉到一旁，似乎熱切地爲這事爭論著。

與此同時，查爾斯則堅決地說這裡距離姨媽家不遠，他想過去拜訪，還誠惶誠恐地勸妻子也一起去。他提醒妻子，前往溫斯洛的好處是可以在那兒休息十五分鐘。但這正是女士展現強硬力量的時刻，這位女士疲倦已極，她堅決地說：「噢！絕對不行，現在走下山去，之後還要再爬上山來，那更累，不如我坐在這兒好好休息。」總而言之，她的表情和態度都在說：她是絕不會去的。

經過了小小的爭辯與商討，查爾斯和妹妹們已做好決定。他和亨麗耶塔會花幾分鐘跑下山，探訪姨媽和表兄弟姐妹們，其他人就在山上等他們。這決定似乎主要是露易莎出的主意，而且她還和他們一同往下走了一小段路，一邊和亨麗耶塔說著話。瑪麗則趁機帶著輕蔑的表情環顧四周，並對溫特伍上校說：

「有這種親戚眞是讓人不快，我敢向你保證，我這輩子到那個家不超過兩次。」

溫特伍上校沒搭腔，僅以一抹很勉強的微笑表示贊同，但當他別過臉去的時候，則掠過一陣藐視的神情。安明白這表情代表的涵義。

他們所在的山頂是一處非常宜人的地方。露易莎回來了，而瑪麗也在一處柵欄邊的階梯，爲自己找了個舒服的位置坐，並對其他人都圍繞在她四周感到十分滿意。但當露易莎拉著溫特伍上校，走進一旁的灌木樹籬①採堅果，幾乎超出她的視線範圍，瑪麗便不再開心了。她開始挑剔自己坐的位置，並認定露易莎一定會在裡頭找到比較好的位置，便決意也要進去找一處更好的。她從同一個入口穿了進去，卻沒見著他們。安則爲瑪麗在灌木樹籬下找了一塊乾爽和暖的小土埂，安相信那兩人一定就在這灌木樹籬中的某處。瑪麗坐了一會兒，仍不滿意，她很確定露易莎一定在別處找到了更好的位置，她要去找露易莎，直到追上她爲止。

安則很高興能坐下來，她眞的累了。她很快便在身後不遠處聽見溫特伍上校和露易莎說話的聲音，他們正沿著兩排樹籬之間粗礪不平的小路往回走，走在路正中央。他們說著話，離她愈來愈近。安先聽到露易莎的聲音，她似乎正熱切地抒發著什麼。安最先聽到的是——

「所以，我就要她去了。姐姐因爲聽到人家胡說一通就害怕去拜訪，這我可不能忍受。什麼啊，如果是我下定決心要做的事，而且知道是對的事，我會因爲某人或任何人的態度與干涉就退縮嗎？不，我絕不可能那麼容易被說服的。一旦我下定決心了，就會去做。亨麗耶塔今天原本已經下定決心要到溫斯洛拜訪，最後卻爲了毫無意義的順從心態而差點放棄。」

「她可能會就此退縮，如果不是因爲有妳，是嗎？」

「她的確是。這件事眞讓人不好意思提起。」

「擁有一個像妳這般心志堅決的人在身邊，我眞替她高興。經過妳的提示後，我終於確認了上一回和查爾斯・海特相處時觀察到的事，所以不必裝作我對剛剛的事完全不瞭解。今早拜訪你們的姨媽以盡本分這件事，並不如表面簡單，我認爲：如果亨麗耶塔無法擁有堅定的心志，連這麼小的事都會因旁人毫無意義的干涉而退縮，那萬一以後發生更重大的事，需要他倆以更剛強的心志力量來面對困境時，那又該怎麼辦？這樣一來對他、對她都是相當不幸的。我知道，妳姐姐是個溫柔和善的女孩，妳則具備果斷堅決的人格特質。如果妳很看重她的行爲與幸福，就盡可能向她灌輸妳無比的勇氣吧！當然，無疑地，妳一直以來都是這麼在展現自己。過於順從、優柔寡斷的性格是最糟糕的，任誰都無法對它有決定性的影響力，即使是好的影響力恐怕也維持不了多久，人言人說，誰都可能使它動搖。讓那些想擁有幸福的人，個性堅決一點吧！啊，這裡有顆堅果，」他從較高的樹枝摘下一顆，「拿它當例子好了，這樣一顆漂亮又光滑的堅果，受到自身力量的庇佑，雖飽經秋天的暴風豪雨侵襲卻仍能存活下來。它身上不見一個孔，全身上下毫無弱傷之處。這顆堅果——」他以玩笑似的認眞口吻繼續說：「當它的其他弟兄都掉到地上任人踐踏時，它仍高掛枝頭，繼續享受做爲一顆堅果的樂趣呢！」然後，他又回到先前的嚴肅語調，「對於所有我關心的人，我首先希望他們擁有堅定的心志。露易莎・瑪斯格羅夫若希望在她人生的十一月分時節，依舊擁有美麗和幸福，從此刻開始的未來，請務必好好珍惜自己內心珍貴的心志力量才行。」

他說完了，但並未得到回應。不過，如果露易莎立刻給予回答，才會使安更驚訝吧！這是一番如此具分量的談話，且表達得既嚴肅又誠懇；她能想像露易莎此時此刻的心情。至於她，她則不敢稍加妄動，以免被看見，還好，她面前有一叢低矮蔓長的冬青樹擋著做爲最佳掩護。他們繼續往前走。不過，就在她聽力所及的範圍內，她聽到露易莎再度開口。

「瑪麗在許多方面都很溫和敦厚，但她的任性胡說與自大傲慢，有時眞是太教人生氣了——那是一股艾略特家的傲慢。她身上帶有太多艾略特家的傲慢了。如果查爾斯是與安結婚就好了。你知道，他曾經想娶安？」

一陣短暫的沉默之後，溫特伍上校說話了。

「妳是說，艾略特小姐拒絕了他？」

「喔，是啊，沒錯。」

「這是什麼時候的事？」

「我不是很確定，因爲那時我和亨麗耶塔都在學校念書，但我相信大概是他和瑪麗結婚前一年的事。眞希望安答應他就好了，我們都喜歡她多得多。爸爸媽媽一直認爲，安之所以沒答應，是因爲她那忘年好友羅素夫人從中介入的關係。他們認爲是因爲查爾斯不夠有學問、不夠愛念書，無法討羅素夫人歡心，夫人於是說服安拒絕查爾斯。」

聲音愈來愈遠，安再也聽不清楚了。激盪不已的心情使她無法動彈，她必須好好冷靜下來才行。雖然人家說，偷聽者的命運就是會聽到關於自己的壞話，但這可不盡然是安的命運，她並未聽到有關自己的壞話，卻聽出許多令她感到痛苦的弦外之意。她明白了溫特伍上校如何看待她的人格，以及最讓她內心騷動不已的是，溫特伍上校言談之間對她展現出的情感與好奇。

她很快地讓自己稍稍平靜下來，然後前去尋找瑪麗，找到後便一起走回眾人原本聚集的籬笆邊階梯處。她感到寬心不少，因一行人將很快到齊並再次出發；唯有在人群之中，她的內心才能擁有全然的孤寂與平靜。

查爾斯和亨麗耶塔回來了，而且正如猜測，查爾斯・海特也和他們一道。兩人的溝通細節，安並不瞭解，而溫特伍上校似乎也不是很清楚，但看得出來，男士那邊退了一步，女士這邊則寬厚不少，無疑地，現在的他們很高興又能聚在一起。亨麗耶塔看起來有點害羞，然神情透露出快樂，查爾斯・海特則開心極了；而且幾乎是在動身返回厄波克羅斯那一刻，小倆口便互相濃情蜜意了起來。

如今，一切事情再明朗不過，露易莎和溫特伍上校注定是一對。返程中，有些地形確實需要兩兩分隊行走，但即使是不需要的情況下，他們倆仍盡可能並肩而行，就像濃情蜜意的那一對一樣。來到一片狹長的草地，空間其實足夠寬闊可供大家肩並肩一起走，不過大夥還是分成了三小隊，而安必然屬於最沒生氣、最無柔情可言的那一組。她和查爾斯、瑪麗一起走，實在累極的她，很高興能挽著查爾斯的手臂前行；然而，查爾斯對她雖友善，卻正對妻子發著脾氣。原來瑪麗曾惹查爾斯生氣，現正自嘗苦果，苦果就是：查爾斯不時甩開她的手臂，以他手上的小木條沿途拍打樹籬上的蕁麻花穗。一如往常，瑪麗開始抱怨著，哀嘆自己因爲走在靠近樹籬這一側而受到虧待，安則幸運地走在另一側而沒什麼不適的。查爾斯當即甩開兩人的手，前去追捕一隻他正好瞥見的鼬鼠，姐妹倆自然怎麼也追不上他。

這片狹長的草地盡頭有條小路，會與他們現在走的小徑相交。走在小徑上，他們間或聽見有輛馬車正朝同一方向行駛的聲音，等一行人走到小徑的盡頭出口處，那輛輕便二輪馬車也湊巧來到，上頭果然坐著司令官夫婦。他們完成了預定的駕車晃遊，正準備返家。當他們聽見這群年輕人遠足走了這麼長一段路，便親切地說，很樂意騰出座位給最感到疲倦的任何一位女士坐，這樣足足可省下她一哩的腳程，而且他們回家途中必然會經過厄波克羅斯，所以十分順路。他們向所有女士提出邀請，結果女士們全都婉拒了。兩位瑪斯格羅夫小姐一點都不疲倦，瑪麗之所以婉拒，則若不是因未先受到徵詢而感到被冒犯，那便是出於露易莎所謂「艾略特家的傲慢」心態作祟，無法忍受在兩人座馬車上成爲第三位乘客。

遠足的這一行人穿越小路，準備登上對面籬笆的階梯。正當司令官準備駕車駛離，溫特伍上校突然躍過籬笆，對他姐姐說了幾句話。至於說了些什麼，可從接下來發生的事得知。

「艾略特小姐，我想妳一定很累了，」卡夫特太太喊道：「請給我們這個榮幸載妳回家吧！我向妳保證，座位絕對夠寬敞。甚至如果我們都像妳那樣苗條，我相信，也許能坐上四個人。妳請務必上車，眞的，請上來吧！」

仍站在小路上的安，出自本能地原來想開口婉拒，還沒開口，司令官便誠懇熱切地加入妻子的遊說，不許她拒絕。他們設法緊湊著彼此而坐，爲她騰出了一個小角落。溫特伍上校則不發一語地轉向她，安靜地協助她登上馬車。

是的，他眞的這麼做了。安坐在馬車上，知道是他讓自己得以坐在這裡，是他的情感和雙手促成了這一切。安感激著他察覺了她的疲倦，並展現出無論如何都要她休息的決心。當安發現，他爲她做這些事是出於情感時，她不得不深深感動。這個小事件似乎爲他們過去發生的一切劃下了圓滿句點。她懂得了他的心情，儘管他無法原諒她，卻無法無情以對。他雖然譴責她過去的作法，並懷著過激而有失公允的憤恨看待；他雖然一直對她冷淡以待、他雖然開始喜歡上別人，仍無法眼睁睁看著她受苦而不出手相助。這是一種昔日情感的殘存、一股出於純友誼而發出的衝動（儘管是不受承認的友誼）、一份他內心滿溢溫暖與仁厚的證明，而那也是一顆她帶著苦樂參半心情不斷去揣想的心。

一開始，安對車上兩位同伴的善意關心和談論話題，僅只是無意識地回應著。當他們沿著這條崎嶇小路前行了約半哩，安才完全聽清楚司令官夫婦倆在說些什麼，她發現他們在談論「腓德烈克」。

「蘇菲②，他肯定是想娶那兩位女孩的其中一位吧，」司令官說道：「但不知道是哪一位哩！他追求她們的時間也眞是太久了，久到讓別人認爲也該下決定了吧！是了，是局勢和平的關係吧，如果現在在打仗，他應該早就決定了。艾略特小姐，戰爭期間可不容許我們這些做海員的有充裕時間追求愛人。親愛的，妳記得從我第一次見到妳，總共才花不到幾天，我們就在北雅茅斯港的住所定了下來？」

「親愛的，我們最好別談這些，」卡夫特太太愉快地回答著：「如果艾略特小姐聽到我們當年那麼快就與對方許下終身，她一定很難相信我們竟能過得這麼幸福。不過，早在那之前的很早很早以前，我就很懂你啦！」

「唷，我也很早就聽說妳是個長得非常美的女孩哩！所以，我們那時候哪裡還需要等什麼？我不喜歡這種事拖得太久。我希望腓德烈克能再加快速度，趕緊把她們其中一位帶回凱林奇府邸來，這樣他們就能隨時彼此相伴了。我看她們兩位都是很好的年輕女孩，我實在看不出她們倆有什麼分別。」

「她們的確都是個性非常和善、絲毫不造作的女孩，」卡夫特太太改以較冷靜的口吻稱讚道。從她的口吻聽來，安不禁猜想，她那比司令官來得更敏銳的心智，也許認爲兩個女孩都不足以匹配她弟弟吧！「而且她們的家庭非常體面，再也找不到這麼好的姻緣了。我親愛的司令官，小心柱子！我們會撞上去的。」

還好卡夫特太太自己冷靜地把韁繩往安全方向拉，他們於是幸運避開了危險。後來又有一次，多虧卡夫特太太明快地伸出援手，他們才沒掉進溝裡，也沒撞上糞肥車。安帶著趣味眼光看待他們的駕車風格，她猜想，這應該也是他們處理生活大小事的一貫風格吧！想著想著，安發現自己竟在不知不覺中已安全回到了別墅。

譯註：

①hedge-row，常見於英國，由多種細密生長的低矮灌木叢所形成的一定厚度天然圍籬，雖為一長排迤邐而去，卻是彎彎曲曲、不甚筆直的天然圍牆，因此兩排樹叢之間多為蜿蜒不規則的崎嶇小徑，寬度足供人步行其間，甚至讓馬車通行。置身在這天然障蔽林木之間，無疑是相對隱密的，所以珍・奧斯汀設定其為「無意間聽到別人對話」的最佳場景。

②蘇菲（Sophy）是蘇菲亞（Sophia）的暱稱。

第十一章

Persuasion

羅素夫人歸返的日子轉眼即至，連確切日期都已敲定。她與安約定，待她一回來，安就過去跟她一起住。安十分盼望能快些回到凱林奇住，但又不禁要想，這將爲她安適的心情帶來何種影響與變動？

這樣一來，她和溫特伍上校將住在同一個村子，且離他僅半哩遠，他們勢將上同一間教堂，而兩家也無可避免會有往來互動。這些情況她皆不樂見。但從另一個角度想，他經常花很多時間在厄波克羅斯活動，因此她的搬遷，與其說是離他更近，不如說是將他拋下。總的來說，在這個有趣問題上，她自認獲益較大，因爲同時她也得以藉著搬遷，改換一起生活的家庭成員（離開弱病的瑪麗，來到羅素夫人身邊）。

她希望可以避免和溫特伍上校在凱林奇府邸見面，房子裡各個房間見證了他倆過去交往的點滴，觸景傷情焉能不感到巨大痛苦。不過，更使她焦慮的，是期盼羅素夫人與溫特伍上校最好別碰面，不管在凱林奇府邸或是任何地方。他們互不喜歡彼此，即便現在重新往來也不會有什麼改善；而且羅素夫人若是見到他們的互動，也許會認爲他太沉著自若，而她則太慌亂不安。

預備要離開厄波克羅斯的安，一想到這些事，便不由得擔憂了起來。至於厄波克羅斯，她覺得在這裡已經待得夠久了。這兩個月來，照顧小查爾斯令她感到很充實，很高興自己能幫得上忙，這些都將是她未來想起此次造訪的愉快回憶；不過，小查爾斯復原得很好很快，她已經沒有留下的必要了。

然而，此次造訪厄波克羅斯近尾聲之際，竟發生了她意想不到的變化。整整有兩天，厄波克羅斯的大家絲毫不見溫特伍上校的蹤影，待他再次出現，才解釋了這兩天不在的原因。

原來，他輾轉收到一封來自朋友哈維爾上校寫的信，信上說目前正和家人待在萊姆①過冬；也就是說，這兩位好友相距不到二十哩，彼此卻毫不知情。哈維爾上校於兩年前受了重傷後，健康狀況一直不大好，溫特伍上校急於探望他，便立刻出發前往萊姆，並在那裡待了二十四小時。他提出的自辯相當完整，他付出的友情關懷受眾人推崇，激起大家對他朋友的好奇與關心；而他對萊姆一帶壯闊風景的生動描述，也使眾人迫不及待想去看看，最後他們計劃著要前往。

這些年輕人全都渴望親眼目睹萊姆的美。溫特伍上校也提到，自己原本便打算再去一趟；而且萊姆距離厄波克羅斯僅十七哩，時序雖為十一月分，天氣也絕不算差。簡而言之，露易莎顯得最急切渴望想去，並已下定決心要去；本來就奉「只要喜歡有何不可」為行事圭臬的她，現在更視「堅持自我心志」為上策，對於雙親希望這趟旅行能延至來年夏天的提議，全然駁回。於是，大夥便決定要去萊姆，一行人包括：查爾斯、瑪麗、安、亨麗耶塔、露易莎和溫特伍上校。

最初的計畫不甚周延，他們原本打算早上去、晚上回來，但是瑪斯格羅夫先生不贊成，他擔心馬匹腳力過於勞累。理性設想一番後，他們也發現在這樣的十一月分中旬日子裡，晝短夜長，如果只去一天當天往返，真的沒有足夠時間好好認識一個新地方；畢竟萊姆周邊一帶多丘陵，地勢所致，光是往返車程便需七小時。最後他們決定在那兒過一夜，翌日晚餐前到家。大夥一致認爲這是個較周全的計畫。不過，儘管出發當天，他們在主宅集合得比平常早餐作息更早，並準時出發，但當一行人（四位小姐女士乘坐瑪斯格羅夫先生的四輪馬車，兩位男士則駕乘查爾斯的雙馬二輪馬車）順著綿長的丘陵地勢下坡進入萊姆，行駛在仍顯陡斜的街道上時，時間早已過了中午時分；也就是說，白天的陽光與暖意不久即將消逝，他們顯然沒有太多時間可以好好欣賞四周。

於旅館將住宿安排妥當、預定了晚餐後，一行人接下來要做的，便是直接步行到海邊。然此時節早已過了萊姆的旅遊旺季，所有的觀光娛樂服務和設施全都中止，社交堂②已然關閉，遊客多已離去，除了當地居民，幾乎所有人都離開了。儘管如此，萊姆最吸引人的景致也並非以下這些：建築（無甚特色）、城鎮位置（甚爲特殊）、主大街（可直通海邊）、步道（可通往海邊堤防，此路亦環繞小巧海灣一周）、海灣（夏天旅遊旺季，海灘便充斥更衣車③與大量人潮）。事實上，萊姆之美美在那立於海邊的堤防，唯有明眼的外地人才懂得它的美。堤防本身新舊共置，舊的宛若古老迷人遺跡，新的是修繕後的成果，並可望見堤防隨著遠方斷崖的美麗線條，直往城鎮的東邊無限延伸而去。另外，外地來的人也絕不能錯過萊姆近郊的美。像是鄰近的查茅斯，有高地、也有寬闊連綿的平地景致，更有片美麗僻靜的海灣，海灣以沉鬱的斷崖爲背景，低矮的岩塊在沙灘散落一地，成了人們觀賞海潮或愉悅冥想的絕佳座椅。上萊姆，則植滿各式林木，綠意蔥蔥，是個令人心曠神怡的村莊。皮尼尤其令人驚豔，巨大壯觀的岩塊群中間劃出一道奇異的綠色峽谷，綠色部分乃由茂盛生長的林木與果樹組成；此番光景訴說著：打從斷崖有些許岩塊崩塌開始，刹那間衍生的縫隙便注定成爲孕育綠色峽谷的溫床，這大自然鬼斧神工的造作，人類不知歷經多少世代才終得見。皮尼的風景如此奇特又可愛，不知勝過聞名遐邇的懷特島④類似景致多少倍。唯有一次又一次造訪萊姆近郊這些地方，才能眞正懂得萊姆的價値。

來自厄波克羅斯的一行人，走著走著，經過了荒涼瑟然的社交堂，再往下行，很快便來到海邊。如同任何有幸來到海邊的人，他們徘徊著、凝望著，那心情就像久違了大海而又再得見一般。但他們僅逗留了一會兒便繼續往下走，走到堤防上，這才是他們此行鎖定的觀賞目標，而這麼做也是爲了溫特伍上校。他去哈維爾家登門拜訪了，他們家位在一段不知興建年代的老堤防盡頭處；其他人則繼續散步，他會來與他們會合。

從堤防上觀看壯闊大海，大夥無不感到驚嘆激賞，怎麼看也不厭倦；甚至，當大家看見溫特伍上校趕到時，似乎就連露易莎也不覺與他分開了許久。他帶著三個朋友前來，經過他先前的介紹與描述，大家已很熟悉地知道這分別是哈維爾夫婦，以及和他們同住的班尼克上校。

班尼克上校之前曾在「拉寇尼亞號」擔任副官；溫特伍上校前一次從萊姆返回時，曾提到有關他的事。溫特伍上校對他十分激賞，直讚他是個非常優秀的年輕人，也是個很令人倚重的優秀軍官，這使大家先對他產生了好印象。接著，上校則提到一些有關他的私事，更使這幾位小姐女士對他產生了濃厚興趣。原來，他曾與哈維爾上校的妹妹訂婚，如今卻活在失去愛人的憂傷之中。他們倆先前曾有一、兩年的時光，一直在等待班尼克上校能賺得財富與獲得晉升。後來，財富眞降臨了，身爲副官的他分到的俘獲獎金頗爲豐厚；至於晉升的願望，最後也同樣實現了。但這一切的美夢成眞，芬妮·哈維爾卻沒能活著見到。她在去年六月過世，那時班尼克上校仍在海上未能獲悉。溫特伍上校相信，沒有一個男人對女人的愛，能像可憐的班尼克對芬妮·哈維爾那樣用情之深；而且任誰遇上如此可怕的變故，也不可能比他的內心更爲哀傷沉痛。上校認爲他之所以深受打擊且難以平復，與他個人安靜、嚴肅、靦腆氣質底下壓抑著強烈情感，以及與他喜好閱讀、喜歡從事靜態工作都有很大關係。最後大家更感興趣的，是他與哈維爾一家人的情誼。雖然此不幸事件使他們無緣結親，但他們之間的感情似乎因此變得更深厚，後來便一直住在一起。哈維爾上校租下這間房子半年以過冬，考慮了興趣、健康與經濟狀況，於是選擇一間臨海但不致太貴的房子；再加上萊姆一帶景觀雄壯，冬日的萊姆僻靜清幽，似乎也合於班尼克上校目前的心境。大家因而對班尼克上校寄予更多的同情與善意。

「不過，」正當他們四人朝大家走來時，安對自己說：「也許，他的心仍不像我的這麼憂傷吧，我不相信他會就此葬送未來。他比我年輕，即使實際年齡不是，但至少看起來很年輕，他看起來就像個年輕人。他會振作起來的，找到另一個對象，快快樂樂過一生。」

他們見面了，並受到引見。哈維爾上校個子很高、皮膚黝黑，有副明白事理、親切厚道的面容；他走路有點跛、臉部線條剛硬、健康狀況不太好，所以看起來較溫特伍上校老成許多。班尼克上校則是這三位男士之中看起來最年輕的，實際上也是，而且他也是個子最小的一位。他有張討人喜歡的臉，但帶有憂鬱的神情（這理所當然），也不太與人交談。

哈維爾上校的氣質與風度，雖不若溫特伍上校，卻是一位完美紳士，毫不做作，爲人溫厚體貼。哈維爾太太，雖然不像她先生那麼亮眼，但似乎也同樣是個和善的好人。他們待人十分親切，認爲溫特伍上校的朋友就是他們的朋友；殷勤好客的他們，非常希望一行人能到家裡用晚餐。然由於溫特伍上校一行人早已在旅館預定晚餐，這對夫婦最後只好勉爲其難接受這託辭；但對於溫特伍上校既然已經把一群人帶到萊姆，竟未理所當然地想及一起共進晚餐，夫婦倆似乎有點傷心。

由此可看出，他們是如何看重與喜愛溫特伍上校這位朋友了，畢竟如此情感眞摯的待客之情著實不常見，完全不像一般禮尙往來的客套邀請，也非一般充滿炫耀意味的晚餐形式。對此，安的心情卻沒能因爲多認識了他的一些軍官弟兄而感到愉快。「這些人應該早就成爲我的朋友了啊！」帶著如此心情的她，告訴自己不能再這麼沮喪下去了！

離開堤防，夫婦倆邀請他們的新朋友到家裡去。來到他們家，最令安在頃刻間深感訝異的是，房子裡每個房間都很小，小到只有如此眞誠待客的主人，才會以爲他們家能容下這麼多人吧！但訝異之情迅即轉爲讓人愉快的讚嘆之情，哈維爾上校的手藝精巧，製作了許多別出心裁的生活道具及完善安排。他盡量活用空間讓房子看來更大，修補出租房屋所附傢俱的缺點，強化堅固門窗以期抵禦冬季暴風雨。各個房間的日常生活擺設一般，卻點綴著幾件以珍貴木材製作的獨特工藝品、一些哈維爾上校過去造訪其他國家所帶回的珍稀擺設。對安而言，這一切代表的意義不僅僅只是有趣而已，重點在於，這和他所從事的海軍職業有所關聯，這是他爲職業付出而得來的成果，是他深受職業影響而形成的生活習慣。這樣一幅展現著家庭生活祥和快樂的景象，使安的內心激起了某種樂愁相伴的情緒。

哈維爾上校本身並不讀書，但他規劃了適當空間，製作出異常精美的書架，供班尼克上校放置爲數不少的精裝藏書。哈維爾上校因腳跛而無法從事太多運動，但他是那麼富有巧思與手藝，永遠讓自己忙得不亦樂乎。他畫畫、塗油漆、做木工、黏貼東西；他爲孩子們製作玩具，也製作新的編織網針與別針並加以改良；如果手上所有事都做完了，他就會在房間的一隅坐下來，編織那張大型魚網。

當他們一行人離開哈維爾家時，安覺得，她等於是將無比的幸福感拋在後頭了。一路上走在安身旁的人是露易莎，她突然開口，表達她對海軍中人身上特質的無比激賞與喜愛。在她心中，他們親切友善、對自己弟兄情同手足、他們心胸寬大、他們誠懇正直；她並認定，海員比起英國其他各行業的人來得更有價值、更熱情溫暖，只有他們懂得如何在逆境中求存，只有他們值得受到尊敬與喜愛。

他們回到旅館換裝、用晚餐，並對這次的旅行感到收穫頗豐，雖然萊姆「此時節全然不是旅遊旺季」、「由於並非交通要道所以不甚熱鬧」、「完全見不到觀光遊客」，但關於這些，旅館人員已多次向他們表達抱歉之意。

此時的安也發現，最近和溫特伍上校一塊兒相處已變得不那麼尷尬了，這是她始料未及的。像是現在，他們一起坐在餐桌前用餐，席間互相寒暄（沒有再更進一步的交談）已是極爲自然的事。

夜晚天色太黑，不適合小姐女士們再度前往新朋友家聚會，不過哈維爾上校承諾會來拜訪他們。他眞的來了，而且出乎意料地帶著他的朋友一起來（因爲大家一致認爲，班尼克上校與這麼多陌生人同席，必定會備感壓迫）。雖然班尼克上校的沉鬱心情似乎和大夥歡聚的氣氛不太搭調，但他還是勇敢地再度加入大家。

溫特伍上校和哈維爾上校坐在房子另一端帶頭聊天，回憶他們過去共同的經歷，說了許多奇聞軼事讓其他人聽得如癡如醉、開心不已，安則坐在班尼克上校旁邊，位置離其他人稍遠了些。天性溫柔好相處的安，開始與班尼克上校攀談著。他這人相當靦腆、容易出神，不過安的面容如此溫婉、舉止如此高雅，很快便突破了他的心防，安的初次努力得到了最好回應。班尼克上校顯然是個酷愛閱讀的年輕人，但主要是讀詩。這個夜晚，安除了讓他盡情沉醉於詩的討論（他平常相處的同伴，對詩篇可能不感興趣），還提出對他有實際幫助的相關建議（戰勝傷痛是義務也有好處），並自然巧妙地帶入了話題。幸好，他雖然靦腆，心胸卻開放；或許也可看作是，他平日壓抑的情感終於找到機會抒發吧！他談到現在是詩作盛產的時代，並簡單比較他對當代幾位第一流詩人的看法，像是司各特爵士⑤所作的敘事長詩〈梅蜜恩〉（*Marmion*）和〈湖上的女人〉（*The Lady of the Lake*）哪一首較優異，以及對拜倫勛爵⑥的〈異教徒〉（*Giaour*）和〈阿比多斯的新娘〉（*The Bride of Abydos*）這兩首浪漫情詩的評價，還說明了「異教徒」這個字該怎麼唸。不管是司各特爵士筆下展現無比柔情的詩，或是拜倫勛爵以絕對激情描繪絕望痛苦的詩，他全都如數家珍地熟悉。他以顫抖的情感，反覆背誦描繪破碎的心、受痛苦摧折的心等各式各樣相關詩句，企求他那同樣受創的心能被瞭解。安則懷抱希望，大膽建議他別總是讀詩。她說，詩的不幸在於，酷愛讀詩的人少有人能心境持平地享受它；雖然欣賞詩作需具備強烈情感，才能與之共鳴、給予評價，但這種賞詩的強烈情感卻必須謹慎而有所節制。

對於安暗示他讀詩需節制情感，他並未生氣反倒顯得開心，她於是繼續大膽地往下說。她就自己長年活在情傷痛苦中的心靈，給予他建議，希望他平日能多加研讀散文作品；他則希望安列舉一些相關書目，她於是提到了國內最優秀道德家的作品、最優異的書信集文選，以及一些擁有珍貴特質、飽經磨難人士的傳記。這些都是她當下想到的，也是她認爲最能喚醒、堅強一個人心志的幾本書籍，這些書無不針對道德與信仰上可能歷經的磨難，提出了最高層次的箴言、最權威的例證。

班尼克上校專注地聆聽，且對她話裡隱含的關心之意感到感激。他雖然一邊搖頭嘆氣地說不太相信有任何書能使他獲益、釋然他的悲傷，但仍一邊記下安所推薦的這些書，並承諾會找來讀。

夜晚將盡，安對於自己此番來到萊姆，竟是爲了向一名素昧平生的年輕人勸導忍耐與順從的重要，不禁感到十分有趣。然經過一番更嚴肅的深思，她不得不感到害怕，就如同許多偉大的道德家和傳道家一樣，對於自己也不盡然做得到的事，她是否過於雄辯且說得太頭頭是道了呢？

譯註：

①現名萊姆里吉斯（Lyme Regis），位在多賽特郡（Dorset）西部，是個濱海小鎮，為萊姆灣所包覆，臨英吉利海峽。這裡亦是珍・奧斯汀最喜愛的旅遊勝地之一。

②The Rooms，全名應為The Assembly Rooms，是舉行舞會和音樂會的交誼場所。

③bathing machine，專為端莊女性戲水而設計的活動小木屋，因為不宜被男性看到身著泳裝的模樣，於是著便服進入小屋後才更衣，並由馬夫駕車至海水裡，女性們這才步下木屋階梯，直接將身子浸入海中。

④Isle of Wight，是一座海島，位在英格蘭南部，以優美的大自然景致著稱。

⑤司各特（Sir Walter Scott，一七七一至一八三二），英國歷史小說家暨詩人。文中提到的兩首詩於不同年分面世：〈梅蜜恩〉（一八〇八）和〈湖上的女人〉（一八一〇）。

⑥拜倫勛爵（Lord Byron，一七八八至一八二四），英國詩人，為浪漫主義重要代表人物。文中提到的兩首詩均於一八一三年面世。

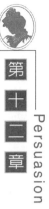

第十二章 Persuasion

第二天早晨，安與亨麗耶塔是一行人之中最早起的，於是決定在早餐前結伴散步至海邊。她們走在沙灘上觀看海潮，宜人的東南風吹捲層層浪濤，平整的海岸霎時變得壯闊。她們讚嘆這早晨，歌頌這大海，享受著清爽微風，然後便安靜了下來。過了一會兒，亨麗耶塔突然開口道：

「喔，是的，我完全確信，海邊的空氣對絕大多數人的健康都是有好處的。去年春天，雪利博士生病後，無疑地，海邊的空氣大大恢復了他的健康。他還說，到萊姆休養一個月比他所吃的藥加起來更有效，而且海洋也使他感覺再度變年輕了。現在，我不得不爲他感到可惜，他竟無法一直待在海邊。我眞的認爲離開厄波克羅斯，到萊姆定居，這樣對他會比較好。妳不覺得嗎，安？妳不覺得我說得沒錯嗎，這樣做對他自己和雪利太太最好。妳知道的，雪利太太有一些親戚、還有很多好朋友住在這兒，所以如果能搬到萊姆住，她應該會很高興吧！而且我也確定她會喜歡這裡，因爲假設雪利博士的病又發作，也能就近赴醫。說眞的，我認爲像雪利博士夫婦這樣一輩子都在做好事的大好人，如果晚年還要繼續待在厄波克羅斯這樣的地方，還眞是令人沮喪。在厄波克羅斯，他們除了與我們家能有地位相當的交往，簡直就被這世界悶壞了嘛！我眞希望他的朋友能建議他這麼做，而且絕對應該這麼建議。至於要拿到特許狀①，相信以他的年紀和人格，應該不會有什麼問題。我唯一的疑慮是，有什麼理由能說服他離開自己的教區？他的思想是那麼嚴謹，在我看來，是過分謹慎了。妳不覺得他這人過分謹慎嗎，安？妳不覺得這是錯的嗎，一個牧師爲了這份交由別人來做也能勝任的工作，而犧牲了自己的健康，這簡直是無謂的良心堅持嘛！而且，萊姆距離厄波克羅斯不過十七哩，如果教區的人有什麼抱怨，他還是可以聽得見哪！」

亨麗耶塔說話時，安不只一次在內心輕笑著，並已做好加入這個話題的準備。她像前一晚理解那位陌生年輕人般，同樣理解著這位年輕女孩的心情，並將說些使人寬心的話，只是相較之下，前一晚說話的境界要高明許多，畢竟她現在能說的除了籠統附和還有什麼呢？在這件事情上，她說了些合乎情理、含蓄適當的看法。像是，她也覺得雪利博士應該住在海邊好好靜養，她也認爲雪利博士應該找一個積極勤奮、品德良好的年輕人來擔任教區副牧師，並且禮貌性暗示，由結了婚的人來擔任會最爲理想。

「我希望，」亨麗耶塔聽到安說的話大感高興，「我希望羅素夫人如果是住在厄波克羅斯並且熟識雪利博士那就好了。我一向知道，羅素夫人對任何人都有極大的影響力。我一向認爲，她能說服任何一個人去做任何事。我是很怕她的，就像我以前曾告訴過妳的，因爲她是那麼的聰明；不過我非常敬重她，眞希望我們在厄波克羅斯，也有一個像她這樣的鄰居。」

對於自己所說的話，亨麗耶塔竟以如此方式表達感謝，還眞令安感到有趣。而讓她深感有趣的是，亨麗耶塔爲了展望自己的幸福未來，竟突然看重起她的忘年之交羅素夫人，這可是受到瑪斯格羅夫家的人重視呢！當安籠統地回答著，說是她也希望若有一個像羅素夫人這樣的女性住在厄波克羅斯，該有多好。然後因爲看到露易莎和溫特伍上校朝她們走來，所有話題便突然中斷。他們倆也是趁早餐備妥前出來散步，不過，露易莎立刻想起她要到一家店買東西，便邀大家和她一起走回城裡，大家都欣然答應了。

當他們準備拾階而上離開海邊時，有位紳士則正要往下走，他禮貌地後退，停下來讓他們先走。他們一個個經過這位紳士，魚貫地往上走；突然間，安的臉龐吸引了他的目光，他以一種極度讚嘆的眼神注視著安，安是不可能不察覺的。這時候的安看起來的確美極了，她那五官極爲清秀細緻的臉龐，在宜人海風吹拂下重新顯得潤澤，並恢復了青春姿彩，一雙漂亮的眼睛也變得靈動有神。很顯然地，那位紳士（舉止看起來完全像是）十分傾慕於她的美。此時，溫特伍上校也立刻回頭看她，表示他也注意到這件事了。他那瞬間而愉悅的一瞥似乎在說：「這個男人被妳打動了，而我，在此時此刻，也再度看見屬於當年安・艾略特的一些什麼。」

他們陪伴露易莎買完東西，在街上稍稍逛了一會兒，便回到旅館。之後，安很快從她的住房穿出，要到餐廳用餐，卻差點撞上從隔壁房間走出來、剛剛在海邊遇見的那位紳士。她先前便猜測此人應該和他們一樣，也是從外地來的；後來，當他們返回旅館時，看見一名長相好看的馬夫在鎮上這兩間旅館附近閒晃，安便更加確定他一定是這位紳士的僕從，因爲他倆都身著喪服。現在則確認了，這位紳士和他們住在同一家旅館。這第二次邂逅雖然時間短暫，但從他的表情可再次看出，他認爲安美麗動人極了；而從他迅速又得體的道歉示意來看，他的確是個教養極佳的人。他看上去年約三十歲上下，雖然不是頂英俊，長相卻很親切和善。安的內心倒很想知道他是誰。

一行人快用完早餐時，突然傳來馬車的聲音（這也是他們到萊姆之後第一次聽見），一半的人都跑到窗前去看。「那是某位紳士的馬車，雙馬二輪馬車，但只是從馬房駛到門口，應該是有人要離開了，那個僕人身穿喪服哩！」

聽到「雙馬二輪馬車」，查爾斯．瑪斯格羅夫立刻跳了起來，他想比較一下對方的和自己的，安則因爲聽到「僕人身穿喪服」而感到好奇心，於是現在這六人全都挨到窗前看個仔細。馬車的主人正站在門口，接受旅館人員鞠躬相送，之後便乘上馬車離去。

「啊！」溫特伍上校立刻喊道，並瞥了安一眼，「這就是剛剛在海邊與我們擦肩而過的男士。」

兩位瑪斯格羅夫小姐也認出來了。大家愉快地目送他，直到馬車爬上山頭看不見爲止，才又坐回餐桌前。隨後，有位侍者走進餐廳。

「請問，」溫特伍上校即刻問道：「你能否告訴我們，剛剛離開的那位紳士怎麼稱呼？」

「可以的，先生。那是艾略特先生，一位非常富有的紳士，他昨晚從西德茅斯來。先生，您剛剛用餐時，有否聽見馬車的聲音？他準備取道克魯肯，往巴斯和倫敦的方向去。」

「艾略特！」不等口才便給的侍者說完話，好幾個人便望向彼此，反覆唸著這個姓。

「我的天啊！」瑪麗叫道：「那一定是我們的堂兄，那一定是我們家族的艾略特先生，一定是！查爾斯、安，可不是嗎？正在服喪！你們看，我們的艾略特先生不也正在服喪。這眞是太巧了，和我們住同一家旅館呢！安，他不就是我們的艾略特先生，我們父親的繼承人嗎？先生，借問，」瑪麗轉向侍者問道：「你沒聽他僕人說，他家主人來自凱林奇的家族嗎？」

「沒有，夫人，他並沒提到是哪個家族，但他說，他家主人是個非常富有的紳士，而且將來會成爲從男爵。」侍者回答。

「瞧，你們聽，」瑪麗狂喜地喊道：「就如同我所說的。他是沃特・艾略特爵士的繼承人！我就知道，如果他眞的是，消息一定會傳出來。而且，這種光彩的事，他的僕人一定無論如何都會到處宣揚的。但是，安，想想這有多巧啊！我眞希望能更仔細地看清楚他，那就太好了。我眞希望我們能及時知道他是誰，並眞的認識他。這眞是太可惜了，我們沒有互相引見。妳認爲他具備我們艾略特家的長相特徵嗎？我幾乎沒在看他，我都在看馬匹，可我相信他一定有艾略特家的某些特徵。奇怪，我怎麼沒認出他的家徽，噢，是那件長大衣蓋住了馬車的鑲板，所以遮住了家徽；一定是這樣，否則，我確定自己一定能認出來。那名僕人也是，如果他穿的不是喪服，我就可以從制服認出他的主人是誰。」

「從這些非常微妙的細節巧合來看，」溫特伍上校說著：「妳們沒能與這位堂兄結識，只能當作是上天的安排了。」

當激動的瑪麗稍稍平靜下來時，安便試著輕聲說服她，她們的父親和艾略特先生，多年來彼此的關係非常不好，這樣一來若還試圖結識對方，是很不妥當的。

但與此同時，安的心裡卻私下對堂兄感到很滿意，因爲這位凱林奇未來的主人，無疑是位紳士，而且教養極佳。無論如何，她絕不會提及剛剛與他的第二次碰面，幸好，瑪麗也沒太注意其他人曾提及早上散步時與他擦身而過的事；若非如此辦，瑪麗一定又會大嘆不平，說是安竟然曾在走廊撞見他，還接受了對方禮貌的致歉，而她卻一次也沒能接近他。與堂兄小小巧會這一遭，必定要、必得要完全守密才行。

「記得喔，」瑪麗說：「下回妳寫信到巴斯，記得在信裡提到我們見著艾略特先生的事。我想應該要讓父親知道這件事，告訴他所有的細節吧！」

安並未正面回答，相反地，她認爲這件事不僅沒必要讓他們知道，更應該要隱瞞。她知道多年前父親曾被艾略特先生冒犯，而且猜想伊麗莎白與此事也關係不小。因此，無庸置疑地，若提到所有與艾略特先生有關的事，都會觸怒他們兩人。然而，瑪麗從不曾親自寫信到巴斯，和伊麗莎白保持乏味通信的這等苦差事便全落在安身上。

早餐結束後不久，哈維爾夫婦和班尼克上校前來加入他們，大夥和這三位約定好，要一起在萊姆散步最後一次。一行人準備在下午一點出發返回厄波克羅斯，在這之前他們將盡可能把握相聚與戶外活動的時間。

走在街道上，安發現，班尼克上校很快便來到她身旁。前一晚的談話，並未使他不開心而不想再找安說話。他們一起走了一會兒，談到之前說到的兩位詩人司各特爵士和拜倫勛爵，並且像前一晚一樣，他們就如同任何兩位觀點不同的讀者，仍各自對兩位詩人抱持著不同評價。後來走著走著，不知爲何大家身旁的同伴都輪換了，現在走在安身旁的是哈維爾上校。

「艾略特小姐，」哈維爾上校聲音稍沉地說道：「妳眞的做得棒極了，竟然讓那可憐傢伙開口說了這麼多話。眞希望他能經常有妳這樣的同伴陪伴。我知道，像他那樣把自己封閉起來很不好，但是我們又能怎麼做？我們和他像一家人，分不開的啊！」

「是啊，」安回答：「我很明白那是不可能的。不過也許，時間，就像我們知道的，時間能沖淡一切的悲痛。況且，哈維爾上校，畢竟他才剛失去心愛的人，他還需要多點時間沉澱啊！我聽說是去年夏天的事吧！」

「是啊，沒錯，去年六月的事。」哈維爾上校深嘆一口氣說。

「而且他並非一開始便獲悉？」安說著。

「他一直到今年八月第一週才知道，那時他從好望角回來，剛被指派到『格拉普號』。我那時在普利茅斯，很擔心聽到他回來的消息，因爲實在不知該怎麼告訴他。他遞交了幾封退役申請信，但『格拉普號』卻奉命前往普茲茅斯。所以這不幸消息勢得有人帶到普茲茅斯告訴他，但誰願意擔這份差事？我可沒辦法，要我去，不如把我吊死在船桁上②。沒人願意去，只有那個好傢伙肯。」

哈維爾上校一邊說，一邊指向溫特伍上校。「那時，『拉寇尼亞號』剛回到普利茅斯一個星期，不太可能再奉命出海，他有機會休假，便寫了請假單，還等不及得到許可，便沒日沒夜地趕去普茲茅斯，到了以後立刻划船登上『格拉普號』，後來還在船上陪伴那可憐傢伙整整一星期。那就是他為他做的事，而且再沒別的人能拯救可憐的詹姆斯了。艾略特小姐，妳想想，溫特伍上校對我們而言是何等珍貴的好朋友啊！」

安不需多想，便知道溫特伍上校的「珍貴」，但她仍盡量以合適的情感口吻回答，並考慮到哈維爾上校的心情，因為他的心情仍相當激動，安不方便很快轉移話題。不過，當他再度開口時，便完全談到不同的話題去了。

哈維爾太太提出了意見，說這趟散步到達她家時，她先生的運動量也正好充足。大家於是決定了這最後一趟散步的方向，他們將陪伴這對夫婦走回家，然後再返回準備出發。他們估算了一下，時間還足夠。不過，當他們再度接近堤防時，全體一致希望能再次到上頭散步，於是露易莎便很快為大家做了決定：早或晚出發十五分鐘應該沒啥差別吧！因此，當大家來到哈維爾家時，他們真誠地向這對夫婦告別，並許下各種可能的邀請與承諾，即分手離去。不過，班尼克上校仍陪著他們，他似乎打算作陪到最後一刻，於是一行人往堤防走去，希望好好地向堤防道再見。

安發現，班尼克上校再度走近她。眼前是遼闊深沉的大海，他於是情不自禁背誦起拜倫勛爵的另一首長詩〈深藍色大海〉（*Dark Blue Seas*），安也盡可能愉快地應和。但很快地，她的注意力卻被吸往別處。

原來，新造的高堤防上頭海風甚大，女士們受風吹不太舒服，一致贊成循著階梯往下走到較矮的舊堤防上。所有人都安於靜悄小心地爬下陡斜階梯，唯有露易莎例外。她偏要跳躍下來，讓溫特伍上校接住她，就如同他們之前在遠足途中那樣，他總是接住從樹籬階梯往下跳的她；露易莎愛極了這種感覺。然而堤防的地面過於堅硬，跳下來對她雙腳的受力並不好，他因而不太願意這麼做，但他終究還是由著她跳了。她安全著地，並想再享受一次，很快又再爬上階梯，想跳下讓他接住。他建議她別再這麼做了，這堅硬地面對她雙腳的衝擊力太大，但露易莎不願聽，任憑他怎麼理性勸說也沒用。她微笑地說：「我已經決定了，我就是要這麼做。」他於是伸出雙手，性急的她卻早了半秒鐘跳下，整個人跌落在舊堤防地面上，再被抱起時已無生命跡象。

她身上不見傷口，沒有流血、沒有明顯瘀傷，但雙眼緊閉，呼吸已歇，面如死屍。那一瞬間，周遭所有人無不感到驚恐。

抱起露易莎的是溫特伍上校，他抱著她跪在地上，以同樣面無血色的一張臉望著她，陷入沉默的悲痛。「她死了！她死了！」瑪麗一邊驚叫著，一邊抓住她丈夫，使查爾斯更感驚恐而無法稍動。下一刻，亨麗耶塔也因驚嚇過度而身子癱軟、失去知覺，差點倒在階梯上，幸好班尼克上校與安及時扶住了她。

「沒有人能幫幫我嗎？」溫特伍上校突然開口說話，語氣中充滿絕望，好像全身氣力已然放盡。

「快去幫他，快去幫幫他，」安喊著：「看在上天的份上，快去幫他吧！我一個人就能撐住亨麗耶塔。別管我，快去幫他。幫露易莎搓搓手，揉揉太陽穴。這裡有嗅鹽③，快拿去，快拿去！」

班尼克上校照做了，查爾斯也在同一時間掙脫他妻子，他們都跑到溫特伍上校身邊。他們更加穩妥地抱起露易莎，並照著安的指示一一去做，但露易莎依然沒有起色。溫特伍上校搖搖晃晃地靠著牆邊，痛苦絕望地叫道：

「喔，天哪，她的父親與母親！」

「快找醫生來。」安說道。

一聽到這話，他瞬間清醒過來，口中一直說著：「對、對，立刻找醫生來。」下一刻便準備奔去，但安卻急切地建議著：

「讓班尼克上校去吧，由他去是不是比較好？他才知道要上哪兒找醫生啊！」

在場還能思考的人，無不覺得這是好主意。下一刻（一切都在瞬間完成），班尼克上校便鬆開手，將死屍般的可憐女孩交由她的兄長照料，然後飛也似地往城裡跑去。

至於留下來的幾個可憐人兒，很難說神智全然清醒的那三位，誰的痛苦最強烈，是溫特伍上校，是安，或是查爾斯？查爾斯眞的是個很有感情的兄長，他抱著露易莎悲泣，並僅能將目光望向另一個不省人事的妹妹，或是眼睜睜看著歇斯底里發作的妻子向他求助，但卻無能爲力。

安則出於本能地全力照顧著亨麗耶塔，並時時安慰其他人：安撫瑪麗、鼓舞查爾斯、緩和溫特伍上校的情緒。查爾斯和溫特伍上校，似乎都期待著安給予其他指示。

「安、安，」查爾斯叫喊著：「下一步該怎麼辦才好？天哪，下一步究竟該怎麼做？」

溫特伍上校也同樣把臉轉向安。

「把她移到旅館去，會不會比較好？」安回答著：「是的，我確定這樣比較好，輕輕地移動她到旅館去吧！」

「對、對，到旅館去，」溫特伍上校反覆說著同樣的話，他稍稍鎮定下來了，並急著想幫上一些忙。「我來移動她就行了，瑪斯格羅夫，你留下來照顧其他人吧！」

此時，發生意外的消息已在堤防附近的工人和船工之間傳開了，許多人聚集過來，看看有什麼可以幫忙的；或者，是來湊熱鬧看看一個死去的年輕小姐，不，是「兩個」死去的年輕小姐，現場情形看來比口耳相傳還要更確切「兩倍」。有幾位較慈眉善目的好心人，則照應著亨麗耶塔前行，她已稍稍甦醒，但仍處於無力與無助狀態。安就走在亨麗耶塔身旁，而查爾斯照料著妻子。他們沉痛無語地往前走去，走在這條大夥剛才、就在剛才才快樂無比踏過的街道上。

他們還沒離開堤防，便先遇上了哈維爾夫婦。原來，剛剛他們看見班尼克上校神情不對勁地飛奔著路經他們家，他們立刻跑出來，邊走邊問發生了什麼事，才來到這裡。哈維爾上校雖然也大受震驚，但隨即恢復理智，立刻伸出援手；他與太太互相使了個眼色，便決定了該怎麼做最好。露易莎必須送到他們家去，所有人也都過去，在那裡等待醫生到來。大家毫無異議地聽從了他。現在，一行人全都來到他們家。露易莎在哈維爾太太的指示下，被送上了樓，躺在女主人自己的床上；此時，哈維爾上校也鎮定地協助著，強心藥、身體補藥，看誰需要什麼便提供。

露易莎曾一度睜開眼睛，但很快又閉上，仍無意識；無論如何，對她姐姐而言，至少這是露易莎還活著的證據。至於亨麗耶塔自己，雖然無法和妹妹待在同一房間，但至少她騷動的內心因交織著希望與恐懼，而不至於又失去意識。瑪麗也是，持續回復平靜中。

醫生以不可能的飛快速度趕到了。當他檢查著露易莎時，眾人全都驚恐又心慌，然醫生卻對露易莎的狀況不那麼絕望。她的頭部受到重創，但醫生說，曾看過受傷更嚴重的人恢復過來的例子，他開朗地這麼說，不認爲毫無希望。

醫生不認爲露易莎毫無希望，也沒說她幾個小時內會死去。這是一開始最讓大家如釋重負的消息，接著在發出幾聲「謝天謝地」的歡呼後，這份暫免於難的狂喜，之後便在大夥深沉的無言中默默流轉著，這些心情上的起起伏伏讓人很能理解。

當溫特伍上校說出「謝天謝地」時，那語氣和神情，安永遠無法或忘。她也忘不了在那之後他的模樣：他坐在一張桌子前，環抱雙臂，把臉往下埋，內心似有太多紛亂的情感衝擊，他於是藉著祈禱和深思試圖平撫一切。

露易莎的手腳沒有受傷，受傷的是頭部。

面對這樣的情況，該是大家一同考慮怎麼做將會最好的時候了。他們現在已能平心靜氣地交談與商量一切。露易莎必須留在這裡休養，無庸置疑，但這樣一來卻將使哈維爾一家人無端捲入大麻煩，這著實令他們感到煩惱並過意不去。然而，要移動露易莎是不可能的。哈維爾夫婦要大家別見外，甚至盡可能不讓大家說感激。先前當大家開始考慮後續事宜時，他們夫婦倆早已設想了一切。班尼克上校必須讓出他的房間，自己另外找地方住，這樣一來，所有事便解決了。他們只擔心房子無法再供更多人住下；他們想到，如果有人想要留下，也許「把孩子張羅到女傭的房間睡，或是在什麼地方掛張吊床」，這樣便能再騰出兩三個人的空間。至於瑪斯格羅夫小姐的看護與照顧，也完全可以交給哈維爾太太，不用擔心；她是一名經驗豐富的護士，而家中的保母則因長年跟著她一起生活與四處奔波，也成了一名很好的看護，露易莎將能受到這兩位日夜輪替、無微不至的照顧。哈維爾夫婦的這些考慮是那麼實在、那麼情意眞摯，使人無能抗拒與推翻。

查爾斯、亨麗耶塔、溫特伍上校三人正在進行商量，但卻有一小段光景全然爲困惑與驚怕的言語所籠罩。「厄波克羅斯——必須有人趕到厄波克羅斯——告知這個消息——該如何對瑪斯格羅夫夫婦坦白以告——上午快過去了——他們本來一小時前就該動身返家——已經不可能在預定時間內到家了」一開始，三人除了如此感嘆再也提不出什麼好方案；但過了一會兒，溫特伍上校盡力提出自己的想法——

「我們必須果斷，而且不能再浪費任何一分鐘。每分鐘都很寶貴，必須有人立刻前往厄波克羅斯。瑪斯格羅夫，不是你去就是我去。」

查爾斯同意他的看法，卻堅決宣稱自己哪裡都不去。他雖然不想替哈維爾夫婦添麻煩，但是自己的妹妹變成這樣子，他怎能離開她，他不願意。因而，由溫特伍上校回厄波克羅斯通報，此事大致抵定。至於亨麗耶塔，起初也宣稱要留下，後來經過勸說，很快便有不同想法：她留下又有什麼用呢，她一到露易莎的房間看著她，不但無能爲力，更忍不住悲從中來。她不得不承認自己在這裡全然無用，但即使如此她也仍不願離開，直到想及念及雙親，才放棄留在這裡的想法。她同意離開，並渴望回到父母身邊。

當安步出露易莎的房間，輕巧地走下樓時，他們三人的計畫已討論告一個段落。恰巧客廳的門開著，她不可避免聽見了接下來的談話。

「瑪斯格羅夫，事情就這樣說定了，」溫特伍上校喊道：「你留下來，我帶你妹妹回家。至於剩下的人，如果需要人留下來協助哈維爾太太，我想一位就夠了。查爾斯・瑪斯格羅夫夫人一定想回家照顧孩子吧，如果艾略特小姐願意留下，則沒有人會比她更合適、更有能力了！」

聽到自己如此被談論著，安的內心十分激動，她必須先停下腳步以平復心情。其他兩位也熱烈贊成溫特伍上校所說，安隨後便出現在大家面前。

「妳會願意留下來，我確信，妳會願意留下來照顧露易莎的。」溫特伍上校轉向她喊道，那熱切與溫柔的語氣彷彿往日重現。她害羞得臉紅了，他則恢復鎮定先行離去。她向另外兩人表示，自己很願意且很高興留下。「我一直想著要這麼做，請允許我這麼做。如果哈維爾太太同意的話，在露易莎房間放張床，對我來說已經足夠。」

還差一件事，似乎便萬事妥當。他們返家時間稍有延遲，或許能讓厄波克羅斯的瑪斯格羅夫夫婦內心警覺可能發生了什麼事；但眼下如果選乘瑪斯格羅夫先生的四輪馬車，則可能將耗時更久，而使他們陷入極度掛念。溫特伍上校建議，而查爾斯・瑪斯格羅夫也同意這麼做：由上校向旅館租借輕便二輪馬車，待明天早上再將瑪斯格羅夫先生的馬車與馬匹送回，屆時正好亦可通報露易莎前一晚的最新狀況。

溫特伍上校匆匆離去，先行將自己的部分準備妥當，兩位女士隨後與他會合。然而當瑪麗知道了計畫內容，一切再也不得安寧。她痛苦而激動，對於別人竟要安留下而放她離開，她開始抱怨這決定極爲不公平：安，和露易莎有什麼關係啊？她是露易莎的嫂嫂，她才最有權利代替亨麗耶塔留下，而不是安！爲什麼她就比不上安來得有用處？而且她還必須自個兒回家，沒有丈夫陪伴！不，這一切對她太刻薄了！總之，她滔滔不絕地抱怨著，她丈夫終於無法招架，而既然他讓步了，其他人也就不便持反對意見。事情至此毫無辦法，勢必得讓瑪麗代替安留下來。

對於瑪麗充滿嫉妒與有欠考慮的要求，安從不曾這般感到不願屈服，但事情就是如此，於是他們向城裡出發。查爾斯在一旁照料亨麗耶塔，班尼克上校則陪著安同行。他們一路匆忙前行，頃刻間，安的腦海勾起了許多回憶，就在這個早上，同樣的地點竟發生了那麼多狀況。在這裡，她聽著亨麗耶塔提出讓雪利博士離開厄波克羅斯的計畫；後來，她第一次見到艾略特先生。但現在她的心思，全都放在露易莎及那群照料她的人身上，其他的人與事似乎僅能浮光掠影地閃過。

班尼克上校無微不至地呵護著她。今天這樁不幸事件，似乎讓大家更爲團結一心，她本身對班尼克上校的好感也不斷增加，當她想到，這也許是他們繼續交往的機會，便不由得感到喜悅。

溫特伍上校正在等候他們，爲了大家方便，他將準備好的四馬輕便二輪馬車，停在街道的地勢最低處。然而，當他看見姐姐取代妹妹而來，臉上的表情明顯又驚又怒。他聽著查爾斯的解釋，先是變臉，再是驚訝，許多表情浮現又隨即壓抑。他的種種反應，對安而言，無疑是屈辱的相迎，或者至少使安認爲，她的價值僅僅在於對露易莎有所幫助。

她試著讓自己平靜下來，公正持平地看待事情。看在他的份上，她不需要仿效〈亨利與艾瑪〉（*Henry and Emma*）一詩中艾瑪對亨利的深情④，也願意以超乎尋常的熱忱來照顧露易莎。她希望，他不要一直以不公平的眼光看待她，認爲她會無端逃避做爲一個朋友應盡的義務。

就在這麼想的同時，安已然坐進了馬車。溫特伍上校先將她們扶上車，自己再坐到兩人中間。滿懷驚愕與激動之情的安，便在這種情況下離開了萊姆。她無法設想這段漫漫長路將如何度過，這又將如何影響他們三人的態度，他們之間會如何進行談話與互動。然而，一切相當自然。他一直側身和亨麗耶塔說著話，所有談話無不支持著她的願望，以鼓舞她的精神爲要。大體上，他的聲音聽起來還算平靜自制。爲了不讓亨麗耶塔心情受激，這些理所當然都是談話的指導原則。僅有一次，當亨麗耶塔爲最後那一趟不智且不幸的堤防散步感到悲傷時，並且非常悔恨當時爲何要去那兒散步，他彷彿完全失控地突然開口。

「請不要再提了，請不要再提了，」他喊道：「天哪！如果在那攸關生死的時刻，我沒讓步就好了！如果我做了該做的事就好了！但她是那麼急切、那麼堅決！噢，可愛的露易莎！」

安想知道，如今他是否仍認爲先前所持的「堅定的性格將帶來絕對幸福與好處」觀點是恰當的？他是否認識到，就如同人類心智的其他特質，堅定的性格也應有其分寸與限度？安認爲，他現在應該明白，容易順服的性格就如堅定不移的性格，同樣有利追尋幸福。

他們飛快地趕路。安驚訝地發現，她竟這麼快就看到熟悉的山巒與景物。馬車車行速度很快，且由於一路上都在擔心稟告意外事件之後會有何結果，而讓人覺得今天的路程似只有昨天的一半。還沒進入厄波克羅斯一帶，天已近黃昏，他們全都陷入了沉默好一陣。亨麗耶塔斜倚著角落，以披巾蓋住臉，讓人以爲她因哭累而睡著了。當他們爬上最後一座山頭，安突然發現溫特伍上校以低沉謹慎的聲音，對她說話。

「我一直在想，我們該怎麼做最好。亨麗耶塔不能當第一個出現在她父母面前的人，她會承受不住的。所以我在想，我進去告訴瑪斯格羅夫夫婦這個消息時，妳最好先和她留在馬車裡。妳覺得這樣做可好？」

安也這麼認爲，這使他感到放心滿意，沒再多說什麼。可她只要一想到他徵詢自己的意見，便覺得非常開心；開心的是，這是一種友誼的證明，這是尊重她看法的證明。就算當此事某種程度上成了離別的註記，也同樣不減其價值。

到厄波克羅斯傳達了令人悲慟的消息後，看到露易莎的父母幸好如他預期，表現得相當冷靜，回到父母身邊的亨麗耶塔心情也好了起來，溫特伍上校便表示將乘坐同一輛馬車返回萊姆。當馬匹吃飽休足之後，他即刻啓程離去。

譯註：

①指特別准許教區牧師可以不需要住在教區。

②指絞刑。在海上執行死刑時，是以用來固定船帆的船桁（水平狀的圓木）把人吊死。

③指碳酸銨，用來喚醒昏厥過去的人。

④此詩作者是馬修・普萊爾（Matthew Prior，一六六四至一七二一），英國詩人暨外交官，他在這首發表於一七〇九年的詩作，刻劃了女性願為愛情奉獻的偉大情操。詩中，亨利為測試艾瑪的真心，故意説自己同時愛著另一個女人，艾瑪則表示，即使要她照顧情敵，她也心甘情願。最後，她的這份奉獻之心果然贏得了愛人的心。

第十三章 Persuasion

安留在厄波克羅斯的日子僅剩兩天，這兩天她都待在主宅。知道自己在這裡能發揮極大用處，使她感到很滿意；她不僅可就近安慰與支持瑪斯格羅夫夫婦，還可協助安排後續種種事情，畢竟目前處在悲痛心境下的他們，要理出頭緒是很困難的。

事情發生後翌日一早，他們很快便接獲來自萊姆的消息。露易莎仍維持原樣，沒再發生更壞的症狀。幾小時後，查爾斯帶回了更新、更詳細的病況消息。他看起來是樂觀的。露易莎要迅速痊癒並不大可能，但至少就這傷勢的判斷而言，一切都在好轉中。至於哈維爾夫婦，他對他們慈藹關照一切的感激，已非言語能形容，尤其是哈維爾太太，她是如此盡心盡力地照顧露易莎。「她真的沒要瑪麗幫忙做任何一點事，我和瑪麗昨晚甚至很早就被勸說著回旅館休息。今天早上，瑪麗的歇斯底里又發作了。我要出門時，她正好和班尼克上校外出散步，我希望散步能對她有幫助。我認爲如果昨天能說服瑪麗回家來就好了，不過，哈維爾太太沒要任何人幫忙她任何事倒是真的。」

查爾斯下午就要趕回萊姆，他的父親本來也有點動心要跟著去，但小姐女士們不同意。這樣只會給別人添麻煩，也讓自己更憂苦，後來則以另一個較好的計畫代替。查爾斯從克魯肯叫了一輛輕便二輪馬車，並帶了一個真正能幫上忙的人回萊姆，那是家中的老保母賽拉。這個家的所有小孩都是賽拉拉拔大的，當家中最小且最受照顧寵愛的哈利小少爺，也跟著哥哥們上學住校後，她就住在那空了下來的育兒室，平常幫忙補補襪子，以及為身邊需要的人治療膿瘡或傷口。因而當她知道能獲准前去幫忙照顧親愛的露易莎小姐，她高興極了。先前瑪斯格羅夫太太與亨麗耶塔似也曾隱約想過要賽拉去幫忙，但若不是安，恐怕很難這麼快便拿定主意並促成此事。

又隔了一天，他們非常感激查爾斯．海特帶來有關露易莎的詳細病況。露易莎的病況，目前每二十四小時都必須掌握。他特地前往萊姆，帶回來的消息仍然振奮人心。露易莎恢復神智的時間愈來愈長，而每一次的報告都說溫特伍上校簡直等於在萊姆住下了。

明天，安就要離開他們了，這是最令他們害怕的事。「我們少了妳該怎麼辦？我們甚至不知該如何互相安慰！」他們經常說出這樣的話。但安認為最好的辦法，便是讓他們知道彼此之間的共同心願（她私底下分別得知），她因而說服他們何妨即刻前往萊姆。事情進行得再順利不過，他們很快就決定要去，明天就去，他們將待在旅館或租棟房子住，看看怎麼住比較方便，然後在那兒待到露易莎能被移動、帶回家為止。他們必須為照顧露易莎的那家好心人減輕一些負擔，或許能幫忙哈維爾太太照顧小孩之類的。總之，皆大歡喜。他們對此決定十分開心，而安也很高興自己這麼做。她覺得，待在厄波克羅斯的最後一個早上，沒有什麼比協助他們準備旅行事項並早早送他們出發，更好的安排了，即使最後她得孤寂地被留在這棟大房子裡。

除了別墅的兩個小男孩，所有曾帶給這兩棟房子活潑生氣、為厄波克羅斯帶來歡樂氣氛的成員之中，她是最後一個、眞正是最後一個，也是唯一一個留下來的人。沒想到，幾天之間變化竟如此之大。

露易莎若痊癒了，所有事情都會重新好起來，她將能找回更甚以往的幸福。對安來說，這是無庸置疑的，這些都將伴隨著露易莎的痊癒而至。儘管如今房子空蕩蕩的，只有她一個人在這裡默然懷思，但幾個月後，這裡必將再度充滿幸福與快樂、充滿熱烈光燦的愛情，而這一切都不屬於安・艾略特。

在這陰鬱的十一月天，細密小雨幾乎遮蔽了窗外原本清晰可見的景象；一小時的全然放空，安就這麼在浮想聯翩之中度過了，這足使人萬分期待聽見羅素夫人的馬車聲。雖然渴望啓程，她卻仍不捨離開主宅，也不得不向別墅濕淋暗鬱的迴廊道再見，更不能不帶著一顆憂傷的心，從霧濛濛的馬車窗戶，往視線所及的村內最後幾棟寒愴小屋望去。厄波克羅斯的景致一幕幕過去了，正是它們造就了這裡珍貴的一切。這裡記錄了許多已然淡悠的痛苦，一些寬容的諒解、一些友誼與和解的氣氛，這些全難再尋，卻珍貴逾恆。安把一切都留在身後，唯有腦中的記憶能重現點點滴滴。

自從九月分離開羅素夫人的家，安便未再踏入凱林奇一步。她並無必要前往，甚至有幾次能到凱林奇府邸的機會，她全設法規避或躲開了。首次回到這裡，她將重返凱林奇別墅那些摩登而優雅的房間，並爲別墅女主人帶來歡愉。

羅素夫人與安的再次聚首，心情愉快卻混雜了幾分憂慮，她知道誰常去厄波克羅斯。但幸好，若非是安貞的變得更豐潤漂亮了，就是出於羅素夫人自己的想像。至於安，在收下羅素夫人讚美的同時，她也不禁有趣地將這件事與堂兄的默默愛慕連結在一起，安衷心期盼自己有幸重獲青春美麗的第二春。

當她們交談時，安很快便察覺到自己內心的變化。她想起，之前帶著滿腹與凱林奇有關的愁思造訪厄波克羅斯，卻受到瑪斯格羅夫家的輕忽，她只得壓抑住，而如今那些事眞的變得次要了。她甚至連父親、姐姐、巴斯都忽略了，她對厄波克羅斯的關切，已取代了對家人的關切。當羅素夫人的話題重回家人們先前對未來生活的期盼與擔心時，夫人談到她對他們在坎登廣場租的房子感到滿意，但對克蕾太太至今仍與他們同住感到遺憾。可是此刻安卻羞於讓羅素夫人知道，現在她最掛心的是萊姆，是露易莎·瑪斯格羅夫，還有在那裡的所有朋友們；以及更令她感興趣的是哈維爾一家人與班尼克上校一起住的房子，還有他們之間深厚的友誼，她反倒不太在意父親在坎登廣場租了什麼樣的房子、她姐姐與克蕾太太親密交往這些事。對於這些原本該是她首要關心的話題，此刻她不得不努力在羅素夫人面前，表現出同等掛念的心情。

當她們談到另一個話題時，最初是有點尷尬的。她們必得談到在萊姆發生的意外。事實上，羅素夫人昨天剛返家不到五分鐘，就已鉅細靡遺地聽聞此事。但這個話題仍然得說，她必得提出疑問，她必得對此輕率行爲感到遺憾、對造成的結果感到悲傷，而且她們也必得提到溫特伍上校這個人。安甚至意識到自己無法像羅素夫人那樣自若地提起他。她說不出這名字，無法直視羅素夫人的雙眼，直到她後來想出權宜之計，簡單說明她觀察到露易莎與溫特伍上校之間有愛意。當她這麼說了之後，這名字才不再使她感到困擾。

羅素夫人神態自若地聆聽著，並祝他們幸福，但內心卻沉浸在喜悅中帶著憤怒與輕蔑的情緒：一個在二十三歲時、似乎懂得一點安．艾略特身上美好價值的男性，竟在八年後讓露易莎．瑪斯格羅夫這樣一位年輕女孩給迷住。

就這樣平靜度過了三、四天，沒有什麼事發生，僅有一兩封來自萊姆但安卻不知是如何送到她手上的短信，信上告知露易莎的病況大有改善。後來，一向禮貌周到的羅素夫人再也沉不住氣了，先前她一直微微折磨自己這個念頭，現在則以明確的口吻說：「我必須去拜訪卡夫特夫人，我真的必須儘快去拜訪她。安，妳可有勇氣和我一起去，進到那房子裡拜訪他們？我知道這對我們而言都是煎熬。」

安並未退縮，相反地，夫人所說的話正是她心裡所想的。

「我想您內心所受的折磨比我來得更大，我的內心似乎已習於這些變化了。由於這陣子都住在這一帶，我已經對這現況感到習慣了呢！」

關於這個話題，安其實還有更多可說。她十分尊敬卡夫特夫婦，認為自己父親非常幸運能遇見這麼好的房客，覺得凱林奇教區一定會有個好楷模，窮困之人將得到最好的關懷與救濟，因此不管他們一家人的搬遷是何等令人懊惱和羞愧的事，她都必須憑著良心說：離開的，是不配待下來的人，凱林奇府邸確實交到了比原屋主更好的人手上。這些信念透露出的事實，無疑令人感到痛苦，而且極爲痛苦，但它們卻能使羅素夫人再度踏進那房子或穿越那些熟悉的房間時，不再飽受折磨。

在這樣的時刻裡，安不認爲她有權對自己說：「這些房間只能屬於我們家。噢，它們被奪走了，住進來的人配不上這裡！一個古老家族就這樣被趕走，被陌生人取而代之！」不，除非是她想起了自己的母親，憶起母親生前坐在那個座位主持家務的情景，否則她是絕不可能發出前面那些哀嘆的。

卡夫特太太總是待她很親切，使安愉快地想像自己是特別受喜愛的。在這個特殊場合，卡夫特太太在凱林奇府邸接待她時，更尤其明顯表現關心。

於萊姆發生的不幸事件很快便成了主要話題。當他們交換著病患的最新近況時，發現他們都是在昨天早上同一時間獲知消息的。原來，溫特伍上校昨天回到了凱林奇（災難發生後第一次），安所收到的前一封來源不詳的短信，即是他帶給她的。他僅待了幾個小時便返回萊姆，而且目前似乎沒有離開的打算。安發現，他曾特別問候她，說是希望艾略特小姐別因此事太過操心而傷身，並極力讚許她當時的盡心協助。這是多麼令人開心啊，沒有什麼事能帶給她這麼大的喜悅了。

至於談到這件令人傷心的大災難，兩位同樣沉著明智的女士，就確切事實加以判斷後無不歸納出同樣堅定的見解：這絕對是非常輕率和魯莽所造成的結果。事情的後續影響令人十分擔心。光想到瑪斯格羅夫小姐的傷勢不知何時才能復原，便很令人憂慮，而且也不知道日後她會否受到腦震盪後遺症的影響！司令官總結了這些談話予以說道：

「唉，這件事眞的糟透了。怎麼現在年輕小夥子追求女孩的新方法，是把人家的頭給摔破呢！妳說是不是，艾略特小姐？這還眞是摔破頭再給藥膏啊！」

卡夫特司令官的大剌剌言行，並不符合羅素夫人喜歡的調調，但安卻很喜歡。他的心地善良、個性直率，眞教人難以抗拒他的親和魅力。

「現在，這一切對妳來說一定很難受吧！」司令官從短暫出神中，幡然醒來。「竟然得到自己以前的家拜訪我們，說眞的，我之前全沒想到這件事，可這對妳來說一定很難受。不過現在，請別客氣，如果妳願意，請儘管起身，到各房間隨意看看。」

「謝謝您，先生，下次吧，下次再找時間吧！」安回答。

「好的，任何時間都行，妳隨時可以從灌木叢悄悄地走進來。然後妳會發現我們把傘掛在門邊，那是個好地方，可不是？但是，」他整理了一下思緒，「妳可能不覺得那是個好地方，因爲你們家向來把傘放在男管家的房裡。哎，我相信你們一定總是那麼做。一個人的作法也許和另一個人的一樣好，但我們通常還是最喜歡自己的作法。因此，妳可以自己判斷，什麼時候到這房子來走走看看對妳最好，或是也不見得一定要。」

安發現自己仍然有婉拒的空間，對此她十分感激。

「而且，我們只替這房子稍稍改善了幾個小地方。」司令官沉思一會兒後說道：「僅僅幾個。

之前在厄波克羅斯，我們曾跟妳提到洗衣房的門，現在則有了非常好的改善。我眞納悶，這世上怎可能有任何家庭，能長久忍耐如此不便的開門方式。煩請告訴沃特爵士我們做了這件改善，就連薛波先生也認爲這是這屋子有史以來最棒的整修。說眞的，我必須爲我們自己說句公道話，這些小改變都是非常好的改善呢；不過，這都得歸功於我太太。我做的部分非常少，僅僅只是把我梳妝室裡幾面屬於妳父親的大鏡子移走。妳父親，我確信他是個非常好的人，一位眞正的紳士，但艾略特小姐，我認爲，」他的表情看來相當認眞，「以他的年紀來看，他還眞是個講究外表穿著的人哪！竟然有這麼多大鏡子，喔，天哪，這樣豈不走到哪兒都會看見自己的模樣。所以呢，我請蘇菲幫忙，我們很快就把這些鏡子移走了。現在，我覺得舒服多了，角落邊有一面刮鬍用的小鏡子，另外還有一面大鏡子，但我從不靠近它就是了。」

安感到有趣極了，不過一時間不知如何回答。司令官則擔心自己不夠禮貌，便再度把話題轉回來。

「艾略特小姐，下回妳給父親寫信時，請代替我們問候他，並告訴他我們很適意地在這裡安頓下來了，房子一切妥善沒有缺點。雖然用早餐的餐廳煙囪有點漏煙，但那只是在颳強烈北風的時候，一個冬天不可能碰上三次。總的來說，這一帶的房子我們大都進去參觀過，所以可以下個評斷，我們最喜歡的仍是這裡。代我問候妳父親時，也請這麼告訴他，他聽了會很高興的。」

羅素夫人和卡夫特太太都很欣賞並喜歡彼此，只可惜目前的交往無法再深入。卡夫特夫婦回訪時，說他們即將到本郡北邊去拜訪幾個親戚，因此要離開幾週，而在羅素夫人前往巴斯過冬之前，他們可能都沒辦法回來。

如此一來，便免除了安與溫特伍上校在凱林奇府邸見面的危險，也不用擔心他會與自己的「忘年之交」照面，一切將平安無事。當安想到自己先前竟爲這件事擔了許多心，便不覺浮起笑意。

第十四章

Persuasion

瑪斯格羅夫夫婦前往萊姆後，查爾斯和瑪麗這對實際能幫上忙有限的夫婦，仍過了許久才返家，這一點倒是令安頗爲意外，但無論如何，他們仍是這個家族最早回家的兩位，而且返家後不久便前往凱林奇別墅拜訪。他們離開時，露易莎已開始能坐，神智雖清楚但很虛弱，神經變得極爲纖弱敏感；儘管她的復原情況相當良好，但仍無法確定何時才能承受得住路途奔波。由於家中其他年幼小孩由校返家度耶誕假期在即，她的父母屆時會先返家，還無法帶露易莎一併同行。

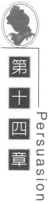

他們一家在萊姆住的是出租公寓。瑪斯格羅夫太太總是盡可能將哈維爾家的孩子帶在身邊，哈維爾家的所有生活物資也盡量全由厄波克羅斯這邊供應，以減輕替哈維爾家添的麻煩與不方便，即使如此，哈維爾夫婦仍誠懇地每天邀請他們吃晚餐。簡而言之，這兩方似乎都很努力付出，看看誰比較無私與好客。

待在萊姆期間，瑪麗當然又有痛苦可言。總的來說，她既然能在萊姆待這麼久，可見樂趣比痛苦多：查爾斯·海特經常到萊姆，令她看了就心煩；在哈維爾家用餐時，竟然只有一名女傭在旁服侍；一開始，哈維爾太太總是讓瑪斯格羅夫太太坐上座，但後來發現她是誰的女兒後，便誠懇地向她賠不是……每天都有許多事發生，每天總得在他們的出租公寓和哈維爾家之間多次奔波；此外，她還經常到圖書館借書，頻頻借還。讓瑪麗比較厄波克羅斯與萊姆，她當然覺得萊姆趣味許多。她也曾前往萊姆鄰近的小村查茅斯；也洗了海水浴；還上教堂，並發現到教堂做禮拜的人，很多都長得比厄波克羅斯的人好看。除了這些，再加上瑪麗自認在萊姆很有用處，她因而愉快地在那兒度過了兩週。

安問候著班尼克上校，瑪麗的臉色隨即塌下，查爾斯則笑了起來。

「喔，我想班尼克上校一切都好，但他眞是個古怪的年輕人，我眞弄不清他。我們邀請他來家裡住一、兩天，查爾斯答應帶他去打獵，他似乎顯得很開心，我便認爲事情已經確定了。可是妳瞧，他竟然在星期二晚上找了非常牽強的理由說不來了：『他從不打獵』、『他完全不是那意思』；他曾答應這個答應那個，可是到最後，我發現他根本沒有要來的意思。我猜他是怕來到這裡無聊吧，但在我看來，我們在別墅的生活是很熱鬧的，應該很適合班尼克上校這樣心碎不已的人住呢！」瑪麗說。

查爾斯再次笑了起來，並接著說：「瑪麗，妳應該很清楚眞正情況啊！那都是因爲妳的緣故。（查爾斯特地轉過身對安說話）他原本以爲跟我們回家，就能在附近見到妳，他還以爲所有人都住在厄波克羅斯。後來，當他發現羅素夫人的住處距離我們三哩遠，便非常喪氣，也沒勇氣來了。這就是眞正情況，我以人格擔保。瑪麗也知道的。」

但瑪麗並不欣然同意。這是否因爲，她認爲像班尼克上校那般沒有出身與社會地位的人，不配與艾略特家的小姐談戀愛？或是她不想承認，安才是吸引班尼克上校到厄波克羅斯的原因，而不是因爲她；箇中心態只能由人猜測了。但安對班尼克上校的好感，並不因聽到他不來了而有絲毫減少。很明顯地，她欣然收下他的心意，仍繼續問起他。

「喔，他常提起妳，」查爾斯喊道：「他的措詞是這樣的——」但瑪麗打斷了他，「查爾斯，我敢說，待在萊姆期間，我從沒聽他提起安的名字超過兩次。安，我敢說，他從沒談到妳。」

「的確沒有，」查爾斯承認著，「他的確不曾隨口談起妳，但他顯然非常欽慕妳。他腦袋裡滿滿都是妳推薦他讀的書，他想和妳討論這些書，而且他從其中一本得到了某種啓發，他是這麼說的——嗯，我不能自以爲記得住他的話，總之是非常好的啓發。因爲我曾不小心聽見他把這一切都告訴亨麗耶塔，然後以最好的措詞讚美『艾略特小姐』。瑪麗，現在我敢說這是我親耳聽見的，那時妳正待在另一個房間，他用的措詞是『優雅、溫柔、美麗』。噢，艾略特小姐魅力無邊哪！」

「那我確信，」瑪麗激動叫道：「如果他眞這麼說的話，也不會爲他帶來什麼好處。哈維爾小姐去年六月才剛過世，他這會兒就對別人動了心，這樣的人不值得接受吧！可不是嗎，羅素夫人？我相信您一定會同意我的。」

「我得先見過班尼克上校才能有結論。」羅素夫人微笑著說。

「那麼，您應該很快就能見到他。夫人，我可以告訴您，」查爾斯說著：「他雖然沒有勇氣和我們一起回來，也不敢隨即出發來此拜訪，可改天他一定會親自到凱林奇的，您儘管相信這一點。

我告訴他相距多遠、走哪條路，我還告訴他這裡的教堂很美值得一看，因爲他這人對這種東西有喜好，所以我想這會是個很好的藉口。他全神貫注地聽我說，並且聽懂了我的意思。從他的神態判斷，我確信他很快就會登門拜訪。羅素夫人，我在此先通知您一聲。」

「安的任何一位朋友要來，我都很歡迎。」羅素夫人親切地回答。

「噢，與其說是安的朋友，」瑪麗說道：「我想應該說是我的朋友吧，畢竟過去這兩星期，我天天都見到他。」

「那麼，班尼克上校做爲你們共同的朋友，我想我會很高興見到他的。」羅素夫人回應著。

「夫人，我確信，您不會喜歡他的。他是我見過最無趣的人了。有時候，他陪我一起散步，從海灘的這端走到那端，竟然一句話不吭呢！他完全不是個有教養的年輕人，我確信您不會喜歡他的。」瑪麗補充說明。

「瑪麗，我和妳的意見不同，」安說：「我認爲羅素夫人一定會喜歡他。她會對他擁有的豐富心智感到很是滿意，很快地，就不會再注意他行爲舉止方面的缺失了。」

「安，我也這麼認爲，」查爾斯說：「我很確信羅素夫人會喜歡他。他這個人的氣質是羅素夫人喜歡的類型。給他一本書，他會讀上一整天。」

「沒錯，他眞的會！」瑪麗揶揄地喊道：「他這人只要一坐定讀起書，根本聽不見別人對他說話，或誰的剪刀掉到地上，發生了什麼事，渾然不知。你們想，羅素夫人怎可能會喜歡人家這樣？」

羅素夫人忍不住笑了出來。「說眞的，」她接著說：「眞沒想到，我對一個人會有什麼觀感與評價，竟能引來這麼多不同猜測，畢竟我可是自認標準一致、實事求是哪！現在我感到好奇了，眞想見見這樣一位評價兩極的人。我很希望他早日來訪。瑪麗，等他來訪之後，我再說說我的意見，在這之前，我絕不會評斷他。」

「您不會喜歡他的，我保證。」瑪麗回覆。

羅素夫人開始談起別的事。瑪麗則興奮地說起，他們如何巧遇（或說錯過）艾略特先生的事。

「這個人，」羅素夫人說：「我完全不想見。他拒絕與他家族的大家長眞誠往來，讓我對他留下極壞的印象。」

羅素夫人的斷然言詞，澆熄了瑪麗的熱切之情，使她中斷了「艾略特先生的容貌帶有家族特徵」這類的談話。

至於溫特伍上校的近況，安雖不敢貿然問起，他們夫婦卻主動說了不少。正如可預期的，他的心情最近已變好許多。露易莎有起色，他的心情也有起色；現在的他與事情發生第一週的他，判若兩人。他一直沒見露易莎，害怕給她帶來不好的影響，所以並不急著見她。相反地，他似乎計劃離開一星期或十天，直到她的頭部狀況更好轉再回來。他談到要去普利茅斯一個星期，並想說服班尼克上校和他一起去，但如同查爾斯所持的想法，班尼克上校似乎更想駕車到凱林奇來。

從那時起，無疑地，羅素夫人與安便經常想起班尼克上校。每當羅素夫人聽見門鈴響起，總以為是他前來拜訪的通報；安則每當獨自從父親的莊園散步回來，或是到村內進行慈善訪視之後，總期待能看到他，或聽到他的消息。然而，班尼克上校始終沒來。也許他並不像查爾斯所猜測的那麼想來，也或許他只是太害羞。羅素夫人耐性地等了他一週後，便斷定這個人不值得她認識，儘管一開始他是那麼讓人好奇感興趣。

瑪斯格羅夫夫婦回到家，迎接幾個從學校返家過耶誕假期的年幼孩子，同時把哈維爾太太的孩子一起帶回來，讓厄波克羅斯熱鬧些，好讓萊姆清靜些。亨麗耶塔仍在那兒陪著露易莎，瑪斯格羅夫家的其他成員則各自回到自己的家。

耶誕節期間，有一次，羅素夫人與安前去拜訪，安感覺到，厄波克羅斯的活力又回來了。雖然亨麗耶塔、露易莎、查爾斯·海特、溫特伍上校都不在，但房間裡洋溢的熱鬧快活氣息，確實和上回她離開時的冷寂淒清，形成強烈對比。

瑪斯格羅夫太太身邊圍繞著哈維爾家的孩子，她小心呵護著他們不受別墅家兩個男孩的欺負，儘管兩個男孩聲稱只是逗他們玩罷了。房間裡一張桌子旁，圍著幾個女孩，一邊聊天、一邊裁剪絲綢與金紙；房間另一側，用來擺放食物盤的支撐架，因不支醃豬肉和水果派的重量而顯彎曲，一旁幾個男孩則一邊吃著食物、一邊喧鬧不已。然而這熱鬧場面還得再加上一名成員才算完整，那就是熊熊燃燒的耶誕爐火，儘管屋裡已充滿笑鬧噪音，它仍嗶嗶啵啵地放聲賣力演出。羅素夫人與安來訪，查爾斯和瑪麗當然也是陪客。瑪斯格羅夫先生為了向夫人表示尊敬，特別坐在她身旁十分鐘，扯著喉嚨和夫人談話，但他的聲音依然不敵膝上孩子們的吵鬧聲。好一幅家庭歡聚的景象！

安自己的判斷是，經歷了露易莎的意外，家裡氣氛狂鬧如是，將使大家已然衰弱的神經更難平復。不過，瑪斯格羅夫太太把安叫到身邊，一再誠心感謝她的幫忙照應，最後針對這陣子的身心折磨，她一邊快樂地環視全場，一邊總結說道，歷經了這麼多痛苦，對她而言最好的安慰，就是在家靜靜享受這一點點的快樂歡愉。

露易莎正在迅速恢復中。她母親甚至認爲，她弟弟妹妹此次放完假返校前，或許就能看見她重回大家庭的懷抱。哈維爾一家人承諾，當露易莎完全復原、能夠返家了，他們將與露易莎一起回來，並在厄波克羅斯待上一陣子。至於溫特伍上校，他則已離開萊姆，前往什羅普郡探訪他弟弟。

「希望我能記住，」當羅素夫人與安一坐上馬車，夫人便立刻說道：「以後別在耶誕假期拜訪厄波克羅斯！」

對於許多事情，每個人都各有各的品味，即使是定義「噪音」。聲音，究竟聽起來是欣然無害或令人苦惱，恐怕取決於它們的種類而非嘈雜程度。不久，一個下雨的午後，羅素夫人的馬車駛進巴斯，從南邊的舊橋（Old Bridge）穿過長長的街道前往坎登廣場，沿途其他馬車急奔的聲音、大小運貨馬車的隆隆聲、賣報紙賣鬆餅送牛奶的叫賣聲，還有人們雨天穿著木套鞋①行走的喀啦喀啦聲不絕於耳；聽到這些聲音，羅素夫人一點抱怨也無。相反地，它們是夫人的冬日樂趣，這些聲響使她的心情爲之躍動。正如瑪斯格羅夫太太因家庭歡聚的喧鬧聲感到滿足，而有別於久居鄉間的平淡與寂靜，羅素夫人此刻正感受著城市的熱鬧氣氛，她又何嘗不是在靜靜享受這一點點的快樂歡愉，即使她嘴上不說。

然而，安卻沒有同樣的感受。她堅決以沉默與厭惡抵制巴斯。進入巴斯後，煙雨濛濛中初見的一大片建築群，她毫無看個仔細的興致，反倒覺得馬車走在街道上令人不快且行速過匆，畢竟當她抵達時，會有誰高興見到她？她只能帶著深切的遺憾，回顧厄波克羅斯的歡鬧與凱林奇的幽靜。

不過，伊麗莎白的最後一封信倒傳來一樁有趣的消息：艾略特先生正在巴斯。他曾親至他們在坎登廣場的家拜訪，後來還有第二次、第三次，表現得十分積極殷勤。如果伊麗莎白和父親沒弄錯的話，艾略特先生的行爲等於是：過去費盡心思忽視他們，現在則費盡心思討好他們，並且公然宣稱擁有此門親戚之珍貴重要。情況若眞如此，那就太驚人了。就連羅素夫人也對艾略特先生感到善意的好奇，但又感到困惑不解，全然已非她不久前才對瑪麗表達「我完全不想見這個人」的厭惡之情。她很想見到他。如果他眞的想通了，心甘情願想好好扮演家族一分子的角色，那麼他必得先讓自己過去拋棄家族的行爲受到原諒才行。

安對此現況並不抱持同等熱切的心情看待，但與巴斯的許多其他人相比，她的確反倒比較想見到艾略特先生，而且是非常想再一次見到他。

安在坎登廣場下了車，羅素夫人的馬車則繼續駛向她位在里弗斯街（Rivers Street）的寓所。

譯註：

①patterns，一種鞋底以削尖木頭或圓形鐵環支架墊高約七、八公分的鞋，可供平民階級婦人和從事勞動工作的男性在雨天時行走穿，以免沾染地上的濕濘。社經地位較高的男女則有厚底靴子可穿，不怕弄濕鞋。

第十五章

Persuasion

沃特爵士在坎登廣場（Camden Place）①租了一棟非常好的房子，坎登廣場位在巴斯地勢較高的區域，是高級住宅區，正好適合沃特爵士這般擁有身分地位的人居住，他和伊麗莎白在此非常滿意地安頓下來。

安帶著沉鬱的心情走進屋子，一想到得在這裡受拘禁般地度過好幾個月，便焦慮地自問：「噢，我何時才能再離開這裡？」沒想到她的返家竟頗受歡迎，使她頓覺欣慰。父親與姐姐開心見到她，是想向她炫耀展示這房子和傢俱，因而和氣相待。用餐時，她被安排坐在第四個座位，還算不錯的對待②。

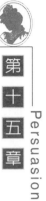

克蕾太太滿臉喜悅且笑容可掬，但她的禮貌和笑容太顯殷勤了，超乎常理。安不是沒想到，她一返家，克蕾太太就會裝出很禮貌和善的樣子，然另外兩位的友善相迎卻出乎她意料。很明顯地，他們的心情非常興高采烈，而她很快便知道所爲何來。他們並不想聽她說話，一開始他們還指望聽見老鄰居對他們的思念，但安可說不出這種話，之後他們僅敷衍問候一下鄰居們，便全然談論起自己的事。對厄波克羅斯，毫無興趣；對凱林奇，一丁點興致；他們所關心的全是巴斯。

他們欣然向她保證，巴斯在各方面都滿足了他們的期望。他們的房子無疑是坎登廣場中最好的一棟；和所有看過或聽過的別人家客廳相比，他們的客廳絕對優點較多，而且裝潢風格與傢俱品味也同樣勝過別人。大家都熱烈尋求與他們交往，每個人都想登門拜訪，他們已回絕了許多引見，但仍不斷有不認識的人留下名片③。

住在巴斯，樂趣還眞是道不盡！對於父親和姐姐在這兒生活得如此開心，安感到訝異嗎？她倒不訝異，卻爲父親的毫無自覺深深嘆息：面對這些變動竟不覺羞辱；對於失去居住在自家土地的義務與尊嚴，竟不感懊悔；對於如此狹隘地窩居在城市裡，竟感到得意洋洋。此外，當伊麗莎白拉開折疊門，從這間客廳走到另一間客廳，喜不自勝地誇耀客廳是多麼寬敞時，安也不禁要嘆息、苦笑與納悶：這位曾貴爲凱林奇府邸女主人的女性，如今竟落到此田地，要爲了兩面牆壁之間區區三十呎寬的距離，感到沾沾自喜？

然而，使他們快樂的事情不止這些，他們還有艾略特先生。安聽到許多有關艾略特先生的事。他過去的行爲不僅受到原諒，還贏得了他們的歡心。他來到巴斯已經兩個星期了（十一月分前往倫敦途中，路經巴斯，雖只停留二十四小時，就已聽聞沃特爵士移居此地的事，但時間緊湊不允許他前來拜訪）；既然這次他準備在巴斯待上兩週，抵達後第一件事便是到坎登廣場的艾略特家留下名片，並積極懇求會面。見面之後，他的舉止坦率，很快便爲過去的事道歉，他渴望重新受到家族的接納，於是他們完全重建了過去的友好親戚關係。

他們發現他無可責難。他充分解釋了自己過去看似怠慢的表現，並說一切都是誤會所造成。

他從不曾想過要拋棄自己的家族與身分，反倒是擔心自己受到拋棄，卻又不知情況何以至此，於是他謹愼行事，沉默不多辯解。但當他聽到有人詆毀他，說他對家族的人態度無禮、對家族名譽毫不在乎，他眞是憤怒到最高點。事實上，他以身爲艾略特家的人而自豪，他對家族親戚關係也同樣畢恭畢敬地嚴肅看待，儘管這與現代社會風氣反封建、反階級是如此不搭襯。對於那些傳言，他眞的感到很驚訝，只要瞭解他平常做人處世之道，傳言就會不攻自破。他請沃特爵士詢問所有認識他的人。也因此，他一得到此番和解的機會，便積極尋求恢復做爲親戚與推定繼承人的關係；而這些努力與苦心，正是他十分重視自己家族身分與親戚關係的有力證明。

至於他的婚姻，他們發現那也是情有可原的。這件事並非他自己談起，而是從他的一位密友華利斯陸軍上校口中得知。華利斯上校品德高尙，是個完美紳士（沃特爵士特別補充：長相還不錯），他住在懋孛羅住宅區（Marlborough Buildings）④，過著非常體面的生活；他特別透過艾略特先生，與他們尋求交往。華利斯上校曾有一、兩次提及艾略特先生的婚姻，他的說法使他們不再認爲那是一樁有失門面的婚事。

華利斯上校和艾略特先生相識已久，他甚至與艾略特先生死去的妻子相當熟稔，所以十分瞭解整件事。她雖然並非出身名門，但受過很好的教育、多才多藝、富有，且非常鍾情於艾略特先生。這些正是她的魅力所在，特別是她主動追求艾略特先生。但若不具備那些吸引力，她即使再有錢也無法打動艾略特先生，而且，華利斯上校還向沃特爵士保證，她絕對是個非常漂亮的女人。事情至此已不難理解：一個非常漂亮的女人，再加上富有，而且深愛著他！沃特爵士似乎已完全能加以諒解，而伊麗莎白雖無法完全贊同，卻也認為事情情有可原。

此後，艾略特先生便經常來訪，有一次還與他們共進晚餐；對於受邀用餐，他明顯感到殊榮，因為他們通常不請人吃飯的。簡而言之，與堂妹一家人友好互動的每項證明都使他感到快樂，他將全然的幸福維繫在與坎登廣場這一家的親密關係上。

安傾聽著這一切，卻又不很明白她所聽到的。折扣、大打折扣，她知道要為這些人所說的話大打一番折扣。她聽到的這些說法全經過了修飾。在和解過程中，那些聽起來過於誇張或不合理之處，或許根本毫無事實根據，全是說話的人加油添醋而來。儘管如此，對於艾略特先生這種在斷絕往來多年後，突然重新尋求接納的行為，安仍感覺這其中存有某種超乎表面、不為人知的意圖。從世俗觀點來看，他並不因與沃特爵士交往而能獲得什麼，即使處於先前斷絕往來的關係，他也沒有什麼風險要擔。現在的他很可能已經比沃特爵士富有，而且早已確定能在日後繼承凱林奇的地產與爵位。一個十分明智的人！他看起來是那麼明智，究竟他尋求重建親戚關係的原因會是什麼？安只能推斷出一個結論，那就是：也許他想追求伊麗莎白。或許過去他確實曾對她有好感，但一時的利益所趨與偶發機緣卻將他引向完全不同的抉擇，如今他終於可以隨心所欲做任何事了，於是他準備向伊麗莎白求婚。伊麗莎白確實長得很美、有教養、舉止優雅，而且她的個性在當年也絕不可能被艾略特先生看穿，畢竟他們僅止於在公共場合社交，再加上當時的他也年紀甚輕。如今，艾略特先生已然來到人生見識更為敏銳的年紀，伊麗莎白的性格脾氣、處事判斷能力是否經得起他的明察，則是另一個更讓人擔心的問題。如果伊麗莎白眞是他的目標，也只能誠心希望他別太過挑剔或太富觀察力了。甚至，就連伊麗莎白也自認是艾略特先生的追求目標，她的朋友克蕾太太更是不斷附和這種想法，這可從談話中提到「艾略特先生經常來訪」時，她們倆互相使了眼色而得知。

安提到曾在萊姆匆匆瞥見艾略特先生，卻沒人注意聽。「喔，是啊，那也許是艾略特先生吧，我們不知道。那也許是他吧！」他們甚至不想聽取安對他的描述。他們只是自顧自地描述他，沃特爵士尤其有看法。沃特爵士給了他持平的評價，說他具有十足紳士風範，擁有上流人士般的優雅行止，還有好看的臉型、聰敏的雙眼。只是沃特爵士同時又說：「可惜的是，他的下巴戽斗得太厲害，這項缺陷似乎與日俱增，所以也不能說他這十年來長相完全沒變。倒是艾略特先生說我的容貌和當年分手時，看起來一模一樣。不過，他這麼說的時候，我卻因為無法等同恭維他容貌未改而頗覺尷尬。無論如何，對他的容貌我絕無抱怨之意。艾略特先生的確已經比大多數男人好看許多，我並不介意和他一同出席任何公共場合。」

一整晚，他們都在談論艾略特先生，以及他那些住在懋孛羅住宅區的朋友們。「華利斯上校是那麼急著想與我們認識，而艾略特先生也同樣急於把他介紹給我們。」然後還有一位華利斯太太，從描述中他們目前僅知道，她每天都在等候分娩。不過艾略特先生提到，她是位非常迷人的女性，很值得坎登廣場這一家認識，只要她一恢復健康，他們就能認識。沃特爵士特別想結識華利斯太太，因爲她被形容得極爲漂亮可愛。沃特爵士是這麼說的，「我非常想見到她。我希望她能稍稍彌補路上所見難看面孔的不足。路上與我擦身而過的，盡是一張張非常難看的臉孔。巴斯最糟的，就是相貌難看的女人太多。我並不是說巴斯沒有長得好看的女人，只是難看的實在佔去大多數。我走在路上經常觀察，如果遇見一張好看的臉，接下來則會緊接著看到三十張、甚或三十五張難看的。有一次，我站在邦德街（Bond Street）的一家商店裡，數著窗外接連路過的八十七個女人，竟無一張還算看得過去的臉。那是個嚴寒的早晨，的確，凍得逼人，能經得住這天氣考驗的女人，千分之一不到。但是，巴斯的難看女人也確實太多了些，至於巴斯的男人，那更是奇糟無比。簡直滿街都是嚇壞人的男人！這裡的女人鮮少有機會遇上還算看得過去的男人，這可以從她們看到體面男人的反應充分得知。我和華利斯上校無論挽著手臂走到哪裡，每個女人都會望向他，她們的目光必定都會投注在他身上（儘管他的頭髮是黃棕色，可卻擁有非常英挺的軍人體態）。」好謙虛的沃特爵士哪！此時，他的女兒和克蕾太太則一塊兒暗示著，和華利斯上校走在一起的那位同伴，也同樣擁有非常英挺的體態，而且頭髮當然不是黃棕色的！

「瑪麗的模樣看起來如何？」心情極好的沃特爵士問道。「我上一次見到她，她的鼻子紅咚咚的，我希望她不是每天都這樣。」

「喔，沒有的事，那純屬偶然。大體說來，自從米迦勒節以來，她都非常健康，模樣也很好看。」安回答著。

「我想送她一頂新帽子和一件長風衣，但又怕她頂著強風外出，把皮膚給吹得粗糙了。」沃特爵士說。

安正思索著，是否應大膽建議父親改送瑪麗長禮服、無邊帽，這樣就毋須擔心場合問題了，不過一陣敲門聲打斷了一切。「有人在敲門。這麼晚了，已經十點鐘了。會不會是艾略特先生呢？他今晚去了藍斯道廣場（Landsdown Crescent）吃飯，很有可能在回家途中順道來看我們。除了他，還眞想不到有誰。」克蕾太太斷定敲門的人是艾略特先生。她猜對了。一名管家兼男僕有禮地將艾略特先生引進屋內。

除了穿著不同，沒錯，就是那個人。安稍稍後退，此時他正一一問候其他人，他向她姐姐道歉，爲自己在如此不尋常的時間來訪而致歉，「我已經來到附近，希望前來問候一下妳和妳的朋友，昨天是否感冒了……」他有禮地說著，聽者也盡可能禮貌地回應。但接下來就輪到安了。沃特爵士提起他的小女兒，「艾略特先生，請容我介紹我的小女兒（此時指的理當不是瑪麗）。」安微笑著，臉紅了，這正是令艾略特先生難以忘懷的那張清麗臉龐。他看到了安，立即顯出有點吃驚的模樣，這使安感到很有趣，原來他當時並不知道她是誰呢！他整個人感到很驚訝，但與其說是驚訝不如說是驚喜。他的眼神發亮，對兩人之間有親戚關係感到格外欣喜；他談到了萊姆的相遇，並請求她將他視爲熟人看待。而他看起來就像在萊姆時一樣好看，說話的樣子更爲他的容貌增色，舉止也顯出非常得宜的優雅自在，令人很有好感。在安的心中，舉止能與他相匹敵的只有那一位。他們各自的氣質不同，但也許，可以說是旗鼓相當的好。

他與他們一起坐下來，使他們的談話益發熱鬧有趣。他無疑是個非常明智的人，在最初的十分鐘談話裡便能看出與證明。他的語氣、表達方式、選擇的談話主題、說話分寸的掌握，無不說明他的心智練達而敏銳。他一有說話機會，便與安談到萊姆，想與安分享他對那個地方的看法，尤其想談他們竟在同一時間下榻同一旅館的巧合。他說了自己的旅程，也得知一些有關她那次旅行的事，他感到遺憾，竟錯失向她致意的機會。安簡短介紹了當時的旅伴，以及他們到萊姆的目的。他愈聽愈後悔。當時，他一整晚都很孤寂，只能聽著隔壁房間的他們不斷傳來歡聲笑語；他想著，他們一定是一群快樂又可愛的人，眞想和他們一起同樂。他全然沒想到，他其實有權向他們自我介紹的，如果他當時問問這群人是誰就好了！光聽到「瑪斯格羅夫」這個姓，他就會知道自己與他們的親戚關係啊！「哎，這次經驗將有助我改掉不在旅館探人隱私的可笑習慣。我從年紀很輕時便養成了這習慣，而這僅僅因爲處世原則告訴我『好奇打探，是非常不禮貌的』。」

「一個二十一、二歲的年輕人，」他繼續說著：「便熱中追求所謂的合宜行止，這種想法實在很荒謬，我想，這比任何人的其他想法都還愚蠢。而且，作法和想法同樣愚蠢得不分軒輊。」

但他知道，他不能光以安爲談話對象談論著萊姆的種種回憶，很快地，他又和其他人談起了別的話題，而只能盡量找機會回到萊姆的話題。

在他的再三詢問下，安最後只好說出，當他離開後，她在萊姆爲了何事而奔忙。一聽到「意外」這個字眼，他便希望能瞭解全盤狀況。在他詢問時，沃特爵士和伊麗莎白也跟著問起，但她卻明顯從他們各自的詢問方式，感受到大不相同的態度。對此，他認爲艾略特先生與羅素夫人一樣懷有同理心，他是如此眞心地想瞭解事情發生經過，他是如此關心安因目睹一切而受的種種苦。

他與他們相處了一小時。壁爐架上的雅致小時鐘以銀鈴般的聲響敲了十一下，遠處也傳來巡夜人⑤的相同報時聲，艾略特先生或這個家的任何一位成員這才感覺到，他已在這兒待了頗久。

安從沒想到，來到坎登廣場新家度過的第一個夜晚，竟能如此愉快。

譯註：

①位在巴斯北面的一個時髦住宅區。

②正式餐桌禮儀中，男女主人分坐餐桌的兩端，首席男賓坐女主人右側（第一個座位），首席女賓坐男主人右側（第二個座位），次席男賓坐女主人左側（第三個座位），次席女賓坐男主人左側（第四個座位）。由於克蕾太太是家中女賓，她自然是坐在第二位，安則因被視為次席女賓而頗感欣慰。

③visiting card，又稱calling card。始自十七世紀的歐洲，是上流社會人士之間自我介紹的途徑。先是透過自家僕人送名片到對方家裡，若對方願意與之往來，便會回送名片過去，然後才可能彼此互邀開始會面。

④位在巴斯西面的一個時髦住宅區，因與同為時髦象徵的皇家廣場（Royal Crescent）相鄰而沾光。

⑤watchman，在還沒有警察的年代，晚間會有巡夜人在街上巡邏，以維護居民的生命財產，他一邊走，一邊會在整點報時。

第十六章

Persuasion

安在回家的路上便一直想著：「如果能確定艾略特先生愛上了伊麗莎白誠然可喜，但如果能確定父親並未愛上克蕾太太，那會更値得高興。」然而，她回到家，幾個小時過去了，對此卻一點也不感到放心。翌日早晨，她下樓吃早餐，她發現這位女士正在說些冠冕堂皇的話表示要離開。她可以想像克蕾太太是這麼說的：「現在二小姐已經回來了，我不能自以爲留在這裡還有用處。」因爲她聽見伊麗莎白正小聲回答著：「這不能算是理由，我認爲這不能算是理由。和妳相比，她對我而言毫無用處。」然後，她則完整聽見了父親的回答：「親愛的夫人，千萬不可。妳還沒能眞正看看巴斯呢！妳來了之後一直在幫忙，所以現在可不能離開。妳得留下來認識華利斯太太，那位美麗的華利斯太太。妳是一個那麼有品味的人。我非常清楚，欣賞美麗的人事物，能帶給妳眞正的滿足與感動。」

沃特爵士的言語和表情是如此誠摯，以至於安並不訝異看到克蕾太太朝著她和伊麗莎白偷瞄了一眼。安的表情或許露出了稍許戒心，但當父親稱讚克蕾太太「妳是一個那麼有品味的人」時，她姐姐竟絲毫沒有任何反應。克蕾太太也只好順從了兩人的共同懇求，答應留下來。

同一天上午，安與父親正好有機會獨處，他稱讚她的容貌變好看了，他認爲安的「身子和臉頰都變豐腴了，皮膚和氣色也變好了，看起來更白皙透亮。」「是不是特別用了什麼保養品？」「沒有，什麼也沒擦。」「是用了高蘭面霜①吧？」（他猜測）「不，眞的什麼也沒擦。」「哈！這可眞令人訝異。」他補充道：「當然，如果妳能繼續保持現在的容貌最好，擁有健康是再好不過的事情。或是我建議妳可以擦高蘭面霜，這適合在春天不間斷地使用。克蕾太太聽了我的推薦而使用，妳可以看得到效果是多麼好，她臉上的雀斑都給去除了。」

如果伊麗莎白能聽到這些話就好了！父親如此讚許克蕾太太的容貌，一定能激起伊麗莎白的反應；雖說在安看來，克蕾太太臉上的雀斑一點也沒變少。但所有事都該順其自然。如果伊麗莎白也結婚了，那麼父親與克蕾太太結婚將能大大減少對她的衝擊。至於安自己，應該就能和羅素夫人永遠地住在一起吧！

對於這件事，就連一向沉著有教養的羅素夫人與坎登廣場這一家互動時，也難以忍受她所感受到的情況。她眼見克蕾太太如此得寵，而安卻如此受冷落，這令在場的她始終氣惱不已，甚至就連離開了也還是怒氣難消（如果在她喝了時髦的巴斯溫泉礦飲②、買了所有最新的出版品，並與一大堆熟人朋友見面之後，還有時間生氣的話）。

幸好，當羅素夫人與艾略特先生漸漸相熟之後，她對「其他人」就顯得較爲寬容，或應該說比較沒那麼在意。他的優雅舉止首先即贏得她的讚賞，之後藉著談話，她發現艾略特先生在優雅的外表底下，擁有更堅實的內涵支撐著。當她開口告訴安，幾乎是不敢置信地驚呼著：「這樣一個人，眞是我們的艾略特先生？」她認眞地說，自己簡直無法想像會有任何男人比他更親切可人、更值得敬重的了。他集所有優點於一身：絕佳的理解力、解讀事情見解正確、知識豐富、有顆溫暖的心。他對家族懷有強烈情感，也很重視家族名譽，但態度卻能不卑不亢。他富有而慷慨，卻絕不炫耀財富。他判斷事情一向注重本質，但仍能心懷雅量尊重一般的公眾輿論。他的個性穩重謹愼、溫和正直；他絕不憑藉興奮或任性行事，即便這些強烈情感是如此難以控制；此外，比起那些骨子裡滿懷熱情與過激情感的人，他更能敏銳去感受身邊的美善事物，也能理解家庭生活幸福的重要。她確信他的婚姻是不幸福的，因華利斯上校說過，而她自己也觀察到。但幸好這經驗並未挫敗他的心志，也未妨礙他再婚的打算（這一點是夫人的猜測）。總之，羅素夫人對艾略特先生的滿意之情，完全蓋過了她對克蕾夫人的氣惱之感。

從多年前開始，安便意識到她與這位忘年之交，對某些事情的看法極爲不同。因此，當羅素夫人對艾略特先生滿心尋求和解的背後動機竟毫不起疑或不覺其行爲反覆時，她一點也不驚訝。夫人的看法是，艾略特先生在他人生已達思想成熟的階段，嚮往與家族的大家長維繫堅實關係，這乃再自然不過，而且此舉也將贏得所有明智之人的普遍讚譽；畢竟一個天生頭腦清楚的人，不小心在年輕歲月裡犯了錯，隨著時間的推移與淘洗，想要改正錯誤也是很自然的。安聽了之後，思考了一下，雖不盡認同，但仍微笑以對，最後她提出「伊麗莎白」。羅素夫人聽著、望著，然後只是謹愼地回答：「伊麗莎白！噢，時間將會解釋一切。」

的確，這件事與時間、與未來大有關係，安觀察了一些現象後，也不得不認同羅素夫人所言。但目前什麼都無法斷言。在伊麗莎白這方面，由於她是家中女主人，外人習慣上總稱她「艾略特小姐」，因此幾乎不可能聽見其他人對她親暱相稱。至於艾略特先生那方面，更不可忘記他是個才剛服喪七個月的鰥夫，遲些時候論及再娶之事，乃合情合理的設想。事實上，每當看見他帽子上的黑紗，安便覺得自己不可饒恕，怎能在他身上加諸這些大不敬的想像。雖然他的婚姻並不是很幸福，但仍維持了許多年，她怎能以爲艾略特先生可以很快從喪妻之痛恢復過來呢？

無論事情結果如何，艾略特先生無疑是巴斯最令人喜愛的一名熟人，在安心中，沒有人比得上他。有時與他談到萊姆每每令她感到沉醉，因爲他似乎也如同她一般，十分希望再去萊姆，多加領會萊姆的美。關於第一次見面的種種，他們也談了許多遍，他想要安瞭解，當時的他，是如何帶著一顆誠摯的心注視著她。這點她很清楚，而且她也記得另一位的目光。

不過，他們的想法並非總是一致。他顯然比她看重身分地位、親戚關係這些事。有件事的發生，在她看來並不值得大驚小怪，但他卻熱切地一同加入父親、姐姐的焦急心情，這絕不僅僅是出於禮貌性附和，而是他自己必定也喜歡。事情是這樣的，有一大巴斯的早報刊出：「孀居的道林波子爵夫人及其女兒卡特蕾小姐閣下抵達巴斯。」從此，坎登廣場這一家再無寧日；因爲道林波家和艾略特家有親戚關係（安的觀點是：道林波家還眞不幸），艾略特家這邊正苦惱著該如何適切地向對方自我介紹。

以前，安從未見過父親、姐姐與貴族交往，但現在她必須承認自己感到非常失望。她原本冀望，像父親與姐姐這樣有身分地位的人，面對此事舉止能更高尚些，但沒想到高標準不可期，只能以她想都沒想過的最低標準來期盼。眞希望他們能多點自尊，因爲她成天一直在耳邊聽到「我們的親戚——道林波夫人和卡特蕾小姐」、「我們的親戚——道林波家」這個那個的。

事實上，沃特爵士只和已故子爵見過一面，子爵的家人從未見過沃特爵士。現在事情的困難處在於，兩家已完全中斷了所有禮貌上的書信往來，而那是子爵過世以來的事。子爵過世當時，沃特爵士生了重病，以致凱林奇這邊很不剛好出了疏失，未寄弔唁信到愛爾蘭。這項疏失的後果終究要由始作俑者自嘗，當可憐的艾略特夫人過世時，對方也沒寄弔唁信到凱林奇。結果，有太多的原因可以判斷，道林波夫人視兩家的親戚關係結束了。因此該怎麼力挽這令人焦急的局面，讓親戚關係再次受到承認，正是問題所在；而且，雖說羅素夫人和艾略特先生表現得較爲理性，但他們竟也認爲這是個很重要的問題。「親戚關係永遠値得維繫，好同伴也永遠値得追求。道林波夫人在羅拉廣場（Laura Place）租了房子，預計住三個月，而且將會過著貴族式的生活。她去年也曾到巴斯來，羅素夫人聽說她是個很有魅力的女人。如果艾略特家這邊能夠不失體面地與她們重新往來，那就太好了。」

不過，沃特爵士還是選擇以自己的作法進行，最後，他寫了一封文筆非常漂亮的信給尊貴的親戚，一封充滿解釋、遺憾與懇求的和解信。但不管是羅素夫人或艾略特先生都無法贊同這封信，然而這信卻達到了它的目的，換來道林波夫人潦草的幾句回覆——「我感到非常榮幸，很高興我們能結識彼此。」煩惱的事結束，歡樂的事起航。他們前去羅拉廣場拜訪，拿到了「孀居的道林波子爵夫人」的名片，而卡特蕾小姐閣下也表示，願意在沃特爵士最方便的任何時候登門拜訪。他們逢人便說起「我們在羅拉廣場的親戚」、「我們的親戚——道林波夫人和卡特蕾小姐」。

安感到羞恥。道林波夫人和她女兒再怎麼令人喜歡，再怎麼讓人想與之往來，安仍為父親與姐姐引起的軒然騷動感到羞恥；尤其這兩位親戚實際上是一無可取，不管在舉止、才藝或見識方面均毫無過人之處。道林波夫人之所以擁有「一個很有魅力的女人」名聲，是因為她對誰都微笑有禮地接待。卡特蕾小姐，更不值一提，她的長相很難看、舉止也笨拙，若不是出身良好的緣故，坎登廣場這一家絕無法忍受與這樣的人來往。

羅素夫人也承認，她原本亦對她們多所期待，不過還是認為「仍有與她們往來的價值」。安也曾大膽地向艾略特先生說出對她們的看法，他也同意她們本身毫無可取之處，但此門親戚與好同伴關係仍值得維繫、仍有其價值，因為將有更多值得交往的尊貴好同伴聚集而來。安微笑著說：

「艾略特先生，我認為好同伴應該是聰明、見多識廣、話題豐富的對象，這才是我所謂的好同伴。」

「妳弄錯了，」他溫和地說道：「妳說的可不是好同伴，那已經是最棒的同伴了。好同伴只需要具備出身、知識、舉止，甚至沒有知識亦無妨。出身和舉止才是最必要的，不過有點知識也不壞，相反地，會好上加好。安，我的堂妹，瞧，她在搖頭了，她就是不滿足，眼光高得很。我親愛的堂妹，」他在她旁邊坐下，「妳比我認識的任何女人都有資格挑剔，但這樣能事事順心嗎？這樣能讓妳快樂嗎？不如接受與羅拉廣場兩位尊貴女士的交往，並盡可能享受親戚關係帶來的所有好處，這樣是不是比較明智呢？請相信我，她們今年冬天一定會和巴斯最上流階層的人來往，有身分畢竟還是重要的，如果別人知道你們是親戚關係，也將有助於你們一家人（請容我說：我們一家人）穩固在這社會上的更重要立足點。」

「是的，」安嘆著氣，「的確，依父親與姐姐的作法，外界一定很快會知道我們有親戚關係。」說完，她試著讓自己冷靜下來，並不期望得到回應。她補充道：「但我眞的認爲，尋求這份親戚關係的種種作法實在過當了。我想，」安苦笑著，「我比你們任何人的自尊心都強上許多。我必須說，這麼急於讓親戚關係受到承認這件事讓我很生氣，對方對這件事想必一點也不在乎。」

「我親愛的堂妹，請原諒我，我認爲妳不應如此看輕應得的權利。如果你們住倫敦，也許，像妳所希望的那種低調生活方式還行得通。但是在巴斯，沃特．艾略特爵士和他的家庭，永遠都值得人家認識，永遠會被當成熟人看待。」

「是啊，」安說：「我的自尊心很強、太強了，以至於無法接受我所受到的社交歡迎程度，竟得取決於我身在何方。」

「我喜歡妳的憤怒，」他說：「這是很自然的反應。但是在巴斯，就是得建立屬於沃特．艾略特爵士應得的名譽和尊嚴。妳說妳自尊心強，我知道別人同樣這麼說我，而且我也並不想否認。我們的自尊心，如果深究起來，無疑地，雖然本質上有些不同，但相信我們所追求的目標是一致的。我親愛的堂妹，在那件事上，我很確定，」他刻意壓低聲音說，儘管房間裡沒有別人，「我們的感覺一定是相同的。我們一定都有同感，妳父親每增加一位和他社會地位相當或更高貴的同伴，也許將有助於他把注意力從那些身分低於他的人移開。」

他一邊說話，一邊望向克蕾太太最近常坐的座位，明顯解釋了他所指爲何。安雖然並不相信他們所秉持的自尊心出發點是一樣的，卻很高興知道他也不喜歡克蕾太太。因此，爲了打擊克蕾太太的存在，他極力促成自己父親結交身分高貴親戚一事，安憑良心承認，這理由教人諒解得多。

譯註：

①Gowland's lotion，彼時非常流行的潤膚乳液，這也是珍·奧斯汀唯一一次在她的小說中提及的特定商品品牌。

②以巴斯溫泉製成的礦泉水非常有名，據說可醫治特定疾病，但演變到後來，喝這種飲品成了趕時髦的事。珍·奧斯汀的哥哥艾德華就是喝這種水治好痛風的。

Persuasion

第十七章

正當沃特爵士和伊麗莎白努力在羅拉廣場攀權附貴的同時，安卻重新展開一份截然不同的友情往來。

她拜訪了以前的老師，得知有個老同學在巴斯，這位老同學過去對安格外親切，現在卻生活得很苦，無論是基於過去的感激或現在的關心，她都認爲十分有必要前去探訪。過去的漢彌頓小姐（現在是史密斯太太），曾在安最需要溫情對待的那段時期，對她付出無比關懷。那時，赴校念書的安才剛失去摯愛的母親，並飽嘗離家的失落感，再加上正値敏感和憂鬱的十四歲年紀，以致心情非常低落。幸好年長安三歲、無家無依的漢彌頓小姐在校多留一年，安在她的親切對待與寬心陪伴之下，心中的苦痛得到了許多紓解；這些事，安無論如何也忘不了。

漢彌頓小姐離開學校後不久，據說嫁給了一位有錢人，這是安過去對她的所知，但與現在學校老師所描述的光景全然不同。

她是名寡婦，而且生活窮苦。她的先生曾經過得奢華揮霍，大約兩年前他去世時，家中經濟陷入非常糟糕的田地。她得面對種種窘境，除了生活上的煩惱，身體還承受嚴重的風濕病折磨，最後病情移轉到雙腿，以致她現在成了跛腳。史密斯太太來巴斯便是爲了治療雙腿，她在溫泉浴場附近租屋，過著非常簡陋的生活，甚至僱請不起傭人讓自己過得舒適點，當然，也幾乎毫無社交往來。

她們共同的老師滿口鼓勵地說，安若能前去探望，史密斯太太一定會很高興；當下，安便立即決定要去。回家後，她絲毫未提自己聽到或想做的事，這種事絕不可能引起她家人的同理心關注。她只和羅素夫人商量，夫人聽了之後深深瞭解她的心情，並很樂意讓馬車載她到想去的西門住宅區（Westgate Buildings）附近。

安前往拜訪，重建了往日情誼，兩人熱切關心著彼此的近況。見面最初十分鐘，顯得有點尷尬與激動。她們分別已有十二年了，各自變化得和對方所想不太一樣。十二年來，安從一個美麗、沉默、尚未成熟的十五歲女孩，蛻變成一個擁有清麗之美、舉止合宜，以及文雅依舊的二十七歲優雅小女人。十二年來，漢彌頓小姐卻從一個漂亮、成熟、健康、充滿自信的女性，轉變成一個貧窮、體弱、無助的寡婦，並視昔日受她照顧的朋友來訪為莫大恩惠。不過，初見面的不自在感很快便消失，接下來便全是回憶過往彼此的喜好、談論昔日時光的歡暢。

安發現，史密斯太太的見識豐富、舉止親切一如原先所期，但個性之健談、氣質之快活卻出乎意料。無論是過去的浪費（她曾過得很奢侈）、現在的貧困，或是病弱憂苦，都未能封閉她的心使她頹然喪氣。

安再次造訪時，史密斯太太便敞開心胸談著一切，使安益發感到驚奇。安無法想像，還有誰的處境會比史密斯太太更淒慘。她非常喜歡她先生，但他死去了。她曾經非常富裕，但富貴不再。

她沒有孩子能讓她重建幸福生活，也沒有親戚幫她安頓雜亂的家務，更沒有健康的身體去處理其他事情。她的住所僅限一間嘈雜客廳及後方一間昏暗臥室；她想到哪兒都得有人協助才能移動身體，而家中卻僅有一名僕人，因此除了坐人力轎子讓人抬至溫泉浴池外，她從不出門。然而，儘管生活這麼不順心，安卻有理由相信，史密斯太太縱有意志消沉亦屬片刻，大部分時間裡，她總讓自己有事做且精神愉快。這是怎麼辦到的？安注意著、觀察著、思考著，最後斷定這不僅僅是剛強堅忍、認命屈服的問題。認命屈服或許能使人忍耐，深深省悟則能帶來堅強，但這裡還有些別的什麼。對了，是心志的應變能力，是自我撫慰的性格，是把危機當轉機並從中超脫的能耐；這些全是天賦，是上天最珍貴的賜予。安認爲她的朋友就擁有這種天賦，寬厚豁達的天生性情助以勾銷生命中的種種缺憾。

史密斯太太告訴安，她有一陣子幾乎氣力喪盡，與剛到巴斯時相比，現在的她可不能自稱爲病患。當時的她眞的很可憐：在來巴斯的途中患了感冒，一找到住處便臥病不起，持續承受著極大痛苦；而這些都發生在身邊毫無熟人舊識、全爲陌生人的情況下，她在當時絕對需要一名正規護士照顧，但身上卻連一點點額外花費都無法負擔。無論如何，她撐過來了，並眞心感謝這磨難。她受到好心人的幫助，更添內心對世事的寬慰。她歷經了太多世事風霜，早已學會不去期待任何突來的、無私的溫情相待，然她的病痛反證了一切。她的女房東出於自保聲名的緣故，從未虧待她；她尤其幸運找到了一名專業護士，是女房東的妹妹，未受僱用時便住在姐姐家，而那時正好有空可以照顧她。「這名女護士，」史密斯太太說：「除了盡心盡力照顧我，她更是個很珍貴的好朋友。當我病情稍見好轉，一旦能使用雙手，她便教我編織，這眞的很有意思呢！妳看我總忙於編織一些小線盒、針插、書信袋，這全是她教我做的，讓我能爲附近幾戶貧窮人家做點好事。是這樣的，她因爲工作的關係認識了許多人，其中不乏有購買力的人士，她便替我銷售這些商品。她總能選在對的時間請我製作。妳知道的，當一個人剛從劇烈苦痛中解脫、或是正在恢復健康時，心情上總是開放的；而最清楚我健康狀況的露克護士，便完全知道何時該開口請我製作。她是一位機靈、聰敏、明智的女性。她擁有一份能看清人性的職業，再加上她本身富有判斷力與觀察力，因此做爲一個同伴，她比起許多僅僅『受過世上最好教育』、卻對世事毫無所知的人，強過太多。即使露克護士每次只有三十分鐘時間能陪我，但她所說的事（也許妳會稱之說三道四）總是有趣又有益，能讓人又多瞭解人性一些。人總喜歡聽到周遭最新發生的事，想知道又有哪些窮極無聊的新把戲；我是如此孤單，她帶給我的談話，就是如此充滿樂趣。」

安絕不想苛責這樣的樂趣，她回答：「無疑地，我相信妳說的這些。從事這類工作的女性確實有很多機會可觀察人性，再加上她們本身若是明智的，那麼所說的話肯定值得一聽。各式各樣的人性都從她們的眼底奔流而過呢！而且，她們所看到的可不僅僅是人性愚蠢的一面，有時在最有趣或最感人的情況下也能看見人性。她們一定見過那些熱情、無私、忘我的情感，那些英勇、堅毅、忍耐、屈從的人性在各種充滿衝突與犧牲的例子中閃現光輝，將人們的情操磨練得高貴。所以，即使是病房也可能滿盈書香般的無價光輝呢！」

「的確，」史密斯太太語帶懷疑地說著：「有時是這樣沒錯，但更多時候，人性給予我們的借鏡，恐怕不如妳所說的那般高貴。無論在何處，當人面臨考驗關頭時，也許能表現出偉大的一面；但一般來說，病房中只能見到人性軟弱而非堅強的一面，我們所聽到的也盡是自私與不耐，而非寬大與堅忍的例子。這世上眞正的友情少之又少哪！而且，很不幸地，」她以低沉顫抖的聲音繼續說：「許多人開始懂得如此認眞思考時，往往已經太遲。」

這是怎樣的悲慘心境，安懂了。做丈夫的識人不清，使妻子身陷世間險惡之人的環伺，這世界在妻子的眼中因而充滿了醜惡，比她原本想像的還不堪。不過，史密斯太太很快便擺脫了激憤之情，改以不同的語調說著：

「我想我朋友露克護士目前正在擔任的看護工作，並不可能帶給我太多樂趣或益處。她照顧著住在懋孛羅住宅區的華利斯太太，相信這位太太不過是個漂亮、愚蠢、奢侈、趕時髦的婦人罷了，而露克護士所能告訴我的，應該僅止於衣裝的花邊綴飾與華服打扮之類的事吧！不過我打算從華利斯太太身上撈些好處。她很有錢，所以我想讓她買下我手邊所有的高價品。」

安拜訪了她的朋友幾次後，坎登廣場這一家終於知道有這麼個人存在。最後，安不得不談到她朋友的事了。有天上午，沃特爵士、伊麗莎白和克蕾太太從羅拉廣場返家後，突然又接獲道林波夫人請他們晚上前往作客的邀請函，但安已事先約定好要去西門住宅區拜訪，並與朋友共度夜晚。

對於無法前往羅拉廣場她絲毫也不感到惋惜。她確信，道林波夫人是因爲患了重感冒得待在家，感到無聊，於是十分樂意利用這份主動送上門的親戚關係，爲自己解解悶。安看穿了這一點，便極爲欣然地以自己的好理由婉拒了：「我已經約好要和一個老同學共度夜晚。」家人對她的事從不感興趣，但他們還是問了許多有關這位老同學的事。聽了之後，伊麗莎白顯露出輕蔑態度，沃特爵士則刻薄以對。

「西門住宅區！」他說道：「堂堂的安・艾略特小姐要去西門住宅區①拜訪哪號人物？史密斯太太！寡婦史密斯太太，而她的丈夫又是哪位？史密斯先生。姓史密斯的人，多不可勝數，到處都見得到。這位史密斯太太有哪一點能吸引妳的？她又老又病吧！安・艾略特小姐，說眞的，妳這人交朋友的品味還眞是怪異得無人能比。其他人厭惡得避之唯恐不及的事，如低下的朋友、簡陋的房間、汙濁的空氣、令人作嘔的友情，妳卻喜歡得很！妳和這位老太太，應該可以改約明天見吧，我想，她沒那麼短命，還能再多活一天。她幾歲了，四十歲？」

「不，父親，她還不到三十一歲。但我不認爲能推延這個約會，因爲今天晚上是目前對她和我都方便的唯一時段。她明天得去溫泉浴池，而這一週的其他日子我們不是都有約了嗎？」

「那羅素夫人怎麼看待妳這份往來？」伊麗莎白問著。

「她一點也不認爲有什麼好責備的，」安回答：「相反地，她還很贊成。而且，每當我去拜訪史密斯太太時，她通常都遣馬車載我去。」

「竟有馬車停在西門住宅區附近的人行道，這很讓人側目吧！」沃特爵士說：「羅素夫人做為騎士亨利．羅素的遺孀，的確是沒有什麼貴族光輝能替馬車上的家徽增光，但再怎麼說那仍是一輛氣派的馬車哪，而且車上載的是堂堂安．艾略特小姐，她要見的是家住西門住宅區的寡婦史密斯太太！一個三十多歲的可憐寡婦，勉強生活度日。這樣一個史密斯太太，再平常不過的史密斯太太，到處可見到姓史密斯的，安．艾略特小姐偏偏選這樣的人當朋友，而且把這樣的人看得比她的英格蘭和愛爾蘭貴族親戚還重要。史密斯太太，好一個姓史密斯的。」

克雷太太本來一直在場，現在則識相地離開房間。安原本可以、也想多以一些話自我辯護地說她認為：「自己的朋友，和父親的朋友們，並沒有什麼不同。」但出於對父親的尊重，她終究還是沒作聲。就把這一切留給父親去想像吧！反正在巴斯，三十多歲年紀、守寡、生活困窘、姓氏不夠尊貴的「史密斯太太」，並不只有那一位。

安赴了自己的約，其他人也高高興興赴了他們的約。當然，翌日早上她便聽到他們敘述著前一晚過得何等愉快。安是唯一缺席的一位，因為沃特爵士和伊麗莎白不僅是到子爵夫人家中作客，還十分樂意接受指示幫忙邀請其他賓客，於是他們特地邀請了羅素夫人與艾略特先生。艾略特先生還為此提早與華利斯上校分手，羅素夫人則重新安排所有既定計畫以利前往作客。藉著羅素夫人的敘述，安得以鉅細靡遺掌握前一晚的聚會細節。對安而言，她最感興趣的部分是，她的忘年之交和艾略特先生談論了許多有關她的事，他們惦記著她，為她的無法出席感到遺憾，同時也為她缺席的原因感到敬佩。她心地善良而悲天憫人地多次探訪又病又窮的老同學，這一點使艾略特先生相當喜歡。他認爲她是一位非常特別的年輕女性，無論是性情、舉止、心智都堪稱是女性美德的典範。羅素夫人讚不絕口說著安的優點，他也加以迎合討論著。安聽到夫人說了這麼多有關她的事，且得知有位通曉事理的男性如此讚譽自己，她的心中激起了許多愉快的感覺，而這感覺也正是她這位忘年之交所希望營造的。

現在，羅素夫人已完全確認自己對艾略特先生的看法。她確信，他很快就會向安求婚，也確信他配得上安。她開始計算再過幾週，他便能從鰥夫的身分解脫，從此將可自由自在的、公開拿出那令人無比愉悅的追求本事。然而，羅素夫人並不打算說出她十足盤算的一二，僅稍稍暗示安，之後可能會如此這般云云爾：他那邊對安可能有情意，而如果這情意是眞心的，安也眞心回應了自己的，這將會是一門令人滿意的婚事。安聆聽著，未顯露任何訝然的驚呼，僅害羞臉紅地微笑著，並輕輕搖著頭。

「妳知道的，我絕不是什麼媒人，」羅素夫人說：「關於人事與人心浮動的不確定性，我太清楚明白了。我只是想說，如果有一天艾略特先生向妳求婚，而妳也欣然答應，那麼我相信你們一定能快樂地一起生活。任誰都會認爲這是一樁再合適不過的姻緣，尤其在我看來，這將是一樁很幸福的姻緣。」

「艾略特先生是一個非常好相處的人，而且在許多方面我也很欣賞他，」安回應著：「只是我認爲我們兩個並不合適。」

羅素夫人於此並未多著墨，僅回答：「我承認，如果能把妳當成凱林奇未來的女主人、未來的艾略特夫人，期待看著妳一步步踏上妳親愛母親的角色，繼承她所有的權利、聲望、美德，這將會是我最大的快樂。我最親愛的安，妳擁有和妳母親如出一轍的容貌與性情，若我能因此想像，妳也和她擁有同樣的地位、姓氏、家庭，掌管同一座宅邸，在同一座宅邸享福，而且各方面甚至比她更青出於藍；對於走到這年紀的我而言，沒有什麼比這些快樂更能教我滿足的了。」

安不得不轉身，站起，走向稍遠的桌子，斜倚在那兒假裝有事要忙，對於羅素夫人所描繪的美景，她必須試著緩和自己內心的激動之情。有好些片刻，她陶醉在想像與心動之中。她想像：自己位居母親過去的地位，珍貴的「艾略特夫人」稱號亦將首次在她身上復活；她將重返凱林奇，再度稱那裡爲自己的家，而且是永遠的家……這種種吸引力都是她一時無能抗拒的。羅素夫人未再說隻字片語，她樂見此事順其自然地演變，並認爲此刻艾略特先生若能適當表述自己的心意，那該有多好。總之，羅素夫人相信的事，安是不相信的。當安的內心浮現艾略特先生述說這些未來美景的畫面時，她便整個人清醒平靜了過來。關於重返凱林奇和成爲艾略特夫人的吸引力，全消失了。她永遠都無法接受他。這不僅因爲她的心仍然只屬於某個人，還因爲她審慎思量這件事的種種可能性後，發現艾略特先生是不值得信賴的。

他們雖然往來了一個月，但她仍無法確定自己已眞正瞭解他的性格。艾略特先生是一位通曉事理且親切可人的男性，這可從他的能言善道、見解高明，以及似乎擁有適切判斷力和自律能力這些表現知之甚詳。無疑地，他是個明辨是非之人，他毫無明顯悖德忘義之處能讓安指摘，但她仍不敢爲他的所作所爲背書。即使不爲現在，她也無法相信他的過去。他在言談中偶然提起過去同伴的名字、無意間透露過去做了哪些事，在在讓人疑心過去的他或許不像現在這般行止合宜。安發現他以前有些很不好的習慣：週日外出旅行乃稀鬆平常之事②，而且人生中有很長一段時間對重要之事皆輕率以對。雖然，他現在的想法或許不同以往，但對於這樣一位聰明且謹慎、懂得好名聲之重要的成熟男性，誰又能爲他內在的眞實性格背書？又如何能確定他是眞的改過了？

艾略特先生是個理性、謹愼、優雅的人，然而他並不坦率。他對別人的優缺點從未表現出激動之情，也從不熱切顯出喜惡之情。對安而言，這是極其明顯的缺點。她堅定著既有的觀感。她看待眞誠、直率、熱情的性格重於一切。親切與熱情的爲人，依舊使她著迷。她覺得相較於那些心智沉穩不拔、說話從不閃失的人，反倒是偶爾會顯出或說出輕率言行的人，他們那眞誠不做作的性格，是更令她打從心底感到信賴的。

艾略特先生討人喜歡的性格，太全面了。在她父親的家中，每個人個性都不同，他卻能一一收服人心。他太能忍耐了，太過於想討好每一個人。對於克蕾太太，他曾頗爲坦率地對安說出自己的想法，也顯然因爲明白克蕾太太的企圖而蔑視她；但即使如此，克蕾太太仍絲毫不覺，並和其他人一樣依舊喜歡他。

對於艾略特先生這個人，相較於安的看法，羅素夫人不是想得太少就是太多，夫人並不認爲他有何可疑之處。她無法想像還有哪位男性能比艾略特先生更優秀。這個秋天，若能如她所願，看著她摯愛的安與艾略特先生在凱林奇教堂結婚，則將沒有比這更令她歡喜寬慰的事了。

譯註：

①位在巴斯南面，是巴斯地勢／地位最低的區域，近溫泉浴場（便於史密斯太太前往治療），令沃特爵士十分鄙夷。

②《聖經》記載上帝創造世界花了六天，第七日便安息，因此一星期的最後一天（週六）為安息日。所以，從週五晚上六點至週六晚上六點（這是猶太人對週六的定義），這一天不能工作，且有許多事情不能從事。至於週日，則是一星期的第一天，這一天是主日（耶穌復活的日子），教徒們需聚在一起紀念並崇拜神的歸來。

第十八章

Persuasion

時序進入二月分，轉眼間，安已在巴斯待了一個月，她愈來愈渴望得知厄波克羅斯和萊姆的消息。瑪麗信中所寫的近況已滿足不了她，那是三週前的事了。她僅知道亨麗耶塔已返家，而露易莎雖然復原得很快，但仍留在萊姆。某天晚上，當她思念正濃時，突然收到一封來自瑪麗、比平常厚上許多的信，更令她振奮驚喜的是，信裡還附帶收到卡夫特司令官夫婦的問候。

卡夫特夫婦一定在巴斯！安關心著這件事，他們就是那種很自然能吸引她心思的人。

「什麼？」沃特爵士叫道：「卡夫特夫婦來到巴斯？就是承租凱林奇府邸的卡夫特夫婦？他們帶了什麼給妳？」

「一封來自厄波克羅斯別墅的信，父親。」安回答。

「噢，這些信倒成了方便的通行證，他們等於拿到了引見信。無論如何，我應該去拜訪卡夫特司令官，我知道這是對房客應有的禮貌。」

安再也聽不見父親說的話（她甚至不知道，可憐司令官的黝黑膚色這回竟沒受到父親的批評），她聚精會神讀著信。信斷續分成好幾天寫就。

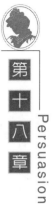

親愛的安：

我可不願對自己的疏於寫信表示歉意，因爲我知道，住在像巴斯這種好玩熱鬧的地方，還有誰會惦記著收到信。妳一定過得很快樂而忘了要關心厄波克羅斯吧，妳知道的，這鄉下地方哪有什麼新鮮事可寫？我們的耶誕節過得多沉悶哪，整個耶誕假期，我的公婆沒舉辦過任何一次晚宴。即使有，海特家的人對我而言根本不算什麼。無論如何，假期終於結束了。我相信這對哪個小孩而言，都是最漫長無聊的假期；從小到大，這對我來說還眞是最漫長的一次，我很確定。昨天，家裡終於恢復清靜，但哈維爾家的小孩還在這裡，妳聽到他們待這麼久還沒回家，一定很驚訝吧！哈維爾太太竟能忍受和自己的孩子分開這麼久，眞是個怪母親。我實在不明白。在我看來，他們根本不是什麼好孩子，可我婆婆喜歡他們的程度，如果不是更甚於自己的孫子，就是如同愛自己孫子般疼愛著。還有，我們這裡的天氣眞是糟透了，妳在巴斯可能不覺得，畢竟那裡的人行道鋪得很好，但在鄉下就是會有些影響。從一月分第二週之後到現在，都沒人登門拜訪，只有查爾斯・海特會來，但他也來得太頻繁了，眞令人生厭。私下跟妳說，我認爲亨麗耶塔沒和露易莎一直待在萊姆實在很可惜，否則她和查爾斯・海特就可以少碰點面了。主宅的馬車今天出發到萊姆去了，明天便會把露易莎和哈維爾夫婦接回來。我婆婆擔心露易莎旅途勞累，所以要我們後天再過去吃飯；但我想她一路上都會受到很好的照顧，應該不至於太累，而且如果能明天過去吃飯，對我會方便得多。對了，很高興聽到妳說艾略特先生是個很和善好相處的人，眞希望我也能認識他；我的運氣總是那麼差，每次有什麼好事發生都輪不到我，我總是家裡最後一個知道的。還有還有，克蕾太太也待在伊麗莎白身邊太久了吧！她毫無要離開的意思嗎？不過或許，即使她眞的離開、空了間房下來，我們也還是不會受邀作客吧！對此，請告訴我妳的想法是什麼。妳知道的，我並不期待我的孩子也會一併受邀，但我想即便把他們留在主宅一個月或一個半月，也沒什麼問題的。這會兒，我聽說卡夫特夫婦將立刻前往巴斯，好像是因爲司令官患了痛風病。這是查爾斯偶然聽到的消息。禮貌上，他們應該知會我一聲，或是問問要不要幫忙帶什麼東西到巴斯吧，但他們毫無表示。我並不認爲他們做到了敦親睦鄰，他們什麼都沒做，這是很明顯的漠視。查爾斯也一同問候妳，祝一切順心。

妳親愛的瑪麗・瑪斯格羅夫

二月一日

很遺憾地，我必須告訴妳，我最近身體非常不舒服。剛才潔麥瑪告訴我，肉販說最近惡性咽喉炎正肆虐，我敢說我很有可能會染上。妳知道的，我只要患了咽喉炎，總是比任何人都嚴重。

信的第一部分結束了，後來另有一封篇幅寫得差不多的信，也同樣裝進了信封裡。

我一直沒把信封封上，想著或許能多告訴妳一些露易莎返家途中的事；我很高興這盤算是對的，因爲我有好多內容要補充。首先，我昨天接到了卡夫特太太的短箋，說是願意幫忙傳達任何事情給妳；短箋是寫給我的，口吻十分親切友善，是的，的確該如此。所以這封要寫給妳的信，我要寫多長便能寫多長。司令官的病情看來似乎不太嚴重，但我衷心盼望他在巴斯能得到充分療養，並很樂見他們歸來，他們夫婦倆是我們這一帶不可多得的好鄰居呢！現在來說露易莎的事。我要告訴妳一件事，這可能會讓妳大吃一驚。她和哈維爾夫婦在星期二平安抵達了，當晚我們前往主宅參加晚宴，問候她一切是否安好時，竟不見班尼克上校；可他和哈維爾夫婦同樣都受邀前來作客，妳想他爲何沒來呢？這，完全是因爲他愛上了露易莎，故在得到我公公應允的答覆前，他不便冒昧前來厄波克羅斯。他們兩人在露易莎出發前已先談好，他還寫了封信給我公公，託哈維爾上校轉交。這是千眞萬確的事，我以名譽擔保。除非妳先前已經得知蛛絲馬跡，否則難道妳不會大吃一驚？對此，我是眞的很驚訝，我婆婆也鄭重地說她對此事一無所知。我們都很替露易莎高興，雖然這不比嫁給溫特伍上校，但的確強過嫁給查爾斯・海特許多。我公公回覆了同意信給他，班尼克上校今天應該就會到了。哈維爾太太說，爲了此事，哈維爾上校想到他妹妹便百感交集，不過他們夫婦倆確實都很喜愛露易莎。的確，我和哈維爾太太也有同感，我們都因這回照顧露易莎而更愛她了。查爾斯則很納悶溫特伍上校會怎麼說，但妳記得嗎，我從不認爲他愛著露易莎，我看不出任何端倪。如妳所聞，這下子，班尼克上校不能再被認爲是妳的愛慕者了。我一直無法理解，查爾斯怎麼會認定班尼克上校愛慕妳呢！希望他現在能好好承認自己當時的誤判。當然，這對露易莎・瑪斯格羅夫而言不是最門當戶對的婚事，可比起嫁給海特家的人不知強上多少倍。

她姐姐對這消息早有心理準備？瑪麗恐怕是多想了。這一生到目前爲止，安從沒因爲一件事如此吃驚。班尼克上校和露易莎．瑪斯格羅夫是一對！這個組合教人驚訝得難以置信，此刻，她費了好一番工夫鎮定自己，繼續待在屋裡，保持平靜神態，答覆其他人的一般提問。幸好，他們沒問太多問題。沃特爵士想知道卡夫特夫婦是否搭乘四馬馬車來到巴斯，以及他們將在巴斯的何處落腳，而那個地點是否合適尊貴的艾略特小姐和他自己前往拜訪；除此之外，他對其他事再沒有好奇心。

「瑪麗好嗎？」伊麗莎白敷衍地問著，並不在乎答案，「還有，卡夫特夫婦爲什麼事到巴斯來？」

「是因爲司令官的緣故，他患了痛風病。」安回答。

「痛風與衰老。」沃特爵士說：「這可憐的老紳士。」

「他們在巴斯有朋友嗎？」伊麗莎白問。

「我不清楚。但我想就卡夫特司令官的年紀和職業而言，他在這樣的地方一定會有不少朋友。」安回答。

「我猜想，」沃特爵士冷冷地說：「卡夫特司令官在巴斯，應該會因爲身爲凱林奇府邸的房客而大大有名吧！伊麗莎白，妳認爲我們是否應該爲卡夫特夫婦引見我們在羅拉廣場的親戚？」

「噢，我認爲千萬不可。我們與道林波夫人是親戚關係，應該要謹慎行事，爲她引見一些身分不相當的朋友，很可能會使她感到爲難。如果我們和她不是親戚關係那也就罷了，但做爲親戚，她對我們提出的任何建議，都會很重視地謹慎以對呢！我們最好讓卡夫特夫婦自己去找身分相當的朋友交往。這附近有好幾個長得怪模怪樣的人在走動，人家告訴我，他們都是海員呢！卡夫特夫婦會和他們做朋友的。」伊麗莎白分析道。

這些事就是沃特爵士和伊麗莎白對這封信的關心所在。同一時間，克蕾太太則禮貌性地問候瑪麗和她的兩個可愛小男孩，之後安總算得以脫身。

安回到自己的房間，試著理解這一切。當然，查爾斯一定會想知道溫特伍上校對此事有什麼感覺！也許他後來便退出了情場，放棄露易莎，不再愛她，發現自己其實並不愛她。安無法忍受，溫特伍上校和班尼克上校之間竟可能發生背叛或輕率以對的舉動，而導致他們兄弟般的情誼有失磊落地斷裂收場。

露易莎・瑪斯格羅夫和班尼克上校是一對！那個精神奕奕、活潑多話的露易莎，和那個心情沮喪、喜愛思考、易感、愛閱讀的班尼克上校，他們在各方面看起來毫不相配，他們的心智是如此天差地別啊！這兩人爲何能互相吸引？答案很快浮現，對了，是處境。亨麗耶塔離開後，有好幾個星期，他們共同相處，共同住在一個小小家庭中，他們一定完全依賴著彼此；而且，大病初癒的露易莎是那麼病懨懨地教人憐愛，班尼克上校則日漸開放心胸，不再那麼難以撫慰。安先前便曾猜想到這樣的可能性；意即，就目前事態的演變看來，安更加確認班尼克上校先前對自己的確懷有柔情善意（但這份猜想絕非虛榮心作祟，而且善妒的瑪麗也無法接受），只是這背後原因，她和瑪麗的結論完全不同。她相信，任何一位稍有姿色的年輕女性，若願意傾聽、試著感同身受他的悲苦心境，就會受到同樣的柔情善意對待。班尼克上校是個深情的人，他終究會去愛某個人的。

安不認爲有什麼原因能阻礙他們擁有幸福。首先，露易莎是非常喜愛海軍的，之後他們很快會變得愈來愈相似。他會變得神采奕奕，而她會開始崇拜詩人司各特爵士和拜倫勛爵；不對，她可能已經崇拜上了，他們當然是透過詩篇而相愛的。露易莎・瑪斯格羅夫轉變成愛好文學、多愁善感、充滿深思的人，一想及此，安雖感到有趣，卻不懷疑這可能性。那日在萊姆，從堤防跌下，露易莎的健康、神經、勇氣和性格終其一生或許都將受到影響，而這也似乎全然影響了她的命運。

安對這整件事的結論是，如果這位先前十分賞識溫特伍上校種種優點的女性，未能對他加以珍惜並惦念在心，反而另外喜歡上了別人，那她以此番眼光與判斷力另締的婚約也就不那麼令人感到意外了；而如果溫特伍上校並未因此事失去一個好友，那確然也沒什麼好令人遺憾的。是的，安並不感到遺憾，相反地，她心跳加速、臉紅發窘，只因她意識到溫特伍上校將不再受情感束縛，他重獲了自由之身。安的心底泛起某些令她羞於深究的感覺。那些感覺太近似喜悅，不自覺的喜悅！

安渴望見到卡夫特夫婦，但見面時，卻發現有關此婚事的傳聞他們毫無所悉。雙方出於禮貌的拜訪與回訪過程中，提及露易莎・瑪斯格羅夫與班尼克上校時，卡夫特夫婦並未顯露半絲笑意，便是不知這兩人訂親的最好證明。

卡夫特夫婦選擇在蓋街（Gay Street）落腳，對此，沃特爵士滿意極了，他因而毫不以他們為恥①。事實上，他想及、論及司令官的時刻，還遠超乎司令官對他的注意呢！

卡夫特夫婦在巴斯果眞有許多熟人舊識，對於和艾略特家的往來，他們僅僅視之為社交禮儀，畢竟這份交往毫無樂趣可言。卡夫特夫婦幾乎形影不離，將他們在鄉間的習慣也帶來了巴斯。醫生囑咐司令官多散步驅痛風，而卡夫特太太則似乎願與丈夫分擔一切，哪怕是病痛；為了使丈夫的身體好起來，她盡心盡力地陪著他一起散步。安走到哪兒，都能見到他們的身影。幾乎每天早上，當羅素夫人以馬車帶她外出時，坐在車上的她便想著卡夫特夫婦，然後也總能見著他們。她瞭解這對夫婦之間感情深厚，看著他們一同散步的身影，對她而言是最具吸引力的幸福畫面。她總是盡可能地注視著，直到再也看不見他們為止；當他們倆幸福地散著步時，她總樂於想像自己聽得懂他們正在說的話；她也同時樂見，司令官遇見老朋友時眞誠握手的模樣；她還樂於觀察，當司令官與幾位海軍弟兄偶遇時，他們大夥熱切談話的模樣，這時的卡夫特太太看起來，也如同圍繞在她身邊的其他海軍軍官那樣，聰明而熱情，毫不遜色。

安著實太過頻繁地與羅素夫人膩在一起，以致少有機會獨自散步。但事情就是這麼巧，約莫在卡夫特夫婦抵達巴斯後的一星期或十天，有天早上，安在巴斯地勢較低的舊市區與羅素夫人分手（或說下了夫人的馬車），獨自步行返回坎登廣場的家，一路沿著密爾松街（Milsom Street）上坡走時，她幸運地遇見了司令官。他正站在一家版畫店櫥窗前，雙手叉在身後，專心凝視著某幅版畫，就連安經過身旁也毫無所覺，安還得喊他一聲、碰他一下，才能引起他的注意。不過，當他反應過來、認出她後，便立刻表現出平日的直率與和善。「哈，是妳啊？謝謝、謝謝妳跟我打招呼，把我當朋友看待。妳瞧，我正在這兒看一幅畫。我每次經過這家店就會停下腳步。以一艘船來說，這畫得像什麼樣呢？妳請瞧瞧，妳看過這樣的船嗎？這世上的傑出畫家一定都是些古怪傢伙，想想看，怎麼可能有人願意把性命交付給這種怪模怪樣的破船？還有，妳看看，船上竟然待了兩位看來悠然自若的紳士，他們正在張望四周的群山碩岩，好像完全不知道下一分鐘就要翻船，而且他們肯定會翻船的。眞不知道這船是哪裡造的？」司令官豪邁地大笑，「即使要我乘著這船待在洗馬匹的小池子裡，我也不敢。那好，」他轉身對安說話：「妳現在要上哪兒去呢？可以讓我替妳去，或陪著妳一起去嗎？有什麼我能幫上忙的？」

「我沒什麼要您幫忙的，謝謝您。我正要回家，如果您也是，那麼我們會有一小段路是順路的，您願意陪我走一段嗎？」安回答。

「當然好，我很樂意，甚至多陪妳一段路也沒問題。是啊、是啊，我們來舒服地好好散個步吧！路上我有話要告訴妳。來，挽著我的胳臂，這樣就對了，少了個女性陪著我走，我還眞渾身不舒服。天哪，那是哪門子的船！」他們正要啓程時，司令官最後又向那幅畫瞥了一眼。

「先生，您說有話要告訴我？」安問著。

「是的，我現在正要說。不過，這會兒有個朋友布里頓上校走了過來，但當我們經過時，我不準備停下來，只打算說聲『你好』。『你好啊！』這個布里頓只要看見我身旁的人不是我內人，總會睜大了眼睛看。哎呀，我內人眞可憐，她的腳沒法動呢，她有隻腳的後跟長了個水泡，足足有三先令代幣那麼大②。妳現在往對街瞧瞧，是布蘭德司令官和他弟弟走過來了。這兩個卑劣的傢伙，我很高興他們走在對街。蘇菲無法忍受他們，因爲他們有一次使出可鄙的伎倆，佔走了我最好的幾個部屬。我再找時間告訴妳整件事。這會兒又來了老亞齊博・德魯爵士和他孫子。瞧，他看到了我們，還朝妳送了個飛吻，他把妳當成我內人啦！哎，和平局勢來得太快了，他孫子沒能逢上登船發大財的機會。可憐的老亞齊博爵士！對了，艾略特小姐，妳可還喜歡巴斯？我們在這兒住得很適意呢！走在路上，我們總會遇到老朋友或其他什麼人。每天早上，街上滿滿都是老朋友，不怕找不到人聊天；之後，我們便悄悄遠離他們，回到家，愜意地把自己關在屋裡，拉張椅子坐下，就像住在凱林奇那麼舒服，也可以說，就像我們以前住在北雅茅斯港和迪爾港那麼舒服。讓我告訴妳吧，這裡的房子使我們想起當年的第一個家，那是在北雅茅斯。現在這房子和當時的一樣，會有風從餐具櫃的間隙鑽出來，但我們可是一點也不討厭它哩！」

當他們又往前走了一小段，安又大膽敦促著司令官，請他說說原本要告訴她的話。她希望在走完密爾松街之前，司令官能滿足她的好奇心。但她還得再等等，因爲司令官決定，等到走至較寬敞安靜的貝蒙街（Belmont）時，再跟她說。安並非卡夫特太太，她當然得順著司令官的意思。很快地，當他們一來到貝蒙街，繼續往上坡行，司令官便開口了。

「這個嘛，妳現在要聽到的事，一定會使妳很驚訝。但首先請告訴我，我將說到的這個年輕女孩，她的芳名怎麼稱呼。妳知道的，就是那個我們都很關心的年輕女孩，跟我要講的事很有關係的那位瑪斯格羅夫小姐。她的教名是？我總是記不得她的教名。」

關於司令官要說的事，安不好意思太快表現出她已然知情，但至少現在，她可以從司令官的提問，有把握地說出「露易莎」這名字。

「對、對，露易莎．瑪斯格羅夫小姐，就是這名字。我眞希望現在的年輕小姐們，別個個都取那麼優雅的教名，如果大家都叫蘇菲這類的名字，我就不會老是記不住了。哎呀，妳知道的，我們原本都以爲，這位瑪斯格羅夫小姐會嫁給腓德烈克。他那時不是一週接一週地追求她嗎？讓人納悶的是，他們不知道在等什麼，遲遲不定下來，直到發生了萊姆那件事，之後，事情很明顯的，他們當然得等到女方的頭部傷勢復原再說。但即使在那時候，他們之間的關係也很古怪。腓德烈克不但沒待在萊姆，反而去了普利茅斯港，接著又打算去探望他弟弟艾德華。當我們從邁赫特回來時，他已經到艾德華家去了，而且就這樣待了下來。我們從去年十一月到現在，都沒見過他哩！就連蘇菲也不懂這是怎麼回事。然而現在，事情有了最不可思議的轉折，那位年輕小姐，也就是同一位瑪斯格羅夫小姐，她不嫁給腓德烈克了，她要嫁給詹姆斯．班尼克。妳認識詹姆斯．班尼克吧？」

「一點點，我和班尼克上校是有點認識。」安回答。

「啊，她是要嫁給他呢！不對，他們很可能已經結婚了，因為我看不出他們還有什麼好等待的。」司令官說著。

「我認為班尼克上校是個很親切和善的年輕人，」安回答：「而且我感覺他的個性相當好。」

「噢，是啊、是啊，詹姆斯・班尼克各方面都很好，沒得挑剔。不過，他去年夏天才剛當上小艦艇的指揮官③，以現在的局勢來看，要再升遷大不容易；除了這一點，他本身條件倒是沒什麼可挑剔的。我敢向妳擔保，他是個優秀、性格寬厚的傢伙，也是一個超乎妳想像的、非常有企圖心、很熱情的軍官，只是他的舉止或許過於溫和，讓人看不太出來。」司令官說。

「先生，您真誤會了。班尼克上校舉止雖溫和，但我並不覺得他缺乏活力呢！我覺得他的舉止態度很討人喜歡，而且我敢說他的人緣一定相當不錯。」

「好、好、好，女士們識人的眼光向來最精準。不過，對我來說，詹姆斯・班尼克的個性過於文靜溫和。還有，這雖然很可能是我們偏心，但我和蘇菲總覺得腓德烈克的舉止態度更勝於他，我們覺得，腓德烈克性格裡有些說不上來的特質讓人特別喜歡。」

安為之語塞。她只是想主張，一個人身上絕對可能同時具備活力朝氣與溫和舉止，兩者是互不衝突的，絕非一般人以為的那樣無法共存；她並無意著墨班尼克上校所擁有的舉止態度是最好的。安稍稍遲疑了一下，接著便開口：「我並沒有拿這兩位朋友做比較的意思……」未料隨後卻被司令官打斷。

「而且這門婚事千眞萬確，絕非傳言。我們是從腓德烈克那兒聽來的。他姐姐昨天收到一封他寄來的信，信上說，哈維爾從厄波克羅斯寫來的信是這麼告訴他的。我猜他們大夥現在都在厄波克羅斯吧！」

安不想錯過這個探問的機會，於是她說：「司令官，我希望、我希望溫特伍上校信中的語氣，不會讓您和卡夫特太太特別爲他擔心。去年秋天，他和露易莎・瑪斯格羅夫看來的確像是互有情意，但我希望現在這局面，或許能理解成他們對彼此的熱情都冷淡了下來，而且是和平收場。我希望信裡的他並未流露任何受到侮辱的語氣或心情。」

「絕對沒有，絕對沒有的事。這封信，從頭到尾沒出現任何放聲詛咒或低聲抱怨的言詞。」司令官回答。

安感到寬心。她低下頭，藏起歡顏。

「不會的、不會的，腓德烈克不是那種會發牢騷或抱怨的男人，他很有風度，不會這樣的。如果這女孩更喜歡另一個男人，她當然更應該跟他成一對，可不是嗎？」司令官補充道。

「您說得是。但我的意思是，我希望溫特伍上校信中流露的態度，不會使你們感到他受了朋友的虧待，您知道的，他或許不會直言，但情緒是溢於言表的。如果溫特伍上校和班尼克上校之間如此珍貴的友誼，因這件事破壞了或變質了，我會感到非常遺憾的。」安也補充著。

「是、是，我懂妳的意思。但這封信全然沒有任何不快或委屈的情緒。他對班尼克沒有任何一點指摘，就連『我眞的很驚訝，我絕對有理由感到驚訝』這樣的話也沒說。他一點不悅的情緒也沒有，任何人看了他的信，肯定不認為他曾經心儀過那位小姐——哎呀，她的芳名是什麼來著。腓德烈克非常大方地祝他們幸福快樂，我想，這兩個朋友之間沒有什麼原不原諒的心結。」

司令官的說法無法完全說服安，但她知道多問也無益。於是接下來，她僅只是淡淡地應和，或是靜靜地聆聽，任由司令官隨心所欲繼續說他想說的。

「可憐的腓德烈克！」最後他說道：「現在他得重起爐灶了。我想我們應該要他到巴斯來，應該讓蘇菲寫信把他請來巴斯。我確定這裡漂亮女孩多的是。如今他沒必要再去厄波克羅斯了，因為我得知，另一位瑪斯格羅夫小姐已經和她的年輕牧師表兄訂婚了。艾略特小姐，妳難道不認為我們最好要他到巴斯來嗎？」

譯註：

①這條街所在地點，地勢／地位絕不高於坎登廣場，而且不至於太低（畢竟仍位在巴斯的新市區），令虛榮的沃特爵士頗感體面滿意。

②約五十便士硬幣大小，直徑近三公分。

③指揮官（Commander）為被指派的職位，非軍銜，低於艦長（Captain）職位。班尼克上校也曾在溫特伍上校擔任艦長的「拉寇尼亞號」軍艦，被指派為副官（First Lieutenant）一職。

第十九章

Persuasion

正當卡夫特司令官與安一起散著步，並表示他希望溫特伍上校能到巴斯來的同時，溫特伍上校其實已經動身了。卡夫特太太信都還沒寫，他人便已抵達巴斯。當安下一回外出散步時，就遇見了他。

艾略特先生陪著兩位堂妹與克蕾太太，在密爾松街散著步。天空開始下雨，雨勢雖不大，但女士們已想找個地方躲雨，並足以使伊麗莎白渴望搭乘道林波夫人的便車返家（她正好看見馬車停在不遠處）。當艾略特先生前往道林波夫人那兒請求協助時，三位女士則步入莫倫烘焙屋①避雨。很快地，艾略特先生回來了，他的請求當然受到獲准。道林波夫人非常樂意送她們回家，幾分鐘後便會過來接她們。

道林波夫人的馬車是四人座馬車，乘客超過四人便不可能坐得舒服。車上已坐了道林波夫人和卡特蕾小姐，坎登廣場這一家的三位女士，勢必有人得步行返家，而且絕不可能是伊麗莎白；任何人承受諸多不便都行，唯她不行。究竟誰該讓座，另兩位女士則費了好一番工夫禮讓不已。不過是一點小雨，安誠心地說她和艾略特先生一起步行即可。但克蕾太太也說這不過是場小雨，甚至說雨根本沒落下，更何況她的靴子十分厚底，比安的靴子還厚；簡而言之，她的客套話說得無與倫比，讓人感覺她也如同安一般，很希望與艾略特先生一起步行返家。她們各執一詞，態度謙讓而堅決，旁人不得不出面幫忙定奪。伊麗莎白堅稱克蕾太太已受了點風寒，艾略特先生則以安的靴子底較厚來做裁定。

最後便決定由克蕾太太搭馬車。他們才剛達成共識，坐在窗邊的安便清楚認出，溫特伍上校正走在密爾松街上。

她內心慌亂，但不假顏色。下一刻，她立即感到自己是絕世大笨蛋，竟如此莫名其妙和愚蠢可笑。好幾分鐘的光景，她眼前一片空白，內心騷動不已。她迷失了。再回過神，她發現其他人仍在等待馬車到來，而總是殷勤有禮的艾略特先生，則前往聯合街（Union Street）幫克蕾太太辦點事。

她很想走到店門口，看看外面是否仍在下雨。但她又爲何要懷疑自己別有動機？溫特伍上校應該早已走遠了，不是嗎？她離開座位，她就是要去。理性的她究竟爲何總比感性的她來得明智，或總能察覺感性的她正將自己帶往沉淪之境。她不過是想看看外頭是否仍在下雨罷了。下一刻，安便打消了念頭，因爲她看見溫特伍上校和一群紳士淑女走了進來，他們顯然是舊識，而且他肯定是在密爾松街往下走一點的地方遇見他們的。見到安，他顯得震驚而困惑，這是安之前從未見過的神情：他臉紅得厲害。自重逢以來，這是她首次將情感隱藏得這麼好，畢竟是她先看到他的，她多了些緩衝時刻可先做足心理準備。第一時間裡所有難以扼抑的、爲之眩目的、內心迷亂的強烈衝擊已然過去。但她仍心緒複雜。那是一種混雜著騷亂、煩擾、愉悅的心情，介乎快樂和痛苦之間。

他對安說話，然後轉身離開。他的神態舉措顯得困窘。安不知該視之爲冷淡或友善，或甚至也不確定那是困窘。

然而過了一會兒，他又走向安，再次與她說話。他們就共通話題互相關心探問著，但恐怕誰都沒能把對方的話聽進去。安始終感覺他不像以前那麼自在。他們先前由於經常一起相處，彼此多半能自若而冷靜地交談；但現在的他卻做不到。是時間改變了他，或露易莎改變了他？這之中似有某種近乎醒覺的味道。他的氣色看起來好極了，未給人身心受折磨的感覺，他侃侃而談地聊著厄波克羅斯、瑪斯格羅夫一家人，甚至是露易莎；當他提到露易莎的名字時，還瞬間閃過他那獨特的調皮輕快神情。即使如此，眼前的溫特伍上校仍顯得局促不安，無法故作輕鬆自在。

當安看見伊麗莎白故意裝作不認識溫特伍上校，她並不意外，卻感到傷心。她看見，他們兩人都瞧見了彼此，也打從心底認得對方。她確信，溫特伍上校正期待自己被當成熟人舊識般打招呼，她爲自己姐姐冷漠地轉過身去，心痛不已。

伊麗莎白愈等愈不耐煩，道林波夫人的馬車這才來到，僕役進到店裡來通報。外頭又開始下起雨，裡頭緊接著一陣耽擱、忙亂、交談，足使店裡這一小群客人明白，原來道林波夫人是來接艾略特家大小姐的。最後，艾略特家的大小姐和她的女性友人，在無人陪侍的情況下（艾略特先生尚未返回），僅由僕役招呼著離去。溫特伍上校見狀，再次轉向安，未發一語，卻顯現出想送她上馬車的神情。

「眞的很感激你的好意，」安回答著：「但我並不跟她們同行。馬車沒法坐那麼多人。我準備步行，我喜歡走路。」

「可是外面下著雨。」

「噢，毛毛細雨罷了，不算什麼的。」

停頓一會兒後，溫特伍上校說：「雖然我昨天才剛到，但妳瞧（手指向一把新雨傘），我已經打理好身在巴斯的標準配備，如果妳決意要步行，我希望妳能帶上這把傘。儘管如此，我還是認爲替妳招一部人力轎子比較妥當。」

安十分感激他的好意，但仍予以婉拒了，並堅稱雨勢眞的不大，她補充道：「我現在正在等候艾略特先生，我確信他很快就會回來的。」

話未說完，艾略特先生便走了進來。溫特伍上校清楚記得此人，他就是先前在萊姆的堤防階梯上，以愛慕眼光與安擦身而過的那位紳士，只是如今他的神態舉止已然像個關係匪淺的朋友。他急切地走進來，眼裡、心裡無不掛念著安，爲自己的耽擱道歉，對於讓安久候感到懊惱，並著急地想在雨勢變大前，趕緊帶她離開這裡。再下一刻，他們已經一起離開，安挽著那位紳士的手，離去之際，僅來得及對溫特伍上校投以溫柔而略顯困窘的一瞥，道聲再見。

當他們一走得不見蹤影，和溫特伍上校同行的女士們便開始談論了起來。

「我猜，艾略特先生應該喜歡他的堂妹吧？」

「噢，這事再清楚不過，很容易就能猜到接下來會怎麼發展。他總是和他們在一塊兒，我相信，他把一半時間都消磨在那個家。他眞是個長相好看的男人哪！」

「是呢，有一回，亞金森小姐曾在華利斯家的晚宴與他同席，直說這眞是她遇過最親切可人的座上男賓了。」

「我覺得，安・艾略特長得很美，眞的很美，如果有機會細看的話。雖然這好像跟一般人看法不同，但坦白說，比起她姐姐，我更欣賞她的容貌。」

「噢，我也這麼認爲。」

「是的，我也這麼想，她有種無可比擬的美。不過，所有男人都爲她姐姐瘋狂，安・艾略特對他們來說太雅致了。」

安內心期盼著，在這段返回坎登廣場的路上，如果同行的艾略特先生能不說話該有多好。從來沒有這麼一刻，使她感到聆聽艾略特先生說話竟是如此艱難，儘管他對她的呵護無微不至，儘管他的話題總能引起她的興趣（像是讚美羅素夫人擁有洞察力與溫暖正直的胸襟，以及於理有據地委婉批評著克蕾夫人）。然而，此刻的她滿腦子都想著溫特伍上校。她無從瞭解上校現在的感受，對於班尼克上校和露易莎的婚事，他究竟是否因失望而正受著苦，又或者沒有——除非弄清了這件事，否則她是無法平靜下來的。

她希望自己能更聰明有智慧些，但是，唉，唉，她必須坦承，自己就是不夠明智。

另有一件很要緊的事，她想知道溫特伍上校會在巴斯待多久；不是他方才沒提，就是她根本記不得了。他很有可能只是取道於此，但也極有可能預備在此盤桓待下。這樣一來，大家便很可能在巴斯碰上彼此，羅素夫人很有可能就在某處遇上了他。夫人會記得他嗎？那會是什麼樣的光景呢？

先前，她不得不將露易莎要與班尼克上校結婚的事，告訴羅素夫人，夫人的驚訝反應使她感到難受；現在，不甚瞭解此樁婚事始末的夫人，如果在任何情況下遇見了溫特伍上校，只怕對溫特伍上校的偏見又要再添一筆。

翌日早上，安與她的忘年之交搭乘馬車外出，頭一個小時裡，她一直抱著惶惶不安的心情搜尋溫特伍上校的身影，卻沒能看見他。最後，當她們沿著帕特尼街（Pulteney Street）往回走時，她在右手邊的人行道上認出了他，他們之間頗有段距離，但安的目光所及，幾乎使他成了這條街無可忽視的存在。他置身人群，隨著成群人潮移動的腳步而來，安絕不可能認錯人的。下一秒，她本能地望向羅素夫人，她當然不至於那麼瘋狂地認爲夫人能像自己一樣，馬上認出他。不，除非他們兩人近身站在彼此面前，否則夫人不可能察覺他的存在。但是，焦慮的她仍時不時望向夫人；終於，來到了誰都能因對面相逢而認出是他的關鍵時刻，儘管安不敢再注視著夫人（她知道自己當下的面容表情極不自然），她卻能完全意識到夫人正往他所在的方向看去，夫人正凝視著他。安完全能夠理解，溫特伍上校是以何等魅力佔住了羅素夫人的心，使夫人的目光久久難移；她必定會對溫特伍上校的風采依舊感到訝異：沒想到八、九年的光陰過去了，這段不斷踏上異土征伐的軍旅生涯，竟絲毫未減他的優雅氣度！

最後，羅素夫人回過頭來。「現在，她會怎麼說起他呢？」安忍不住想著。

「妳一定會感到納悶，」羅素夫人說著：「是什麼東西讓我定睛看了那麼久。我啊，在找昨晚艾莉西亞夫人和法蘭克朗太太告訴我的『窗簾』。她們說，在這條街這一側的路上，有戶人家的客廳窗簾款式與掛法，是全巴斯最好看的，但她們記不清門牌號碼，所以我只好試著找一找。不過坦白說，我看不出這一帶有任何窗簾像她們所形容的那麼好看。」

安不知是對夫人、或對自己生出了一股憐憫鄙視之情，她羞赧地微笑輕嘆著。她對自己把時間全浪費在過分謹慎的推演上，感到十分懊惱，導致白白錯失了最佳時刻以確認他是否瞧見了她們。

一兩天過去了，安與溫特伍上校之間毫無進展。戲院或社交堂都是溫特伍上校最可能去的地方，但對艾略特家而言卻不夠高尚。這家人的夜間娛樂，盡是參加一些華而不實的愚蠢私人聚會，而且樂此不疲。安對這種凝滯不前的局面感到厭煩，她厭倦自己對他的近況一無所知，並且因力量一直蓄積著還未有機會施展，所以想像著自己再見到他時必會變得更堅強。安迫不及待地盼望音樂會之夜的到來。這是一場由道林波夫人獨家贊助某位人士而舉行的音樂會，當然，艾略特家也會參加。這預計會是一場精采絕倫的音樂會，而溫特伍上校又是那麼喜愛音樂……。倘若屆時她有機會再見到他，哪怕只有幾分鐘的交談，她想像自己該會感到心滿意足；至於是否具備主動與他交談的勇氣，她想，機會來臨時，勇氣自然滿滿。先前，伊麗莎白漠視他，羅素夫人忽略他，這些事強化了她的意志，她覺得自己對他有欠關照。

安原先似曾承諾史密斯太太，要與她共度這個夜晚，但安在匆忙短暫的造訪中，說明自己必須出席音樂會，特來請求原諒並延後約會，安承諾將於翌日赴約，且會久待。史密斯太太當然神情愉快地同意了。

「當然可以，」史密斯太太說：「但妳再來時，可得將音樂會的一切說給我聽。那麼，妳會和誰一起參加呢？」

安一一說了大家的名字。史密斯太太並未答腔，不過就在安要離開時，她卻面帶半嚴肅半調皮的神情說著：「嗯，我衷心祝福妳的音樂會精采成功。明天如果妳眞能來，就請盡量吧，因爲我開始有種第六感，或許以後沒什麼機會再見到妳了。」

安爲之一驚並感到不解，呆立片刻後，她依舊無法不感到抱歉，只得不得已地匆忙離去。

譯註：

①這是一家「西點糕餅暨糖果店」，在珍・奧斯汀的時代確有其店，位於密爾松街二號，以現代眼光來看，應是一家時髦的咖啡館。

第二十章

Persuasion

當晚，沃特爵士和他的兩位千金、克蕾太太是最早抵達社交堂①的賓客，在等候道林波夫人到來的這段時間，他們走進了八角廳，在一處壁爐前安頓下來。他們一行還沒坐定，八角廳大門便再度打開，只見溫特伍上校獨自走了進來。安的位置離他最近，她又再趨前一些，立刻主動與他交談。溫特伍上校原本準備鞠個躬便逕直走過，但安一句「你好」的溫柔問候，使他轉而走向她，儘管安的身後不遠處坐著她那高傲難親的父親與姐姐，他仍回禮問候著安。背對著父親與姐姐，反倒使安生出了勇氣，毋須在意家人臉色的安，感覺自己能放手去做任何對的事。

安與溫特伍上校交談時，聽見父親與伊麗莎白也正在低語，她聽不清內容，但猜得到話題。接著溫特伍上校遠遠行了一個鞠躬禮，她知道是判斷力周到的父親先向這位舊識簡單致了意，而她也正好從眼角餘光瞥見伊麗莎白稍稍欠身打招呼。姐姐的問候方式雖不甚禮貌，且來得遲與勉強，但至少聊勝於無，安因而又多了一些面對他的勇氣。

然而，當兩人談完天氣、巴斯、這場音樂會，漸漸沒了話題，甚至就快無話可說，安不禁覺得他隨時會走開。但他沒有，他似乎不急著離開她，而且很快便拾起興致，臉上泛著微紅、漾起微笑地說：

「自從那天萊姆的意外發生後，就一直沒能再見到妳。我擔心妳還沒從驚嚇中恢復，畢竟當時的妳強忍住驚嚇，表現得比誰都冷靜。」

她向他保證自己一切都好。

「那眞是可怕的一刻，」他說：「可怕的日子！」他支起手劃過眼前，像是在說這回憶讓人想來便痛心。但下一刻他又再度微笑地說道：「那天發生的事，固然帶來了某些衝擊，但也產生一些絕不『可怕』的正面影響。當時，妳冷靜地提議由班尼克去請醫生最合適，妳哪裡能預料，到最後他會變成最關心露易莎復原狀況的那個人。」

「我的確料想不到。但這樁婚事看起來——不，應該說我衷心祝福這門婚事。他們兩位的心性和脾氣都非常好。」

「是啊，」他繼續說著，神情似有所失，「可我想他們的共同點也僅止於此了。我是眞心誠意祝他們幸福快樂，爲婚事進行得一切順利感到再開心不過。他們沒有來自家庭方面的阻撓，沒有人持反對意見、沒有人反反覆覆，也沒有任何拖延。瑪斯格羅夫夫婦對此婚事的反應，就如同他們一向給人的觀感，非常可敬且慈藹，這對爲人父母唯一心繫的，就是要讓女兒盡可能得到最大幸福。這情勢、這一切多麼有利這小倆口未來的幸福快樂啊，也許更勝……」

他停了下來，似倏然憶起過往，心中激起無以名狀之感，而那也正是安紅了雙頰、緊緊低頭的原因吧！不過他還是清清喉嚨，繼續往下說：

「我必須坦承，我認爲他們兩人的性格特質天差地遠，有著極大的不同，而且絕不小於心智上的差異。露易莎・瑪斯格羅夫是個性情溫和、很好相處，而且對事情理解力不算差的女孩，但班尼克卻不僅如此。他是個聰明人、一個讀書人，所以當我得知他愛上了露易莎，坦白說，我頗爲意外。這會不會是出於感激之情呢？會不會是因爲他認爲露易莎愛上了自己，所以他也試著回應她的愛呢？若眞如此，那又是另外一回事了。但我並不這麼想。相反地，他似乎是不由自主、自發性地愛上了她，而這著實令我感到驚訝。怎會如此？像他這樣一個心被劃開來、受了傷，整顆心幾乎要碎了的男人哪！芬妮・哈維爾是位非常出色的女性，而班尼克對她的愛也的的確確是眞愛。曾對這樣一名女性獻上全部眞心的男人，怎可能抽拔出身來，他不該，也不會的。」

不知是因爲他察覺到自己的朋友眞的恢復了愛人的能力，抑或又另外想到些什麼，他於是停了下來沒再多說。而安這邊，儘管到後來溫特伍上校愈說愈激昂，儘管屋內充斥各式噪音聲響，如不停打開又關上的大門、人們經過時不絕於耳的說話聲，她仍舊聽進了他的每字每句，安的內心震盪不已、喜悅並困惑著，她開始呼吸急促，心亂如麻。此刻她絕對無法就這個話題再往下談。經過短暫靜默，她感覺自己應該說些話，但又完全不想轉換話題，於是僅稍稍岔開。

「我想，你那時在萊姆待了好一陣吧？」

「大約兩個星期。我一直待到確認露易莎的復原情形良好，才離開。畢竟我和這場災難的關係太密切，內心無法很快恢復平靜；一切都是我的錯，錯全在我。如果我的態度夠堅決，她也無從頑固使性子。萊姆一帶的鄉間景色非常好，我經常到處散步和騎馬，而且愈是深入地看，愈是衷心喜愛。」

「有機會我眞想再到萊姆看看。」安回應著。

「眞的嗎？沒想到，妳竟然仍會對萊姆抱著深深惦念。就在妳親身經歷了那樣的災難、心神受了震盪與折磨之後，我還以爲萊姆留給妳的，必定只剩下憎厭的印象。」

「在萊姆的最後幾小時的確很痛苦，」安回答：「但當痛苦過去，留在腦海的往往是愉快的回憶。人通常不因在一個地方受過苦就不愛那裡了，除非時時刻刻都在受苦，沒有歡愉可言，然而我們的萊姆之旅卻並非如此。我們只在最後那兩小時陷入災難，在那之前可都是享受歡樂的時光啊！萊姆的一切是那麼新鮮而美麗，我去過的地方實在太少，所到之處於我總是有趣而新奇，不過萊姆眞的是個很美的地方！」帶著美好萊姆回憶的安，臉上掠過一抹紅暈地說著：「總之，我對萊姆的整體印象是非常好的。」

安的話剛說完，八角廳的門又打開了，大夥正在恭候的人出現了。「道林波夫人、道林波夫人」這樣的歡呼聲此起彼落，沃特爵士和他身邊的兩位淑女，則傾力展現優雅姿態急於趨前恭迎。道林波夫人和卡特蕾小姐在艾略特先生與華利斯上校的護送下（原來是兩位男士幾乎同時到達），走入廳內。其他人則簇擁跟隨著這兩位尊貴女士前行，安發現自己也必須加入這個行列。她只得與溫特伍上校分開。他們之間愉快（不，是愉快極了）的談話被迫中斷，但受這點苦果不算什麼，倘若與剛剛那番充滿幸福感的交談相比的話。在最後十分鐘的談話裡，她瞭解到更多關於他對露易莎的感覺、他對眞感情的看法，這些都是安所不敢想像的。壓抑著激動心情、身爲團體一分子的安，十分樂意以翩翩淑女風範配合所期，以回應此時此刻社交場面的所需。她的心情愉悅飛揚，她對所有人展現禮貌與親切，也憐憫著所有人，因爲他們都不及她那麼快樂啊！

稍後，當她離開這一行人、想再度和溫特伍上校交談時，卻不見他蹤影，安內心的喜悅之情稍稍一沉。這會兒她正巧看見他轉身走進音樂廳。他走開了，突然地離去，安感到一陣悔恨。但她心想：「我們會再碰面的。他會來找我的，在今晚結束前他會找到我的。現在，或許分開一會兒也好，我需要一點時間想想剛才發生的一切。」

之後不久，羅素夫人也到了，這一行人集合起來，每一位都整束著自己，準備列隊進入音樂廳。他們賣力地展現自己，盡可能吸引眾人目光、激起人們耳語，並試圖迷人心神。

走進音樂廳時，伊麗莎白與安的神情顯得非常、非常愉快。伊麗莎白與卡特蕾小姐挽臂同行，走在孀居的道林波子爵夫人之後，看著她那寬闊的背影，伊麗莎白此刻心滿意足再無所求。至於安，如要拿她此刻感到的幸福與她姐姐的相比，那實在是種侮辱，畢竟一個是滿足了自我虛榮的幸福，另一個則是滿懷豐盈愛情的幸福。

安的眼裡再也容不下其他事，就連音樂廳的堂皇富麗也視而不見。她的幸福快樂泉源來自內在。她的雙眸明亮、雙頰紅潤，卻渾然不覺。她的腦海一直回想著先前那半小時，當他們一行來到了座位區，她也正好將方才的事情匆匆想了一回。談話時，溫特伍上校所選的主題、表達方式，還有他的神情舉止，在在都使安只能往一個方向去想。他急於訴說他對露易莎・瑪斯格羅夫的心智評價並不高；他對班尼克上校展開新戀情感到驚訝，因爲他自己「仍懷抱著忠於最初且強烈如昔的情感」，這就是他欲言又止的那句話；他那不敢直視的雙眼、不經意洩漏的含情目光……。這一切的一切至少都在宣告：他的一顆心正要重新歸屬於她。他對她的氣憤、怨恨、迴避之情已不再，隨之而來的不僅僅是友誼和關心，而是往日情懷，是的，有那麼幾分往日情懷。她深思著他的這些轉變，一切明示著：他必定是愛著她。

種種伴隨著美好憧憬的想法，盤據著安激動不已的內心，她毫無心思觀察四周；穿過音樂廳時，她甚至不曾將視線瞥向他，或試著在人群中辨認出他。當他們一行確認了座位區，並安排好座位時，安望向視線所及的四周，想知道他是否也剛好坐在這一區，但他不在這裡，一眼望去他並不在這兒。音樂會就要開始，安只好讓自己暫時沉浸在低調的快樂之中。

這一行人分成了兩批，他們就前後兩張緊鄰的長椅入座：安坐在前排，艾略特先生在好友華利斯上校的協助下，得以巧妙地坐在安身旁。伊麗莎白則緊隨兩位尊貴的親戚而坐，一旁並有華利斯上校的殷勤相待，她顯得相當滿意。

心情極好的安，以絕佳的心神狀態享受著今晚的音樂會，而且果眞聆賞愉快：柔情曲式感動她，輕快曲式鼓舞她，精巧曲式吸引她，甚至還耐住性子欣賞無聊的曲式。安從不曾如此激賞一場音樂會，至少就上半場而言。上半場快結束前，在兩首義大利文歌曲演唱之間，安拿著與艾略特先生共有的一份節目單，爲他解說歌詞的意思。

「這首歌傳達的大概是這意思，」安說著：「或說歌詞的意思大抵如此，因爲義大利情歌的精髓通常無法言傳，我所能理解的約莫就是這些了。我不敢自詡精通這個語言，我的義大利文程度還非常低淺。」

「是呢，是呢，我看得出來。我看得出妳對自己的博學毫無所知。的確，妳所懂的，不過是在看到義大利文歌詞的第一時間，就能把這些充滿倒裝、移換、省略語法的詞句，以清楚易懂且優美的英文意譯出來罷了。妳毋須再謙稱自己才疏學淺，以上就是可反駁妳的最好例子。」

「你的善意恭維我收下，但若在眞正的義大利文專家面前，我可就貽笑大方了。」

「我有幸多次拜訪坎登廣場的府上，對於安‧艾略特小姐我是懂得一些的。我認爲她在各方面都表現得過於謙虛，使人們無從認識她的才識，哪怕一半也不可得；而且正因爲她太懂得謙沖的美德，只能讓其他依樣擺出謙虛之姿的女性，徒增自己的糗態罷了！」

「眞的不敢當、不敢當，這眞是太過溢美了。我都忘了下一首是……」安一邊說，一邊把目光轉向節目單。

「或許，」艾略特先生低聲說道：「我對妳品格的認識，遠早於妳所知。」

「眞的嗎，這話怎麼說？你認識我，應該是我到巴斯之後的事吧，但或許在這之前你已聽過我家人談論我。」

「早在妳到巴斯之前，我就聽說過妳，而且是與妳非常熟稔的人告訴我的。妳的品格，多年前我即有所聞。妳的容貌與性情、才識與儀態，我全都知道，這些早已全都活色生香在我眼前。」

艾略特先生的一番話，達到了他想引起安注意力的目的。畢竟，誰能抗拒攸關自己的謎團呢？這樣一位最近剛認識的人，卻在很久之前便從匿名人士口中得知自己的種種；匿名人士究竟是誰，安無法抗拒好奇地想知道。她很納悶，並急切地追問著，但卻徒然。艾略特先生只享受著安的提問，絕不肯回答。

「不，不，假以時日或改天我會說的，但不是現在。匿名者的名字我現在不能說，可我向妳保證確有其事。我在多年前便聽說過安・艾略特小姐才德兼備，使我打從心底滿懷好奇地想認識她。」

安不禁想著，多年以前能如此帶著欣賞口吻談論自己的人，除了溫特伍上校的弟弟，也就是蒙福特的前任副牧師溫特伍先生，還會有誰？他很可能是艾略特先生的朋友啊，但她沒勇氣開口問。

「安・艾略特這名字，」艾略特先生繼續說：「一直以來都令我很感興趣，它的魅力長長久久縈繞著我。請容我大膽地低聲說出心願，我希望『艾略特』這個姓氏能永遠跟隨著妳。」

她相信艾略特先生是這麼說的，卻幾乎聽不進他的聲音，當時她的注意力都被身後傳來的談話聲給吸引了，其他事登時顯得無足輕重。是她父親正在和道林波夫人談話。

「他是個長得很好看的男人，」沃特爵士說：「一個非常好看的男人。」

「這位年輕人的確非常體面！」道林波夫人說道：「舉止神態比巴斯的其他男人都要好看。我想是愛爾蘭人吧②！」

「不是的，我正巧知道他的名字，是個點頭之交。他是服役於海軍的溫特伍上校。他的姐夫卡夫特司令官，承租了我位在薩默塞特郡的房子『凱林奇府邸』。」

不等沃特爵士說完這些話，安的目光便已投向正確方位，辨認出溫特伍上校的所在位置，他和一群男士站在稍遠處。當她望向他時，他似乎正巧移開了目光。事情看來是如此。安的目光彷彿追隨得太遲，晚了那一瞬；等到她再敢注視他時，他卻已不再看她。下一首曲子開始演唱了，她只得直視著前方，故作將注意力移回樂隊身上的模樣。

當她再有機會瞥向他時，他已不在那兒。安的身邊坐滿了人，受到團團包圍，看來即使他想靠近她，也很難越雷池一步；比起眾人圍繞，她寧願接觸他的目光注視。

艾略特先生說的話太令她困擾，她已失去和他談話的興致。她但願艾略特先生別離她那麼近。

上半場的演出結束了。現在，安希望局面的轉變有利於她。大夥有一搭沒一搭地閒談一會兒後，有人決定去找點茶喝。安是少數沒離開座位選擇留下的人，不過羅素夫人也是；但至少她很高興能擺脫艾略特先生，且假若溫特伍上校給她機會的話，她也並不打算為了顧及羅素夫人觀感，而迴避與上校交談。從羅素夫人臉上的表情看來，她確信夫人今晚已經看到他了。

然而，溫特伍上校並沒走過來。安有時以爲自己看到他就站在遠處，但他始終沒走過來。眼看這令人心焦的中場休息時間一點一滴流逝，一切卻毫無進展。其他人回來了，音樂廳再度擠滿人，人人重新坐定位，另一個充滿聆賞愉悅或呵欠受罪的小時開始了，端看聽者是眞有品味或只是附庸風雅。對安而言，這將是內心煩亂不安的一小時。如果無法再見溫特伍上校一面，無法再交換彼此友善的笑顏，她是不可能平靜離開音樂廳的。

安這一行人的座位在重新安排後，有了不少變動，而且對她來說頗爲有利。華利斯上校有事先離席，伊麗莎白與卡特蕾小姐便邀請艾略特先生與她們同坐，基於禮貌，艾略特先生當然不便推辭；再加上其他人的座位異動，只要運用一些心思，安就能往長椅的一端移動，使座位較先前更靠近中央走道。但她想，這麼一來自己的舉動不就和那位非常特別的拉羅絲小姐③沒什麼兩樣？她終究還是這麼做了，效果卻不如預期；甚至，即使後來機會大好，鄰座賓客早退，使她得以順利坐在最靠近走道的位置直至音樂會結束，一切仍徒勞無功。

安身旁的座位空了出來，此時，溫特伍上校也再次現了蹤影。她看見他就在不遠處。他也看見她了，但表情卻顯得嚴肅而有些遲疑，最後他似拖著沉重腳步緩緩走近她，與她說話。她感覺一定發生什麼事了，他的態度產生了莫大變化，他現在的神情和之前在八角廳的模樣實在天差地遠。爲什麼會這樣？她心想，難道是她的父親、甚或羅素夫人給了他什麼不友善的眼神？他嚴肅地談論著這場音樂會，口吻像極了那個在厄波克羅斯的溫特伍上校。他說，他承認今晚的演唱與原先預期的落差甚大，總的說一句，他認爲即使音樂會提早結束他也不覺遺憾。安回應著，極力爲音樂會的演出辯解，卻仍善體人意地表示能理解他的感受，於是他的表情和緩了，且說話時臉上幾乎一直帶著笑意。他們聊了好幾分鐘，說話氣氛更見改善，他的目光甚至飄向了長椅，猶如張望到一個好位置正準備坐下似的。但就在此時，有人輕碰了一下安的肩膀，使她不得不轉過頭去，原來是艾略特先生在叫她。艾略特先生不好意思地說，由於卡特蕾小姐急於想知道下一首歌在唱些什麼，所以要麻煩安再次解釋義大利文歌詞的意思。出於禮貌，安無法拒絕，可沒有什麼比這種勉力虛應更教人痛苦的事了。

雖然她已盡可能地快速解說，但仍不可避免地花了好幾分鐘。當她再度得以抽身，把頭轉回來，回到之前被打斷的狀態時，她發現溫特伍上校正朝著自己，以冷淡而急促之姿道再見。

「我必須跟妳說聲晚安，我要先離開了，我得儘快趕回家才是。」

「難道接下來這首歌曲，不值得你留下來聽嗎？」心慌不已的安，趕緊胡亂擠出這樣一句話。

「不，」他斷然地回答：「這裡已經沒有任何事物值得我留下。」話一說完，他便直接離開了。

他，他在嫉妒艾略特先生！這是唯一可能的解釋。溫特伍上校嫉妒著她的愛慕者！這是一週前、甚至三小時前的她始料未及的。有那麼一瞬間，她快樂得接近狂喜，但哎呀，接下來她的心思又想及了別的事。該如何平息這嫉妒之心？該如何讓他知道實情？還有，該如何在雙方彼此分立的種種不利情勢下，讓溫特伍上校明白她內心的情感歸屬？一想到艾略特先生的殷勤攻勢竟如此後患無窮，著實讓她苦不堪言哪！

譯註：

①全名Upper Assembly Rooms，位在巴斯新市區，落成於一七七一年，至今功能不輟，仍是巴斯重要的展演與會議場所。這裡規劃了多間廳室，包括進入社交堂後，首先會來到功能類似交誼大廳的「八角廳」（Octagon，黃色調），呈對稱優美的八角形狀，設有四個壁爐台，四道通往其他廳室的門。其中，內文提到的音樂廳即是宴會廳（Ball Room，粉藍色調），全飾以古典的喬治亞風情，尤其適合舉行音樂會，甚至還曾舉辦超過千人的舞會，做為現代化大型會議廳亦功能齊備。

②道林波夫人是愛爾蘭出身的貴族，她會這麼說或許懷有私心偏愛之情。

③小說《西西麗亞》（*Cecilia*）中的一名角色，她也曾在表演場合中為了吸引心儀的男性，與安・艾略特有如出一轍的作法。小說作者為芬妮・伯尼（Fanny Burney，一七五二至一八四〇），是珍・奧斯汀最喜愛的小說家之一。

Persuasion

第二十一章

翌日早上，安欣然想起造訪史密斯太太的約定；也就是說，她剛好能在艾略特先生最可能來訪的時段外出，而迴避他，幾乎成了目前的當務之急。

她對他是很有好感的，儘管艾略特先生的殷勤之舉害人不淺，但她仍應向他表達感謝與敬重，也許還得加上同情。她不由得想到他們是在多麼奇特的情況下相識，也認爲由於種種局面安排，還有他本身的心之所向以及對她長久以來的聽聞厚愛，使他看來的確像是對她頗有好感。總之，這一切是那麼奇特，她既覺受寵若驚，又深感痛苦。這裡頭有太多遺憾。如果沒有溫特伍上校這個人的存在，她會對艾略特先生有什麼感覺……這事毋須去深究，因爲溫特伍上校是確確實實存在的；而且無論目前這擺盪不決局面的最終結果是好或壞，她的心永遠都是屬於他的。無論他倆終將復合或終究分離，她相信自己都不可能再接納其他男性。

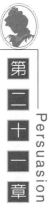

從坎登廣場到西門住宅區的這段路，安就這樣懷抱著強烈而美好的愛情憧憬與堅貞不渝的心志，一路前行。巴斯的街道從不曾激盪過如此動人的情思，情思滿盈得足以滌洗純淨一切，並沿路飄香送芳。

安的確受到了誠摯歡迎。她的朋友似乎特別感激她今早能來造訪，雖然她們早有約定，但這位老朋友卻不敢抱太大期望似的。

史密斯太太立即請安敘述音樂會的一切，安則因想起音樂會上的種種快樂回憶而煥發神采，並開心地敘述著。她以無比愉悅的口吻盡可能說了一切，然而就一個曾親臨現場的人而言，她所透露的消息實在稱不上多。更何況，相較於安所提到的事情，問話人史密斯太太一向消息靈通，她早已從洗衣婦和侍者這樣的捷徑，大概獲知音樂會之夜如何成功、有什麼事發生等等。她現在想問的是有關賓客的一些細節，而且不管是巴斯的名流權要或惡名之人，史密斯太太可是全都知之甚詳。

「杜蘭特家的小孩全到了吧，我敢說，」史密斯太太說：「他們總是張大了口接收著音樂，就像嗷嗷待哺的小麻雀那樣。他們從不錯過任何音樂會。」

「是的，他們都到了。我雖然沒親眼看見，但我從艾略特先生那兒得知他們都在現場。」

「伊波森家的人也在場嗎？還有，不是有兩個初來乍到的美人和一名高個子愛爾蘭軍官在一塊兒嗎？聽說那軍官正和其中一位美人交往。」

「我不是很清楚，我想他們不在現場。」

「那瑪麗．麥克林老夫人呢？哎呀，這哪裡需要問，我知道她從不錯過任何音樂會的。妳一定看見她了吧，她是你們一行人其中一位，畢竟你們是和道林波夫人一起坐在樂隊附近的貴賓區！」

「沒有，我一向很怕坐得離樂隊太近，那會使我全身上下很不舒服。幸好，道林波夫人總是選擇離樂隊遠一點的座位，我們於是被安排在很好的區域；我是指，就聆聽音樂而言是很好的座位，而非視野，因爲我好像沒看到什麼特別的人事物呢！」

「噢，妳看到的夠多了，畢竟你們自有樂事可賞。這我能瞭解的。誰都能看出，即使身處人群，你們仍形成一股自家才有的愉悅氣氛。你們是那麼浩大尊貴的一行人，所有妳該看的風光都在裡頭了，可不是！」

「但我實在應該多看看四周的。」安一邊說，一邊意識到實情是，當時的自己對周遭其實不乏張望，只是鎖定的對象不太多，就那一位而已。

「不！不！妳的心思被更美好的事給佔據了。妳不需要多說，我也能明白妳度過了一個愉快的夜晚，這些我都從妳眼裡看見了。我完全能想像，那幾小時對妳而言是如何飛快地流逝，因爲不斷有美妙的樂音充盈耳邊，而且音樂會中場休息時也不乏聊天交談。」

安微帶笑意地說：「妳從我眼裡看見了這些？」

「是呢！妳的神情完完全全告訴我，昨晚妳是和一個全天下最令妳喜愛的人在一起，即使是現在，他的一舉一動仍比全天下其他人加總起來，更使妳感到心繫。」

安紅著臉龐，說不出話來。

「正是因爲如此，」史密斯太太停頓了一下繼續說：「我才會希望妳相信，對於妳今早能來看我的一片好心，我是眞的銘感五內。妳眞的是個很善良的人，畢竟在這個時間點有那麼多更令人歡欣的事等著要忙，但妳仍願意來看我，坐下來和我說說話。」

安沒聽進這些話，對於史密斯太太看穿人的能力，她感到無比驚訝和不得其解。安猜不出溫特伍上校的事究竟是如何傳到她朋友這兒的。就在另一個短暫沉默之後——

「請問，」史密斯太太開了口，「艾略特先生知道妳正和我往來嗎？他知道我在巴斯嗎？」

「艾略特先生！」安重複唸了一次這名字，一臉吃驚地抬起頭來。這瞬間的無意識接話，使她知道自己剛才全想錯了。她馬上懂了，並從安全感中恢復了勇氣，隨即更顯沉著地補充道：「妳認識艾略特先生？」

「我曾經和他很相熟，」史密斯太太以嚴肅口吻回答：「但現在似乎已經沒交情了。我好久沒見過他了。」

「我完全不知道這件事呢！妳之前從沒提過。如果我知道的話，一定會很高興地向他說起妳。」

「我得坦承，」史密斯太太又恢復了平常的爽朗，「我就是想要妳高高興興這麼去做，我想要妳向艾略特先生談起我，我想要妳帶給他一些影響力。他能爲我帶來實質幫助的，我親愛的艾略特小姐，妳若願意好心幫我這個忙，事情一定能辦成的。」

「我理當感到高興之至，也希望妳絲毫別懷疑我樂意效勞的眞心，哪怕只能幫上妳任何一點小忙都是好的。」安回答著：「但提到對艾略特先生提出請求，就實際情況而言，我想妳太高估我的權利和影響力了。我確信，妳不知何以在腦中形成了這並非事實的想法。妳只能當我是艾略特先生的親戚啊！從這個角度來看，如果有什麼事是我這個做堂妹的能正當請求他的，請儘管吩咐。」

史密斯太太眼神銳利地掠過一瞥，然後微笑地說道：

「我發現自己太急率了一點，我向妳道歉。我應該要等候正式通知的。但是，我親愛的艾略特小姐，身為妳的老友，現在能否給我一點暗示，好讓我知道何時能開口談這事。下個星期嗎？相信到了下週，我就能想著這事已全定了下來，就能把個人的自私盤算建築在艾略特先生的人逢好運上。」

「不，」安回答：「不會在下週，或下下週，或下下下週的。我能擔保，妳所想的這類事情絕不可能在任何一週定下來的。我並不準備嫁給艾略特先生。我想知道為何妳會這麼認為？」

史密斯太太再次望向安，非常認真地注視著，她笑著搖搖頭，然後大聲說道：

「此時此刻，我真希望瞭解妳在想些什麼，真想知道妳這麼說的用意是什麼。但我很清楚地知道，當對方求婚的那一刻來臨時，妳就不會故作冷酷了呀！妳知道的，不到那一刻，我們女人絕不輕言嫁人。在男人正式求婚之前，我們總是理所當然地予以回絕。可妳為何要如此故作冷酷呢？我來替我那位『老友』（嗯，畢竟或許現在稱不上是朋友）懇求吧！妳要上哪兒去找比他更合適的對象呢？還有誰能比他更有紳士風範、更讓人喜歡呢？我來向妳推薦艾略特先生吧！我確信，妳從華利斯上校那兒聽到的全是他的好話，畢竟還有誰比華利斯上校更瞭解他呢？」

「我親愛的史密斯太太，艾略特先生的妻子才剛過世半年多，按常理他是不應該追求任何人的。」

「噢，如果這是妳拒絕求婚的唯一顧忌，」史密斯太太俏皮地喊道，「那我想艾略特已經過關了，我用不著再替他懇求了。只是，你們結婚時可別忘了我啊！讓他知道我是妳的朋友，這樣一來，幫我一點忙他也就不會嫌麻煩了。眼下，要他幫忙辦這件事他覺得麻煩，這再合乎常理不過，或許，是眞的很合理吧；畢竟，他有那麼多自己的事要忙、那麼多約會要赴，當然會盡可能加以迴避和推卸。百分之九十九的人都是如此的。當然，他自然不會知道這事兒對我來說有多重要。嗯，我親愛的艾略特小姐，我盼望，並且相信妳將來會過得很幸福。艾略特先生的確具備智慧，能懂得妳這樣一位女性的價值。妳會過得平靜安穩，絕不會像我這般運途中落。妳的物質生活無虞，而他的性格也很穩健，他不是那種會誤入歧途的人，他不會被人帶壞而走向破產。」

「我知道他不會的，」安說著：「我欣然認同關於我堂兄的這一切解讀。他似乎擁有冷靜堅定的性情，毫不可能走向導致危險的境地。我是很敬重他的。此種觀感是就我對他的觀察而得來。不過，我和他認識未久，我想，他並不是一個很快就能讓人瞭解的人。從我談論他的方式，應該能讓妳相信他對我而言是無足輕重的吧，史密斯太太？這些話確實說得夠冷靜了，可不是嗎？而且說眞的，他對我而言的確是無足輕重。即使他眞的向我求婚（我認爲他不太可能有此想法），我也絕不會接受的。我向妳保證我不會答應的。我向妳保證，艾略特先生絕非如妳所猜是那個昨晚在音樂會上給我帶來愉悅的人，他和此事一點關係也沒有；那個人不是艾略特先生，帶給我愉快回憶的不是艾略特先生，而是──」

安中斷了話語，她雙頰泛紅，並爲自己竟暗示了那麼多而深感後悔，但若說得太少又怕解釋不充分。畢竟，得讓史密斯太太明白有這麼一個「別人」的存在，才能使她很快相信艾略特先生是出局的。果然如預料，史密斯太太不得不立即接受這說法，而且顯出毫無所悉的模樣。安爲了閃避更多的關切注意，便急於想知道史密斯太太爲何猜測她會嫁給艾略特先生，這樣的想法又是從何而來，或者是從誰身上聽來的。

「務必告訴我，妳一開始是怎麼會有這種想法的。」

「我之所以開始這麼想，」史密斯太太回答：「是因爲我發現你們經常在一塊兒，並覺得這對你們家族的每個人而言，是天底下最求之不得的美事；而且妳大可相信，所有認識妳的人也都認爲這是樁美事。不過，我卻是直到兩天前才聽人提起。」

「這事當眞有人說起？」

「妳昨天來的時候，有沒有注意到替妳開門的那位婦人？」

「沒有呢！不是平常那位史畢太太或女傭嗎？我沒特別注意到任何人。」

「是我的朋友露克護士，她因爲對妳抱有很大的好奇心，很想看看妳本人，所以當時很樂意替妳開門呢！她現在每個星期只有週日才能從懋孛羅住宅區抽身。就是她告訴我這件事的，而且是從華利斯太太這個頗爲可靠的消息來源聽來的。她週一晚上來我這兒待了一小時，並把所有事情都告訴我了。」

「所有事情！」安笑著重複這字眼。「我想，所謂的『所有事情』應該沒什麼可說的吧，畢竟那只不過是一樁毫無根據的消息啊！」

史密斯太太並未答腔。

「不過，」安繼續說：「縱使我和艾略特先生沒有妳所想的那份關係，因而無法對他提出什麼請求，但如果有什麼其他事是我能幫上忙的，我一定會很樂意並盡我所能的。要不要我跟他提妳在巴斯的事？需要我幫忙帶什麼口信嗎？」

「謝謝妳，不用了，眞的、眞的不用了。出於單方面的一頭熱和錯誤印象，我先前或許的確很想藉由妳促成某些事，但現在不用了，謝謝妳，是眞的不用了。我沒有什麼要麻煩妳的。」

「妳剛剛提到，妳認識艾略特先生許多年了？」

「是的。」

「我猜，在他結婚前你們就認識了？」

「是的，我認識他的時候，他還沒結婚。」

「那——你們很熟嗎？」

「非常熟。」

「眞的！請務必告訴我那個時候的他是什麼樣的人。我一直對年輕時的艾略特先生感到很好奇，不知是否就如同現在的他？」

「我這三年都沒見過他。」史密斯太太嚴肅以答，讓人感覺似無法再追問下去。安則因絲毫沒問出個所以然反而更感到好奇。史密斯太太似在深思著什麼，兩人因此都沉默了下來。最後……

「我親愛的艾略特小姐，很抱歉——」史密斯太太以平日的熱切口吻喊道：「很抱歉我回答得那麼簡略，但我實在不確定該怎麼做才好。我一直很遲疑、很苦惱該怎麼開口，我有些顧忌得考慮。我是很痛恨多管閒事、說別人壞話，還有挑撥離間的。一個家庭縱使底下的根基已經搖搖欲墜，但那和諧的家庭表象似仍值得維持下去的。不過，我已經決定了，而且我想我是對的，我應該讓妳知道艾略特先生的眞面目。雖然我知道現在的妳對他毫無情意，但很難說未來會如何。也許某一天，妳會對他產生不同的情感也不一定。所以，趁妳現在對他仍抱持公允看法時，聽聽事實眞相吧！艾略特先生是個沒心肝也沒良知、善於設計別人、處處提防他人的冷血之人。他是個什麼都只想到自己的人，爲了一己利益或方便，在所犯的罪過毫不損及他對外形象的情況下，什麼殘酷或背叛的行爲他都做得出來。他是個無情的人。那些主要肇因於他的緣故而導致破產的人，他可以就此忽略和遺棄，而沒有一絲良心上的不安。他的性格裡毫無正派和同情心可言。噢，他是個黑心的人，虛僞又壞透！」

只見安的神色大變，發出驚呼聲，史密斯太太停下話來，之後才稍稍回復平靜地補充道：

「我說的話嚇壞妳了，是嗎？請務必理解，在妳眼前的是個受到傷害而憤恨不已的女人啊！但我會試著自制，不再辱罵他了，我會就我所知道的他來說明一切。讓眞相說實話。他是我死去丈夫最要好的朋友，我先生是那麼信任他、喜歡他，並以爲艾略特先生對他亦如是。早在我嫁給我先生之前，他們就來往得很親密了。當知道他們是這麼要好的一對朋友之後，我也愛屋及烏，十分喜歡艾略特先生這個人，對他的評價要多高有多高。妳也知道，在十九歲的年紀，誰都不會認眞去深思一些事的，因而在我看來，艾略特先生就像其他人一樣好，甚至比大部分人還要更討人喜歡，也因此我們三人幾乎形影不離。我們主要是在倫敦市區活動，過著非常光鮮體面的生活。那時的他經濟情況並不太好，過得很窮困。他在法律學院有間宿舍，這僅夠他端出做爲一名紳士的門面。只要他想要，他隨時可以來我們家，他永遠都受到歡迎，他就像我們的兄弟。我可憐的查爾斯，該是這世上性情最好、最慷慨的人了，他是那種身上即使剩下最後一塊錢也願意和艾略特先生分享的人。我知道，他的錢就是艾略特的錢，他經常對他伸出援手。」

「那段時期的艾略特先生，」安說道：「必定就是我一直很好奇想知道的他。他一定是在那個時期認識了我的父親和姐姐。我是不認識他的，只是聽過這個人。但那時，他對我父親和姐姐表現出的行爲，以及他後來選擇的婚姻，一直讓我無法和現在的他聯想在一起。這似乎顯示他是個很不一致的人。」

「這些事我全知道，我全都知道。」史密斯太太喊道，「雖然他被引見給妳父親和姐姐的時候，我還不認識他，但之後我總是再三聽他提起他們。我還知道凱林奇府邸那邊熱烈邀請他前去作客，但他卻選擇不去。我還能告訴妳一些妳或許意想不到的事，像是關於他的婚姻，我那時知道得十分清楚。我知道這樁婚姻的所有好處與壞處，他向我這個朋友吐露了所有他的期待與計畫；此外，雖然在那之前我並不認識他太太（她的社會地位很低，所以眞的不太可能結識），但他們結婚後，有關她的一切事情我都很清楚，或說至少是她生前最後兩年的事，因此我絕對能回答所有妳想問的事。」

「沒有，」安說道：「關於他太太我沒什麼特別想問的，我一直都知道他們相處得不太好。但我倒是想知道，爲何在那個時期，他會如此怠慢與我父親的往來。我父親是眞的打算眞誠周到以對的呀！艾略特先生爲什麼不領情呢？」

「那段時期的艾略特先生，」史密斯太太回答：「眼裡只有一個目標，那就是致富，而且比起從事法律工作的收入，他要的是更快速地致富，因此他決意透過結婚手段達成目的。他心意已決，至少他絕不可能輕率結婚以打壞自己的致富計畫。我無法斷定這是否公允，但我想，他認爲在妳父親和姐姐禮貌相待與誠摯邀約舉動的背後，必然盤算著家族推定繼承人與年輕小姐締結親事的可能。然而，這樣一門婚事是絕不可能讓他快速致富和自由自在生活的。我敢向妳擔保，這就是他不願領情的原因。他把所有事情都告訴我了，而且毫無隱瞞。這一切還眞古怪，那時我才剛拋下妳離開巴斯，結婚後結交的第一個好朋友竟是妳的堂兄，而且還不斷聽他講起妳的父親和姐姐。而當他形容著那位艾略特小姐時，我則滿懷情思地想起另一位艾略特小姐。」

「或許，」安靈光乍現地閃過一個念頭，她喊道：「妳有時會向艾略特先生提起我？」

「那是一定的，而且經常提起。那時，我總是對我的安．艾略特讚賞有加，並保證妳和另一位艾略特小姐絕對是很不——」史密斯太太及時住了口，不再往下說。

「這會兒便能對應艾略特先生昨晚所說的了，」安喊道：「這解釋了一切。昨晚我發現他很早就聽說過我，卻不明所以。哎，足見只要是攸關己身的事，任誰都會抱以無比狂野的胡思想像！對於這件事我還眞是錯得離譜！對不起，我剛剛打斷了妳。所以，艾略特先生結婚全是爲了錢？這件事大概讓妳首次認識了他的性格吧？」

史密斯太太此時遲疑了一下，「噢，這種事太常見了。世上男男女女爲了錢而結婚，這種事太普遍了，不足爲奇呢！那時候的我很年輕，而且結交的朋友也全是年輕人，我們哪裡懂得要替別人著想，只管快樂而率然地活著便是，每天過著享樂至上的生活。但我現在不這麼想了，時間、弱病和傷痛帶來的磨難，使我成長了許多。我必須承認，那時候的我完全不覺得艾略特先生的作法有什麼好受指摘的。『爲自己爭取最好的』，簡直成了個人應盡的本分。」

「可對方不是一個社會地位很低的女性嗎？」

「是啊，對此我也曾反對，他卻毫不在乎。錢錢錢，這才是他想要的。她父親是經營牧場的，祖父曾是個肉販，但這些對他來說都無關緊要。她本身則是一名很優秀的女性，受過很好的教育，在幾位親戚的引領下，偶然踏進了艾略特先生的社交圈並愛上了他，而她的出身對他來說也完全不是問題或顧慮。他是在小心翼翼盤算著她所坐擁的確切財富之後，才答應與她結婚。我敢說，不管艾略特先生現在是如何看重自己的身分地位，年輕時的他對這些可是完全不當一回事。凱林奇的地產對他或許還有些價值，但有關家族榮光的一切他則視如糞土。我經常聽他宣稱，如果從男爵的身分能賣錢，他很樂意以五十鎊賣給任何想買的人，而且家徽、銘辭、姓氏，以及繡有家徽的僕人制服也一併奉送。我所說的並不及我過去聽到的一半多，但我可不敢再繼續妄言，這樣對他太不公平了。關於這一切是真的還是胡說，我應該向妳證明才是，是的，我該向妳證明。」

「說真的，我親愛的史密斯太太，妳不需要證明什麼，」安喊道，「妳口中的他和多年前的他所表現的並無二致。甚至，這些都證實了我們過去所聽所想的事情。我比較好奇的是，何以現在的他變得如此不同？」

「就讓我給自己的良心一個交代吧。能否請妳幫幫忙，替我搖鈴要瑪莉過來——，不，如果妳能親自到我臥房，在櫥櫃最上層的架子上，替我把那個鑲花小盒拿來，那才是幫了我一個大忙。」

看到她的朋友很認真地決意要如此，安於是照著囑咐做了。這會兒，她已拿來了這盒子並放在她的朋友面前，史密斯太太則一邊打開，一邊嘆息地說道：「裡面裝的都是我先生的文件，但這只是一小部分，他過世後我才一一找出來查看。我現在要找的是艾略特先生寫給我先生的信，那是我們結婚前的事了，而且真難想像這信竟碰巧留了下來。就像其他男人一樣，我先生對這種需善加整理歸檔的小事，是那麼漫不經心且毫無秩序感可言；因此，當我開始查看他留下來的文件時，發現艾略特先生的這封信和其他人寫來的那些毫不重要的信，全都東丟西放地散亂在各處，眞正重要的信件或往來文件反倒都被銷毀了。在這裡，我找到了。之所以沒燒掉這封信，是因爲我當時已經對艾略特先生感到很不滿，所以決定把過去親密往來的所有文件都保留下來。現在，我很高興能派上其他用場。」

這是一封寄給「湯布里奇威爾斯①鄉紳　查爾斯・史密斯先生」的信，寫於倫敦，日期是年代久遠的一八〇三年七月：

親愛的史密斯：

來信收到。你的仁慈善意我何德何能承受得起。我在世上活了二十三年，還沒見過像你這樣的人哩，眞希望上天能多孕育出一些像你這樣好心腸的人。說眞的，我現在並不需要你的資助，我又張羅到現金了。爲我高興一下吧，我已經擺脫沃特爵士和他的千金了。他們回凱林奇去了，而且極盡邀請之能事要我這個夏天務必前往作客。但我若首次前往凱林奇，必會帶著房產鑑定人同行，請對方告訴我這大宅若是拍賣最多值多少。不過呢，這位從男爵似乎無意再娶，他還眞愚蠢得可以。如果他再婚了，無論如何，他們就不會再煩我了，這全然的自由與獨立可不小於那份繼承權的價值。而且他的模樣看起來比去年更糟了。

我希望自己若有「艾略特」以外的姓氏那就好了。我對這個姓煩透了。幸好「沃特」這名字我可以拿掉，希望你別拿我姓名中這第二個W②來侮辱我。我永遠都是你的好朋友。

威廉・艾略特

讀了這樣的一封信，安的臉龐不由得因激動憤怒而泛紅了起來。史密斯太太注意到她漲紅的臉，接著說道：

「我知道，他的措詞非常不敬。雖然我忘了他確切的用詞，但仍完整記得這封信所表達的意思。這下妳便知道了他的眞面目。妳瞧他對我先生所宣示的話，還有什麼比這更動人的表達？」

對於信上這些用在自己父親身上的字詞，安無法不感到震驚與屈辱，她一時很難平復心情。但她也不得不想到她讀這封信的行爲本身是有違名譽原則的，沒有人應該因爲這樣的證據而受評斷或被瞭解，沒有任何私人信件准許第三者過目。她於是平靜了下來，並歸還了這封令她深思不已的信，接著說道：

「謝謝妳，這無疑是再充分不過的證據，證明了妳所說的一切。但是他現在又爲何想與我們往來呢？」

「關於這點我也能解釋。」史密斯太太微笑著喊道。

「眞的？」

「是的，我讓妳看到了艾略特先生十二年前的面目，這會兒則要讓妳看清楚現在的他。我雖然無法再拿出白紙黑字的證據，但只要是妳想知道的事，像是他現在要的是什麼、他正在盤算什麼，我都能提出可靠的口頭證據。現在的他可不是僞君子，他是眞心想娶妳。他現在對你們一家人懷有的情感，完全是發自眞心的。我要告訴妳，我的消息來源就是華利斯上校。」

「華利斯上校！妳認識他？」

「不，我所得到的消息，雖並不全然直接從他那兒來，而是繞了一、兩個彎，但這不要緊的。溪流的水質仍像在源頭時一樣好，那些一路挾帶的小渣滓在轉彎時很輕易就能除去的。艾略特先生對妳的觀感，他全無保留地都對華利斯上校說了，從我聽來的消息倒說明了華利斯上校如我所想，是個明智謹愼且有洞察力的人；不過，他卻有個愚蠢的美麗妻子，他把所有事情都向妻子重述了一遍，就連最好別說的也沒漏掉。現在正處於產後恢復期的華利斯太太，精神和興致好得很，於是又把所有事情向護士重述了一遍；而這位護士知道我和妳是朋友，便很自然地把她知道的事全告訴了我。我的好朋友露克護士，就是在星期一晚上把懋孛羅大樓裡的這些祕密都告訴了我。當我先前說起有關妳和艾略特先生的『所有事情』時，由此妳便可知道，這些事並非如妳所想是我胡亂編派的。」

「我親愛的史密斯太太，妳的依據並不充分哪，這些可不能使我信服。艾略特先生之所以努力尋求與我父親和解，這絕對無關乎他對我持有任何想法。早在我到巴斯之前，這些尋求和解的往來就已經開始了，等我到了之後，便發現他們之間的友好關係已經非比尋常了。」

「我知道妳已有所發現，而這些事我全都知道得很清楚，可是——」

「史密斯太太，我們眞的不能期待能從這樣的消息來源得到眞實情報。無論是事實或主張，一旦通過這麼多人的傳遞，便可能因爲這個很愚蠢、那個很愚昧而對事情有所誤解，眞正能被保留下來的眞相實際上少之又少。」

「請聽聽我要說的吧。妳可針對聽到的細節立刻予以反駁或證實，這樣一來，妳很快就能判斷這個消息來源的可信度究竟如何。並沒有人認爲，妳是艾略特先生尋求與妳父親恢復往來的第一誘因。在他來到巴斯之前，他的確見過妳並對妳很傾心，但那時他並不知道妳是誰。至少我的朋友是這麼說的，她說得對嗎？根據她的說法，艾略特是在去年夏末或秋天時節，於『西邊的某個地方』遇見妳，可是他並不知道妳是誰。」

「是的，他的確見過我。目前爲止一切正確。我們是在萊姆相遇的，那時我正好在萊姆。」

「太好了，」史密斯太太得意地往下說：「既然這第一件事的說法是成立的，就代表我的朋友是可信的。那時，艾略特先生在萊姆遇見妳便非常喜歡妳，而當他在坎登廣場再次看見妳，並發現妳就是安．艾略特時，他簡直雀躍不已。從那時起，無疑地，他登門拜訪便有了雙重動機。至於另一個比較早成立的誘因，正是我接下來要解釋的。如果我所說的任何事情，在妳認爲是不確實或不太可能的，請儘管喊停。我要說的是，妳姐姐那位朋友，也就是我曾聽妳提過而目前仍住在你們家的那位少婦，她早在去年九月便和艾略特小姐、沃特爵士一起來到巴斯（簡單地說，就是他們搬來巴斯時），之後就一直待到現在。她是個機靈、善巴結的漂亮女人，人窮但懂得取悅別人，總之從她的種種條件和舉止來看，沃特爵士的所有熟人舊識都在猜測她意圖成為艾略特夫人，而且大家都很意外艾略特小姐竟如此無視於這號威脅。」

說到這裡，史密斯太太稍稍打住，但見安無意反駁，她便繼續往下說：

「這就是妳回到巴斯來之前，在那些認識貴府的人之間長久流傳的傳聞。那時，華利斯上校雖還未有機會結識坎登廣場的貴府，但他一直很注意妳父親，並察覺到了這情況；出於他對艾略特先生利害方面的關心，他便持續注意著那兒的動靜。聖誕節前，艾略特先生正巧來巴斯待了一、兩天，華利斯上校便把他觀察到的這些事和逐漸傳開的流言，都告訴了艾略特先生。妳要知道，歷經歲月世事的艾略特先生，如今他對從男爵身分的價值所在，想法大為改變。在血統和親戚關係這些事的看法上，他已完全變了個人。長久以來，他一直過著有大把金錢可供揮霍的生活，在貪婪和縱欲方面他再也沒有所求，他漸漸意識到要把快樂寄託在未來將繼承的身分地位上。我認為，在我們往來末期時他便有了這種想法，現在的他則自然更堅定不過。無法成為『威廉爵士』——這事他絕不接受。因此妳可以猜到，當他聽到他朋友說的這些消息，心情絕不可能快活得起來；而且妳還可以猜到接下來的發展。他決定盡可能早點趕回巴斯並停留一段時日，以恢復與貴府的昔日交往，重新找到他在這個家的立足點，如此便可確認他所受威脅的程度究竟如何，而一旦發現事情不妙，他就會想辦法阻止那個女人。這一對朋友一致認為事情只能這麼辦，而華利斯上校將盡可能地從旁給予所有協助。因此，華利斯上校被引見了，華利斯太太也被引見了，所有人都被引見結識了彼此。艾略特先生按照計畫回來了，如妳所知，他請求得到諒解，並重新爲家族所接納；接著便開始貫徹他那不變的、唯一的目標（直到妳回來，他才又多了一個目標），那就是監視沃特爵士和克蕾太太。他不放過任何和他們見面的機會，他從中作梗，任何時候都前往拜訪；但這些事我應該不用著墨太多。妳可以想像得到一個狡猾的人會做出什麼事，有了這些提點，或許能讓妳想起曾目睹他做過什麼。」

「是的，」安說道：「妳所說的這些事都和我所知道、或所能想像的非常一致。得知狡詐情事的運作細節，總是令人感到作嘔。那些利己損人的陰謀和欺騙行爲，也必然讓人心生厭惡。但我卻沒聽到任何眞正使我感到驚訝的事情。我知道，其他人一定會被艾略特先生的這些眞面目嚇到，並且難以置信，但我是自始至終一直對他有所懷疑的。我一直想知道他表面上這些行爲的背後，究竟另外包藏著什麼動機。我倒想瞭解，對於他長久以來擔憂著那件事的可能發展，他現在有何想法？他認爲威脅正在減輕嗎？」

「我想，他認爲正在減輕中。」史密斯太太回答：「他感覺克蕾太太怕他，意識到自己的企圖被他看穿了，所以即使他不在現場，她也不敢再越雷池一步了。但畢竟艾略特先生不可能永遠都在現場，而只要克蕾太太一天不失卻她對這個家的影響力，我眞不懂他怎能高枕無憂。我的護士朋友告訴我，華利斯太太提了一個令人發噱的點子，那就是當妳和艾略特先生結婚時，可寫下『要妳父親不得娶克蕾太太』這樣的條款。大家都知道，只有華利斯太太才會想出這種計策；但我那位再明智不過的朋友露克護士，則一聽就聽出了其中的荒謬。『夫人，這有何不可呢？』她說：『他女兒結婚，並不妨礙他娶任何人哪！』而且說實話，我認爲露克護士的內心並不反對沃特爵士再娶。妳知道的，一方面她很可能是個婚姻制度的擁護者，另一方面當事情關係到個人利益時，誰敢說她的腦海從未閃過這樣的美夢：在華利斯夫人的推薦之下，或許有機會照顧未來的艾略特夫人。」

「我很高興知道這一切。」安深思了一會兒後說道：「往後在某些情境之下不得不和他共處，勢必會使我更感到痛苦，但我想我更清楚該怎麼做了。我的行事作風將更爲直接。艾略特先生很顯然是個虛僞、惺惺作態、追求表面工夫的人，他的處世準則除了自私自利，沒有其他更好的依循了。」

但有關艾略特先生的事還沒說完呢！史密斯太太忽焉就被帶離了自己原本要講的方向，而安在這一席談話中則因關心著有關自己家庭的事情，竟忘了一開始史密斯太太的話裡，其實暗示了許多對艾略特先生的不滿；現在安又把注意力轉回史密斯太太身上，細細聽她說明有關那些暗示的內情。安所聽到的，即使無法全然合理化史密斯太太所受的無比苦痛，卻證明了他對待她相當冷酷無情，毫無正義感和同理心可言。

安得知，艾略特先生結婚後仍和史密斯夫婦保持密切往來，他們仍像過去那樣總是聚在一塊兒，而且艾略特先生還領著他的朋友超支過生活。史密斯太太不想爲此責備自己，更不忍責難自己的先生；但安推斷，他們夫婦的生活方式必定是入不敷出，且打從一開始就過著毫無節制的鋪張生活。從史密斯太太的描述聽來，安可以察覺到史密斯先生是一個熱情、隨和、漫不經心，且缺乏判斷力的人；史密斯先生比他的朋友親切厚道許多，這對朋友一點都不像，他總是被牽著鼻子走，並且還很可能被他的朋友鄙視著。至於因結婚而大大致富的艾略特先生，在他縱情享樂與滿足虛榮的同時，仍謹守不損及自己財富的作法（儘管行事放縱，對金錢卻很精明謹慎）。於是，就在史密斯先生應當察覺自己愈來愈窮的同時，艾略特先生卻愈來愈富有，而且還毫不關心自己的朋友可能有財務方面的問題，反倒不斷慫恿鼓勵他支出各種終將導致破產的花費。史密斯夫婦真的因此破產了。

還來不及瞭解全盤財務狀況，這位做丈夫的便過世了。先前便已陷入財務窘境的這對夫婦，基於交情深厚，曾試著盼望他們的朋友能伸出援手，結果證明，艾略特先生的友情經不起測試。直到史密斯先生過世後，他的財務危機才完全披露了出來。在史密斯先生感情用事多於理智判斷的情況下，他完全信任艾略特先生在法律上的專業，因此生前便指定了艾略特先生當他的遺囑執行人。可是艾略特先生對於該處理、該經辦的一切事務卻不付諸行動；他的拒絕舉動，使史密斯太太陷入幾近走投無路的貧困處境，也因而無可避免地摧折了她的健康。這一切的一切，無不使說的人感到萬分痛苦，使聽的人激起同聲憤慨。

安讀了好幾封當時艾略特先生對史密斯太太的緊急請求所回覆的信件。這些信全都流露出同樣的態度，也就是堅決不想捲入毫無好處可言的麻煩事；而且，在冷淡客套的態度底下，對於史密斯太太可能陷入的悲慘狀況，也顯得徹底冷酷、事不關己。這儼然就是忘恩負義與毫無人性的可怕實例，而且令安感覺到，有些時候，這種行為甚至比兇狠至極的公然犯罪還要更壞！她傾聽了許多事：過去那些悲傷的個別場景、那些痛苦中的傷痛細節，都僅僅在先前的往來談話暗示過，如今則無法稍掩地全都一五一十詳述了出來。安完全能理解這是一種情感上的強烈抒發，只是對她的朋友平日心境竟能如此泰然，益發更感驚奇了。

在史密斯太太所懷抱的憤恨不平之中，其中有一個狀況特別令她生氣。她先生有一筆在西印度群島的資產，為了清償當初的貸款，多年以來一直處在假扣押的狀態，她十分確信若採取一些正當方式處理，這筆資產是可能拿回來的。這筆資產雖然價值不多，卻足以使她過得相對富裕。但沒有人可以幫忙處理。艾略特先生不願去做，她自己則無能為力，一方面是身體狀況欠佳而無法奔走，另一方面是沒有多餘的錢可以請人代辦。她甚至沒有親戚能商量，也負擔不起僱請律師的費用。對於這筆確實可能拿得回來、只是因為無人能幫忙奔走促成的財富，一想及此，史密斯太太便益發氣惱不已。她一方面感覺自己應當是可以過得舒適些的，只要用對了方法，花點心思就能辦到；另一方面則擔心這事再這麼懸宕著，她的權益很可能會日漸減損，這實在教人難以承受！

正是這件事情，使她盼望安能多多幫忙責成艾略特先生去進行。先前，她本來預期他們應該會結婚，便很害怕自己可能失去這個朋友。可是，她卻從剛剛稍早的談話中，發現艾略特先生並不知道她在巴斯，所以也就不需要擔心他會從中阻撓她們的往來。她並且立刻閃現一個念頭，或許讓他心愛的女人對他施點影響力，那件事就能辦成；她於是盡可能小心翼翼地描述艾略特先生的人格，急切地想引起安對他的興趣。但是當安對這門傳聞中底定的婚事予以駁斥時，所有事情的面貌改變了，她最初渴望能夠辦成的事，隨著這份新希望的落空而破滅了，然頗感寬慰的是，她至少能夠順自己的意，原原本本道出這所有的事。

安聽完史密斯太太對艾略特先生的所有描繪之後，對於她的朋友在一開始的談話中竟還對艾略特先生稱許有加，不得不感到吃驚地說：「妳剛才似乎是在讚美他並向我推薦他啊！」

「親愛的，」史密斯太太回答：「我並不能多說什麼呀！雖然他還沒正式求婚，但我以爲妳和他的婚事已經確定了；而基於他可能成爲妳的先生，我自然不便多說有關他的眞相。當我剛才談到幸福生活的時候，我是打從心底替妳感嘆的。不過，他畢竟是個通曉事理、討人喜歡的人，再加上身邊若有妳這樣一位女性，擁有幸福倒也不是不可能。他待他的前妻非常壞，他們的婚姻很不幸。而她則因爲太過無知和輕浮，讓人無從尊重起；他從沒愛過她。我曾衷心盼望著，和他的前妻相比，妳一定能受到比較好的對待。」

安必須承認，自己確實有可能因爲受到勸說而嫁給他，當她一想到這樣一來必然會招致不幸時，便不由得渾身顫抖。她是眞的有可能被羅素夫人勸服的！假設情況眞是如此，歲月逐漸推移而日久終見人心，這將會是何等悲慘的事。到了那時一切豈不太遲？

接下來最要緊的事，就是向羅素夫人說明真相，不能讓她繼續被蒙蔽下去。這將近一個上午的談話最後得出的其中一項結論是，安能全權作主地向她的忘年之交傳達所有與史密斯太太有關、且其中涉及艾略特先生的事情。

譯註：

①Tunbridge Wells，位在英格蘭肯特郡的西部，是個有名的溫泉鄉與渡假勝地。

②艾略特先生的全名是威廉・沃特・艾略特（William Walter Elliot），「沃特」是他的中間名，以W字母開頭。

第二十二章

Persuasion

回家後，安將她早上聽到的所有事細細思索了一遍。就某一點而言，得知艾略特先生的眞面目眞教她鬆了口氣。她再也不會對他感到心軟爲難了。和溫特伍上校待人的方式截然不同，艾略特先生會強人所難，施展溫和的纏功對人窮追猛打，讓人覺得很不舒服、很討厭。昨晚他在音樂會上大獻殷勤的舉動，這禍害影響所及很可能已經無法挽回，但至少安對此已完全省悟且不再迷惘了。她不再同情他。然這卻是唯一讓人寬慰的一點。因爲就其他面向而言，不管是環顧四周或預想未來，都只能令她更感困惑和憂心。她擔心羅素夫人將承受失望與痛苦之情，擔心父親和姐姐勢將感到屈辱。她能預見這許多禍事將帶來的痛苦，卻不知該如何阻止這一切。而她最感謝的仍是知道了艾略特先生的眞面目。對於不去看輕史密斯太太這樣一位老友，她從沒想過要藉此獲得什麼獎勵回報，可卻眞的意外蒙受了恩惠。史密斯太太對她說的事，她絕無可能從別人口中得知。她能夠對自己家人說這些事嗎?說了也是徒然無益。她必須找羅素夫人說，告訴夫人，並與夫人商量，竭盡所能去努力，然後盡量保持沉著以待事情發展。然而，她終究是無法平靜的，她畢竟在心底藏了一件不能對羅素夫人說出的事，她只得獨自承受這充塞胸臆的焦慮與不安。

一回到家，如同所期，安發現自己逃過了與艾略特先生照面的一劫：早上他確曾到訪，並待了很長一段時間。但還來不及爲自己慶幸，並且感謝至少明天以前都不會再見到這個人之時，她卻得知他即將於傍晚再度來訪。

「我是無意再邀請他來的，」伊麗莎白故作輕鬆地說：「但他卻給了那麼多很想再來拜訪的暗示。至少，克蕾太太是這麼說的。」

「是啊，我是這麼說的。我這一生從沒見過像他那麼渴望受邀的人，可憐的傢伙！我眞替他感到痛苦。二小姐，妳瞧瞧，妳那無情的姐姐似乎決意要殘酷對待他呀！」

「噢，」伊麗莎白喊道：「這種遊戲我見得多了，我是不可能那麼快就被男性的暗示給擊敗的。可是呢，當我發現，他對於今早來訪沒能見到父親感到十分遺憾時，我便立刻讓步了，我實在不想剝奪他和沃特爵士共處一室的機會。他們是多麼能爲彼此增添光采的一對組合哪！兩人相處起來是那麼的和諧！艾略特先生對父親是那麼的尊敬！」

「果眞是如此呢！」克蕾太太喊道，但卻不敢將目光投向安。「儼然就像一對父子！親愛的艾略特小姐，能否容我這麼說呀？」

「噢，我是不會禁止任何人說話的，妳儘管說妳想說的吧！但是，說眞的，我絲毫感覺不出，他有何更勝其他男性的殷勤之舉。」

「我親愛的——艾略特小姐！」克蕾太太一邊激動地喊著，一邊舉高雙手並睜大雙眼往上看，接著便將她其餘的震懾之情聰明地收進了那全然的靜默裡。

「好啦，我親愛的潘妮洛佩，妳不需要替艾略特先生那麼緊張。妳知道的，我的確邀請他了可不是？而且我是笑著送他離開的。因爲當我得知他明天是眞的要和朋友去松貝瑞獵園①並待上一整天時，我便立刻同情起他來了。」

安很佩服克蕾太太的演技。對於那個一出現必然會妨礙她達遂一己重要私欲的人，她竟能在期盼對方到來的時刻裡，以及在對方眞正到來之後，都表現出一副十分欣然的樣子。她必定是很討厭見到艾略特先生的，卻又能佯裝出最溫和有禮的神態舉措，儘管如此一來她必得收斂，對沃特爵士只能獻上平日一半的殷勤，但仍能顯得那麼心滿意足。

至於安自己本身，看到艾略特先生踏進這個家已經十分惱人，而當他走向自己、與自己說話時那又更加痛苦了。她之前便感覺，艾略特先生不可能總是那麼心懷懇切，而如今她發現他各方面都不誠懇。拿他過去對自己父親的無禮措詞和現在那副恭敬有加的樣子相比，眞是令人作嘔。當她想到他曾那麼冷酷地對待史密斯太太，這會兒便絲毫無法看著他的滿臉笑意、溫和神情，或聽得進他惺惺作態的說話聲。她並不想讓自己的態度前後反差太大，以免引起他的抱怨，只是她將盡力迴避他的任何提問或虛言諂媚。但她決意對他表現得冷淡些，只需維持表面上的親戚關係即可；並且，還要從先前在他的逐步引誘下而進展的幾許不必要的親密互動，盡可能悄悄地退後幾步予以抽身。因而，和前一晚的自己相比，安變得更謹愼、更冷淡了。

他想藉著自己很早以前即對她有所認識的這個話題，再次激起安的好奇心；他想繼續兜圈子使安提出更多疑問與懇求，以大大自娛。但是這道魔法不靈了。他發現，只有在熱鬧喧嚣的公眾社交廳，才可能激起這位端莊堂妹的虛榮心；他發現，這種企圖在別人身上強加請求、務求激起回應的一貫膽大妄為作風，至少在眼下是行不通的。他絕對料想不到，這便是他目前最令人反感的行為，安因而立刻想到，這是他所有禍害舉措中最不可輕饒的一種。

但頗令她開心的是，她發現艾略特先生明天早上確實要啓程到外地去，一大早就走，而且將近兩天的時間不在巴斯。返回巴斯當晚，他將再度受邀前來坎登廣場，但至少從週四一早到週六傍晚，他確定不會出現②。家裡總有個克蕾太太出現在她眼前，已經夠糟了，可這會兒又多了一個城府深沉的偽君子加入他們，這個家的安適似已遭到了摧毀。這是多麼屈辱啊，只要想到父親與姐姐日復一日地不斷受矇騙，想到他們竟被那麼多屈辱的禍源算計著。克蕾太太的自私計畫，倒還不至於像艾略特先生的計謀那麼居心叵測得令人深惡痛絕。為了全力防堵這些禍害、擺脫艾略特先生的奸計，安甚至願意立刻對父親與克蕾太太的婚事妥協。

週五早上，安打算儘早前往拜訪羅素夫人，將這些要緊事傳達給夫人。她本來準備在用過早餐後立刻出門，未料克蕾太太也要出門幫她姐姐辦點事，她因而決定稍候一會兒，這樣或可免於和克蕾太太同行。等她看見克蕾太太走遠了，這才說出她準備前往里弗斯街的夫人住所，並在那兒待一個早上。

「這樣啊！」伊麗莎白說道：「那就替我問候羅素夫人吧！噢，妳也把她硬要借給我的那本無聊書籍，一併帶去還她吧，就說我已經讀完了！我眞的不能老讀這些最新詩集、最新國家情勢報告，來使自己傷神哪！她總要拿這些新出版品煩我。還有啊，我覺得她前些天晚上穿的那套衣服醜死了，不過這些話可別告訴她。音樂會那一晚，我眞替她感到羞愧，虧我還認爲她一向頗有服裝品味。她的神態看上去是那麼拘謹做作，而且她也坐得太挺直了吧！當然，還是請替我向她致意。」

「也請幫我致意，」沃特爵士補充道：「然後請客客氣氣地說，我等會兒將儘早前去造訪。不過，我最好還是只留名片吧！對她這個年紀的女士而言，晨間拜訪是絕不合適的，畢竟她還沒能把自己裝扮好呢！如果她已畫上胭脂，應當就不擔心讓人看到，但我上回前往拜訪時，卻發現她立刻將窗簾垂放了下來。」

正當她父親說話的同時，有陣敲門聲傳了過來。會是誰呢？安想起，如果是平常便有可能是艾略特先生，因爲他獲准可於任何時候造訪這個家，但他今天可是遠在七哩外的地方赴約呢！如同以往，在一陣心焦等候和腳步聲接近之後，只見「查爾斯·瑪斯格羅夫夫婦」讓人給引進屋子來。

在屋裡等候的父女三人無不露出驚訝神色。安是眞的很高興能見到他們，另外兩位則頗滿意自己擠出了不失體面的歡迎之情；而當這對父女隨後發現到，兩位來訪的至親並無意在此住下時，沃特爵士和伊麗莎白很快就改換嘴臉，以無比誠摯的地主之誼善盡款待。這對年輕夫婦很快地說明了以下這些事：他們是和瑪斯格羅夫太太一起來的，準備在巴斯待上幾天，一行下榻於白鹿旅店③。直到之後，沃特爵士和伊麗莎白便一邊領著瑪麗走到另一間客廳，一邊虛榮地接受她的欽慕讚賞。直到此時，安才得以從查爾斯的口中清楚獲知他們此行的來龍去脈，或是方才瑪麗有意吊人胃口、微笑暗示的事所指爲何，以及這一行人原來不只他們，還包括了哪些成員同行。

安發現，這一行除了這對年輕夫婦，還包括瑪斯格羅夫太太、亨麗耶塔、哈維爾上校。查爾斯原原本本地交代了一切，這整件事的來龍去脈，在她聽來還眞是高潮迭起地教人驚奇！此趟旅行源起於哈維爾上校要到巴斯辦點事。哈維爾上校一週前便說了，而查爾斯則由於打獵季已結束正想找點其他事來做，於是也想和他一起來。哈維爾太太認爲有人和自己先生結伴同行，再好不過，但瑪麗卻因不願被拋下而爲此大生悶氣，那一兩天所有事都懸宕著或說告吹了。不過後來，瑪斯格羅夫夫婦站了出來處理此事。瑪斯格羅夫太太在巴斯有幾個老朋友，她說想與他們聚聚；亨麗耶塔則認爲，正好可趁此機會到巴斯替自己和妹妹採購結婚禮服。總之，最後成了以瑪斯格羅夫太太爲首的一行人。這種種演變也許較能使哈維爾上校放下一顆心，而爲周到起見，查爾斯和瑪麗自然也加入了這個團體。他們是昨晚深夜抵達巴斯的。哈維爾太太與孩子們、班尼克上校、瑪斯格羅夫先生和露易莎，則留在厄波克羅斯。

聽了這些事安唯一感到驚訝的，是亨麗耶塔的婚事居然進行得這麼快，竟已談起結婚禮服的事了！她一直猜想，由於短期內經濟方面的難題無法突破，所以這樁婚事可能不會來得這樣快。但她從查爾斯那兒得知，最近（收到瑪麗來信之後的事），查爾斯．海特在一個朋友的幫忙下，得以替一名年輕人代行牧師職務，而且一代理就是好幾年的事④。基於這份職務所能帶來的優渥收入，而且幾乎已確定未來這些年都能保證有這樣的收入，雙方家長便放心同意了兩位年輕人的婚事，因此他們在這幾個月內就可能完婚，和露易莎的婚事來得一樣快。「這眞是一份非常好的聖職，」查爾斯補充道：「地點距離厄波克羅斯僅二十五哩遠，位在多賽特郡非常美的一處鄉間，而且剛好坐落在全國最好的幾塊私有狩獵區⑤中央，分別歸三個大地主所有，他們對自家的狩獵區可是一個比一個維護得更周到呢！查爾斯・海特至少應能從其中兩位那兒拿到特別狩獵許可，可惜他卻不懂得這有多珍貴。查爾斯對於打獵實在太缺乏興趣了，這眞是他最大的缺點。」

「我非常高興，眞的，」安喊道，「兩門這麼好的婚事同時來到，眞是太讓人替她們高興了。兩姐妹都應當各自得到最好的，她們之間姐妹情誼如此深厚，當自己期盼著美好前景到來的同時，也絕不願樂見對方過得比自己差；所以我才會說，她們絕對應當過著同等寬裕舒適的生活。我希望，你的父母也同樣很替兩位女兒的婚事感到開心才好。」

「噢，那是當然的。但如果女婿們都能更富裕一些，我父親可能會對他們更滿意，除此之外他認爲兩位女婿全都好得無可挑剔。妳知道的，拿錢出來這種事，而且是同時要拿出兩份嫁妝，這可就開心不起來了，畢竟這會緊縮父親的財產。但我絕不是說她們兩姐妹無權得到這些財產，她們本來就該擁有做女兒的份，這是很合理的，而且我確定他一直以來都是個公平、慷慨的好父親。不過，瑪麗卻很不滿意亨麗耶塔的婚事。妳知道的，她從沒喜歡過查爾斯・海特。這是因爲她從不能持平地看待他，也小看了他對溫斯洛那塊地的繼承權。任我怎麼說，她就是不明白那片地產的價值所在。總之，從長久來看，這絕對是一樁前景非常可期的婚姻，而且我一向喜歡查爾斯・海特這個人，今後也不會改變。」

「瑪斯格羅夫夫婦是這麼好的一對父母，」安興致高昂地喊道：「他們一定會為兩個孩子的婚事高興的。他們會盡力讓孩子幸福的，我確信。能有這樣盡心打點一切的父母，對年輕人而言何其有幸哪！對於女婿們的各項條件，你的父母顯然都能欣然接受，因為倘若眼光過於短視，這對年輕人和家長而言都是很不幸的，不僅無法將事情處理好，還會導致難以想像的痛苦。對了，你覺得露易莎完全康復了嗎？我希望答案是肯定的。」

查爾斯回答得有些遲疑，「是的，我想是的，可以說是復原了。但是她變了，不再蹦蹦跳跳，不再開懷大笑或熱中跳舞，還眞是判若兩人。而且如果剛好有人關門力道大了一點，她就會像隻受驚的鷺鷥小水鳥，不停害怕地扭動著身體。還有，班尼克更是整天坐在她身邊唸詩給她聽，或對她輕聲細語說話。」

安無法遏抑地笑了出來。「我知道，」她說：「他的調性和你不是那麼氣味相投，但我眞的認為他是個非常優秀的年輕人。」

「他的確是個很好的年輕人，這不容懷疑。我希望妳可別把我想得那麼心胸狹隘，我可沒要所有人都得和我有一樣的喜好和興趣。我對班尼克的評價是很高的，只要有人主動找他說話，他就能滔滔不絕地聊著天。他喜歡閱讀這沒什麼不好，因為他對打仗和讀書同樣在行！他是個勇敢的傢伙。上星期一，我正好有機會比以往多瞭解他一點。一整個早上，我們都在我父親的大穀倉大費周章地捉老鼠，班尼克使出了捕鼠絕技，這讓我比前更欣賞他了。」

他們的談話受到打斷，因爲查爾斯必得加入其他人，一起欣賞各式各樣的鏡子和瓷器擺設。但對安而言，她所聽到的已足夠她掌握厄波克羅斯的近況了，並且爲這些幸福的來到感到十分高興。她欣喜地輕嘆著，而且絕無嫉妒惡意成分。如果可以，她當然也想獲得那樣的幸福，但她絕不想損人以利己。

首次造訪坎登廣場的家人，瑪麗全程都感到非常愉快。受到夫家辦喜事的歡樂氣氛感染，以及外出小旅行讓她換上了愉悅心情的緣故，瑪麗整個人顯得相當興高采烈。她也對於旅行搭乘的是婆婆的四馬大馬車，以及在坎登廣場這個家深受尊重地擁有自己一席之地，感到非常滿意，於是心情大好的她很能相應地讚賞每件事物，而當父親和姐姐鉅細靡遺地解說一切時，她也毫無窒礙地立即融入了這個家流露出的上流優越氣息。她對自己父親和姐姐並沒有什麼要求，光是他們這兩間富麗氣派的客廳就足以使她感到虛榮不已了。

有那麼一會兒，伊麗莎白感到很苦惱。她覺得應當邀請瑪斯格羅夫太太一行人前來用宴，卻又無法忍受凱林奇的艾略特家，得讓這些一向不如自己尊貴的人，親眼目睹這個家的宴客排場不若從前，且隨侍僕人人數亦大爲縮減。該有的禮數和好強的虛榮哪個重要，她在心裡掙扎交戰著，最後還是虛榮心勝出了，伊麗莎白很快又恢復了好心情。她內心是這麼說服自己的：「太過時的想法了，鄉下人才會這麼待客，所以我們是絕不可能舉行晚宴的。巴斯人很少這麼做，艾莉西亞夫人就從不這麼做，她姐姐一家人已經在巴斯待了一個月，她可從沒邀請他們到家裡吃晚餐。而且我敢說，這麼做一定會讓瑪斯格羅夫太太感到很不自在，她和我們的格調差太多了，我確信她會寧可不赴宴，和我們一道用餐會教她很不自在的。我將邀請他們來參加晚間派對，這樣會好得多，而且會是一次新奇又難得的體驗。他們應該沒見過有兩間客廳的房子吧，一定很開心能參加明晚的派對。這將是個正式的派對，小型但很精緻。」伊麗莎白對此感到滿意，並向在場的兩位提出邀約，承諾會向其他人遞出邀請，爲此瑪麗也感到十分滿意。伊麗莎白特別要瑪麗見見艾略特先生，並也將爲她引見道林波夫人與卡特蕾小姐，而且很幸運地他們幾位都答應會出席；再也沒有比這種愉快的待遇，更令瑪麗感到深受敬重的了。伊麗莎白稍後會在中午以前拜訪瑪斯格羅夫太太，向她致意。這會兒，安則直接與查爾斯、瑪麗一起離開，先行前往探望瑪斯格羅夫太太及亨麗耶塔。

安原先計劃要向羅素夫人傳達的事，眼下只得暫時擱著。他們三人先到里弗斯街的夫人住處待了幾分鐘，安說服自己遲一天再傳達那件事應該無妨，之後便急著趕往白鹿旅店，熱切渴望再見到那些曾於去年秋天親密往來的朋友夥伴們。

他們回到旅館，見到了瑪斯格羅夫太太和亨麗耶塔母女倆，安當然受到兩人最誠摯的歡迎。畢竟，處在充滿未來展望與喜事將近愉悅心情下的亨麗耶塔，自然會對任何令她喜歡的人表現出十足關心；瑪斯格羅夫太太則由於安曾在他們面臨悲痛時給予最大幫助，因而對她展現了眞心關愛之情。安感到非常快樂，在這裡受到的溫情相待與誠心問候，都是她在自己家中不可能得到的。她們懇請她盡可能多撥些時間予以陪伴，邀請她每天都過來並待上一整天，安儼然成了這個家的一分子呢！而她自然也一如以往地盡力給予照應與協助，以回報她們對她的看重與關愛。在查爾斯出門後，她先是傾聽瑪斯格羅夫太太訴說有關露易莎的所有事，接著聽亨麗耶塔談論自己的事，並爲婚事準備的各待辦事項提供意見，而且推薦了幾家商店；此外，安還得匀出身來幫著瑪麗處理大小事，從幫忙更換緞帶到結算帳單，從幫忙找鑰匙、整理小飾品到試著說服瑪麗並沒有人虧待她或對她不好，這些事安都包辦了！而站在窗邊、往下俯瞰著幫浦室⑥入口處的瑪麗，雖然大多數時候是很開心的，這會兒卻又開始胡亂想像自己遭人排斥。

可以想像，一整個早上的情況有多麼混亂。旅館裡，一大群人，所有事物不斷遞嬗，場景也不斷變換。五分鐘前有人送來短信，五分鐘後又有包裹送到。安剛來不到半小時，寬敞的客廳似已塡滿了大半：有一群氣質雍容的老朋友正圍著瑪斯格羅夫太太而坐，以及查爾斯帶著哈維爾上校和溫特伍上校回來了。溫特伍上校的出現，並未使安太過驚訝，畢竟隨著他們共同朋友的來到，她不可能不去想及，這勢必再度將兩人牽繫在一起。上一回的見面，因他打開了內心的眞正情感而顯得至關重要，那是令人感到快樂的愛情證明。但此刻她卻擔心，先前使他從音樂會上倉皇逃開的那種錯誤想像，依舊左右著他的面容神態。他似乎無意走向前來與她攀談。

安試著使自己平靜下來，聽任事情順其自然發展。她也試著理性思索這所有的一切：「會的，如果我們對彼此一直懷抱堅貞的情感，心靈一定很快就能相通。我們都不是小孩了，不能因為一點小事就煩躁難當，不能動輒得咎地老是誤解彼此，不能如此揮擲我們的幸福。」然而過了幾分鐘，她又覺得在目前這種情況下，他們若是勉強交談，無異等於讓彼此置身在最糟的怠慢與誤解裡。

「安，」站在窗邊的瑪麗喊道：「我看到克蕾太太了！我很確定是她，她站在幫浦室的柱廊底下，和一名紳士在一起。我剛剛看到他們一起從巴斯街（Bath Street）彎了進來。他們好像談得很熱切。那位紳士是誰呢？快來看，告訴我他是誰。天哪！我想起來了，那位是艾略特先生！」

「不可能，」安隨即喊道：「我向妳保證，那絕不可能是艾略特先生。他今天早上九點鐘便離開了巴斯，明天才回來。」

說話時，安感覺到溫特伍上校的目光一直注視著自己，她心慌且困窘，並後悔這麼簡單不過的事，自己竟拉拉雜雜說了那麼多。

瑪麗則是很氣憤，她不甘心人家說她不認得自己的堂兄，於是開始熱烈說起家族的長相特徵，並較先前更加斷然堅稱那就是艾略特先生，而且再次喊著安，要安親自過去看個仔細。但安不為所動，試圖表現得冷淡與事不關己。然而，最令她痛苦的事又回來了，她察覺到，在場有兩三位女訪客，彼此之間正互相投以會心的一笑及意味深長的一瞥，她們彷彿相信自己對這其中的內情知道得一清二楚似的。事情很明顯，有關她的傳言已經散布開來。接下來則陷入一陣短暫的沉默，這似乎等於傳言必將擴大渲染的無聲保證。

「安，快來啊！」瑪麗喊道：「妳快來自己親眼看看。再不快一點，妳就看不到了。他們正在握手道別呢！他就要轉身離開了。眞是的，竟然說我不認識艾略特先生！妳好像把萊姆的事給全忘了。」

爲了安撫瑪麗，或許也爲了掩飾自己的尷尬之情，安果眞悄悄地走到了窗邊。就在那位男士即將消失於道路的一側，而克蕾太太正快步走向另一側時，安及時確認了那眞的是艾略特先生，雖然她完全無法置信。對於利害關係全然相違的這兩位竟能如此狀似友好地商談些什麼，她抑下了訝異之情並平靜地說道：「是的，那確實是艾略特先生。我想，他只是改變出發時間罷了，或者是我原先聽錯了，可能是我沒聽仔細吧！」話一說完，她便走回座位，心情鎮靜不少，並爲自己表現甚佳而頗感欣慰。

訪客告別了。查爾斯前一刻才恭敬有禮地目送他們離去，下一刻便立即朝著他們的背影扮鬼臉、斥罵他們不該來，接著便開始說：

「噢，母親，我爲您做了件您會喜歡的事。我去了戲院，訂到一間明晚看戲的包廂。我眞是個好兒子吧！我知道您愛看戲，而那個包廂也夠大，能容納我們所有的人。可以坐得下九個人，我還約了溫特伍上校；安也會很樂意和我們一起去的，我確信。我們大家都愛看戲。母親，您說我這事兒是不是辦得好？」

心情大好的瑪斯格羅夫太太，才剛開口說著，如果亨麗耶塔和其他人也都喜歡的話，那她會很樂意去看戲的。話還未說完，隨即被心急的瑪麗喊叫著打斷。

「天哪，查爾斯！你怎能去想這種事？竟然訂了明晚看戲的包廂！你難道忘了我們明晚要去坎登廣場參加派對嗎？伊麗莎白還會特地為我們引見道林波夫人和她的女兒，以及艾略特先生呢！他們都是很重要的親戚，我們將特地受到引見呢！你怎麼能這麼健忘？」

「別提了！別提了！」查爾斯回答：「什麼晚間派對不派對的？這種事不稀罕。我認為，妳父親要真想見我們，也許該請我們用晚餐才是吧！妳想去的話儘管去，我可是要去看戲。」

「噢，查爾斯，我得說，你已經答應參加晚會，竟然還想去看戲，這太可惡了。」

「不，我可沒答應，我只是堆出笑容、躬著身子，然後說出『很高興』這個字眼。我可沒有答應。」

「但是你非去不可，查爾斯。失約是絕不可原諒的。我們將特地受到引見呢！我們跟道林波家的親戚關係深厚得很。只要發生了什麼事，雙方都會立刻通知彼此的。你知道的，我們的親戚關係就是這麼緊密，我們和艾略特先生也是，尤其是艾略特先生，你可得好好結識他！我們應該把所有心思都放在艾略特先生身上，想想看，他可是我父親的繼承人，艾略特家族未來的第一號人物呢！」

「別淨跟我說些什麼繼承人、第一號人物這些話，」查爾斯喊道：「我可不是那種身在當兒心繫未來的趨炎附勢之徒。為了妳父親我尚且無意前往，更何況是為了他的繼承人，若我真是如此就太可恥了。艾略特先生對我而言算得了什麼！」

此番輕率爲之的表達，竟成了安賴以而活的愛情訊號。只見溫特伍上校全神貫注在這些對話上，他以全副心神仔細凝視並聆聽著，聽到最後一句話時，他那探問的眼神立即從查爾斯移到了安的身上。

查爾斯和瑪麗仍是這般你來我往地吵嘴。查爾斯半正經、半玩笑地說著維持前往看戲的原案，瑪麗則一派嚴肅地表示強力反對，還不忘聲明：無論如何她是一定會去坎登廣場的，如果他們大家都去看戲而棄她不顧，這會讓她深深感覺自己受到了欺負虧待。此時瑪斯格羅夫太太插話了：

「我們最好還是延期吧！查爾斯，你最好再去一趟戲院，改訂下星期二的包廂。如果大家被迫分開那就太可惜了，而且這場派對是在安的父親家裡舉行，她肯定也無法抽身與我們同行的。我可以肯定，如果安不能和我們一起去看戲，不管是我或亨麗耶塔都會沒了這興致的。」

此番善意安深爲感激，而對於可抓住機會直言明志，她也同樣覺得感激。

「夫人，單就我個人意願來說，如果不是因爲瑪麗的關係，這場在我家裡舉辦的派對是完全不礙事的。我對這一類的聚會絲毫不感興趣，如果可以改成看戲，尤其是和你們一起去，那就太令人高興了。但或許，看戲還是改期會比較好。」

她說了這些話，說完後竟發現自己在顫抖。她意識到這些話是深受傾聽的，卻鼓不起勇氣觀察這些話語帶來了什麼影響。

很快地，大夥一致同意把看戲的日子延到下週二。只有查爾斯仍保有戲弄他妻子的特權，他堅稱即使沒有人要去看戲，他明天還是會去的。

溫特伍上校離開了座位，走到壁爐那邊。他這麼做，或許是為了讓自己能不動聲色地很快走到安的身旁坐下。

「妳在巴斯待得還不夠久，」他說：「所以還無法充分享受這裡的晚間派對活動啊！」

「噢，不是的。這種聚會的性質我向來不喜歡，我不玩牌戲的。」

「我知道妳以前不玩。過去的妳是不喜歡玩牌，可時間會改變一個人許多事的。」

「我還沒變得那麼多！」安喊道，但立刻停口，她擔心這麼說不知又會引來何種誤解。等候片刻，溫特伍上校似帶著一股無法稍抑的情感開口了：「這確實是一段不算短的時間，八年半的光陰哪！」

至於他接下來會說些什麼，這些只能留待安之後找個較平靜的時刻，自己沉思想像了。因為就在溫特伍上校說話的同時，她也聽見了亨麗耶塔所說的話並為之一驚。原來，亨麗耶塔想趁這個沒有訪客前來的絕佳空檔，外出偷閒辦事，時間寶貴，她要夥伴們趕緊準備好出門。

她們得出門了。安說她已準備妥當，並努力看似如此。但安覺得，如果亨麗耶塔知道正從座位上起身準備離開這屋子的她，內心是多麼遺憾與不情願，就會願意拿出自己對牧師表兄的全副眞情，以及表兄對待自己的堅貞愛意，給予她最大的同情吧！

然而，正準備出門的她們，突然被什麼事打斷了。外頭無預警地傳來了騷動，有別的訪客來了，房門打開，來者是沃特爵士和艾略特小姐，隨著他們的到來，氣氛似乎為之凍結。安立即感到一陣壓迫感，她望向四周，發現壓迫感也找上了其他人。屋子裡原本安適自在、歡喜喧鬧的氣息不再，急轉直降以冷淡的鎮靜、決然的沉默或索然的問候，迎接著她那優雅卻毫無人情味的父親與姐姐。這是多麼痛心而羞愧的一刻！

然而，帶著警戒眼神的安卻注意到了某件令她滿意的事。父親與姐姐又再次分別向溫特伍上校致意，伊麗莎白尤其表現得比先前和氣許多。她甚至與他交談了一會，而且不只一次地注視他。事實上，伊麗莎白內心自有重大盤算。接下來的事說明了一切。經過了幾分鐘無意義的禮貌性寒暄，伊麗莎白開始對瑪斯格羅夫家的其他成員提出邀請：「明天晚上，見見幾位朋友，不是太拘束的派對。」這話說得極為有禮，而當她將寫有「艾略特小姐在家恭候駕臨」字樣的邀請卡放在桌上的同時，也不忘恭敬周到地向所有人微笑致意。

在這些端出的笑容與奉上的卡片之中，有一份則特別明確地送給了溫特伍上校。實情是，在巴斯已然待得夠久的伊麗莎白，十分明白像溫特伍上校這樣儀表堂堂、風度翩翩的男性，自有其不可抹滅的重要性。過去的一切再也無足輕重，現在重要的是，體面的溫特伍上校能為她的客廳更形增色。邀請卡直接遞給了他，之後沃特爵士和伊麗莎白便來去一陣風似地離開了。

幸好這份正經八百的打擾來得短暫，當門一關上送走他們背影之後，幾乎所有人都恢復了安適與活潑，唯獨安例外。她滿心想著，目睹伊麗莎白對溫特伍上校提出邀請的舉動，她是多麼的感到驚訝；以及他又是以何種心情收下這份邀請，裡頭似包含了雙重意味：與其說是感激不如說深感意外，與其看似接受了他不如視爲禮貌上的認可。她是瞭解他的，她從他的眼裡看見了輕蔑的神情，她甚至不敢如此設想他願以收到的這份邀請，當作一份對自己過去所受傲慢對待的補償和解。她的心情爲之一沉。而他則在訪客們離開後，還緊握著手上的邀請卡，好似在深思些什麼。

「想想伊麗莎白邀請了所有人耶！」瑪麗以清晰可聞的音量低語著：「溫特伍上校會這麼高興，我可一點也不覺得奇怪！你們瞧，他還捨不得把邀請卡擱下呢！」

這會兒，他的目光落到了安的身上，安看見他雙頰泛紅，嘴角顯出輕蔑之情但隨即消逝。安轉過身去，她不想再多看或多聽，省得多添苦惱。

一行人分開行動。男士們自找逍遣去，女士們則準備去辦自己的事。這是安與大家最後聚首的一刻，她們熱切請求她回來一起用餐，盼望她把這一天剩下的時間也都留給她們。但一整個早上的奔忙已使安身心疲倦，如今她並不想再奔波走動，她只想回家，只有家裡才能爲她帶來想要的片刻寂靜。

她答應明天來陪她們一整個早上。最後，她是以一路吃力的爬坡步行返回坎登廣場，爲這一天的疲累勞動劃下句點。晚上的時光，安則主要是在聆聽伊麗莎白和克蕾太太忙於明日派對的種種安排之中度過。她們一再清數邀請的賓客，並不斷微調屋內的所有妝點細節，好讓這場派對成爲巴斯史上最精緻無比的一遭；與此同時，安的內心卻因不斷自問「溫特伍上校是否會來」而暗暗傷神煩惱著。無疑地，她們認爲他會來，但對她而言，這是一直折磨著她、就連五分鐘平靜也不可得的惱人問題。理論上她認爲他會來，然這是基於「理論上他應該要來」的想法；但依實情，他的內心肯定不可避免地存在著極其隱微的蔑視之情，使他不見得會爲了表示敬意或展現處世周到而前來。

有那麼片刻，安從內心不得安寧的煩亂攪動中跳脫了出來，特地對克蕾太太說自己稍早曾看見她與艾略特先生在一起，然而當時的他應該已離開巴斯三個小時了才是。安之所以決意提起，是因爲經過好一陣觀察，發現克蕾太太本人絲毫無意透露有關此次會面的事。聽到安這麼說，克蕾太太的臉上似乎閃現了一絲罪惡感，雖然這表情一閃即逝，安卻猜到這裡頭存在著某種心思：如果不是他們彼此之間有著某種盤根錯節的共謀，那便是基於他的某種壓倒性權威，而使她不得不就自己對沃特爵士的私欲圖謀，聽取他的訓斥和約束近半小時光景之久。然而，克蕾太太仍舊裝出極爲自然的口吻喊道：

「哎呀，一點不錯，艾略特小姐，想想我該有多驚訝，竟然在巴斯街遇見了艾略特先生。我從沒那麼驚訝過呢！他特別折返並陪我走到幫浦室前的廣場。的確是有什麼事耽擱了他前往松貝瑞獵園的計畫，但我眞的不記得了，因爲當時匆匆忙忙的，我可能沒仔細聽；我唯一能確定的是他明天一定會準時回來。他想知道明天他多早可以登門拜訪，他的整副心思都是『明天』如何如何。而自從我一進門之後，得知妳擴大了宴客計畫，以及這期間發生的所有事，很顯然地，我的整副心思也都是『明天』如何如何，否則我絕不可能把遇見艾略特先生的事全給忘了。」

譯註：

①此為虛構場所。

②此處的原文似有時間序上的誤植。從後續的情節發展來看，艾略特先生應為「週五」早上才啓程，所以從週五一早至週六傍晚，才會有「將近兩天」的時間不在巴斯。

③White Hart Inn，一家位在巴斯史托街（Stall Street）上的旅店，在珍・奧斯汀的時代確有此店。

④過去，教區牧師的指派權掌握在當地大地主手中，他們通常交由自己的年幼兒子或親戚擔任，但如果這些人選仍不足齡，就會另請代理牧師暫任此職一陣子。

⑤裡頭合法飼育了許多獵物（如野雉等獵鳥），以供狩獵。擁有狩獵園區的地主通常會請專人管理幅員內的生態，以確保獵物們擁有良好的生存與繁殖環境，像是防範自然界的掠食者或非法入侵的盜獵人，以及給予林地或荒原等獵物棲息地最適切的照顧。

⑥**The Pump Room**，底下設有溫泉水汲取設備，任何人都可適量取用溫泉水喝飲。此場所最早建於一七〇六年，當初即設定為高級社交餐飲場地（設有現場演奏），後不敷使用而經數次增建，目前所見即為十八世紀末期完成的樣貌，是英國重要的歷史古蹟。建築物本身具有列柱式迴廊，並且立於幫浦室前的廣場（位在史托街上），這說明了書中憑窗而立、望著幫浦室入口處的瑪麗，何以能目睹克蕾太太和艾略特先生在迴廊底下交談。

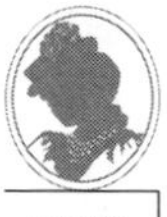

第二十三章

Persuasion

安與史密斯太太的那番談話才過了一天，又發生使安更感關切的事（畢竟，除了那禍害般的獻殷勤舉動，艾略特先生的行爲已鮮少能擾動她的心），所以她將原本預計於談話後隔天前往里弗斯街說明一事，再推延一日。安已經答應瑪斯格羅夫太太一行人，要陪伴他們一整天。諾言該當信守，也因此，艾略特先生的眞面目，如同雪赫瑞瑟德王妃的頭①，得以再苟存一天。

然而，天公不作美，安無法準時赴約，她得等雨勢收斂些才能步行出門，爲此她深感遺憾與無奈，不管是對她的朋友或她自己而言。當她抵達白鹿旅店、順利找到他們下榻的房間走了進去，這才發現自己非但不準時，而且有人比她早到。只見瑪斯格羅夫太太正在和卡夫特太太聊天，而哈維爾上校則和溫特伍上校交談著；隨後，她便聽說瑪麗和亨麗耶塔因不耐等候，天氣一放晴便出了門，很快就會回來，於是交代瑪斯格羅夫太太，千萬務必讓安留在這裡等她們回來。安只得聽從，她坐了下來，故作鎭定，實則爲自己竟這麼快就得陷入擾動情緒而心煩意亂，她原本以爲午前時光所剩不多，兩人之間縱有照面亦有限。但該來的總是要來，且毫無拖延。她立刻嘗到了憂中帶喜的滋味，或者該說，是喜中見苦的滋味。才剛進房間兩分鐘，安便聽到溫特伍上校說：

「哈維爾，我們現在就把剛剛談的內容寫下來吧，如果有紙筆的話。」

紙筆就在離眾人稍遠的一張桌子那兒，溫特伍上校走了過去，以近乎背對著大夥的姿勢，專心地寫了起來。

瑪斯格羅夫太太則正以一種旁若無人且清晰可聞的「耳語」，朝著卡夫特太太絮絮聒聒說著她大女兒訂親的來龍去脈。安感覺自己插不上話，而哈維爾上校似有所思，毫無與她交談的意思。她只得聽著這些不怎麼有趣的細節：「瑪斯格羅夫先生和我妹夫海特先生，是如何一次次碰面商討一切哪！我妹夫有一天說了什麼，而瑪斯格羅夫先生隔天又提出了什麼建議啦。我妹妹的想法則是如此這般，而兩個年輕人內心希望可以如何如何。我原先是不同意的，但後來被說服了，也認爲這樣辦很好……」總之，是這類拉拉雜雜的率直言談，非常瑣碎，即使以十分優雅的言詞敘述，仍只能吸引切身相關的人聽取，更遑論瑪斯格羅夫太太的敘述一點也不優雅巧致呀！不過，卡夫特太太卻耐性極佳地聆聽著，而且只要一開口便充滿機鋒與智慧。安眞希望，兩位男士可別聽得太仔細才好。

「夫人，所以啊，考慮了所有情況之後，」瑪斯格羅夫太太大聲地耳語著：「我們雖然也希望事情能有不同的發展，但總的來說，也不希望這門婚事因我們的堅持而拖得太久，這樣可就不好了。查爾斯・海特對這件事顯得很急切，亨麗耶塔也差不多這麼熱中，所以如同許多可循的男男女女前例，我們認爲他們最好還是立刻結婚，並好好地經營婚姻。再怎麼說，我認爲這都勝過長期訂親的作法。」

「這正是我想說的。」卡夫特太太喊道：「我認為，年輕人最好在經濟情況還不是很豐厚的情況下立刻結婚，兩人同心齊為生活的磨難打拚，這比起長期訂親好多了。我一直認為，不曾共同——」

「哎呀，親愛的卡夫特太太，」還等不及讓卡夫特太太把話說完，瑪斯格羅夫太太便嚷道：「我最不喜歡年輕人把婚約拖得太長，我一向反對自家孩子這麼做。我常說，年輕人訂婚，如果確定能在一年半載內結婚的話，那會是非常好的事，但如果時間再往下拖可就不好了。」

「是呢，親愛的夫人，您說得極是。」卡夫特太太說：「或者有一種是未定的婚約，遙遙無期那種。也就是，打從一開始，便不知道究竟哪天才有經濟能力結得成婚。我認為，這種婚約極不合適也不明智，而且為人父母者都該盡可能阻止才是。」

聽到這些話，安意外發現了某種利害相關。她覺得這情況分明是在說自己，並為之渾身不安地顫抖著。就在此時，她本能地瞥向遠處那張桌子，發現溫特伍上校停了筆，抬起頭，凝神傾聽著，再下一刻他便轉過頭來，給了她意味深長的短短一瞥。

兩位女士仍在談話，繼續堅持她們的共識主張，而且舉出生平所觀察的一些負面實例以強化此番論點。但是安再也聽不進任何一個字了，那些字句在她耳邊嗡嗡響著，她的內心陷入一片混亂。

哈維爾上校則是真的沒聽進半個字，這會兒他離開了座位，走到窗邊。而安看似注視著他，實則心不在焉，不過卻逐漸回過神，意識到他正邀請著自己。他對著她微笑，輕點著頭示意：「請過來我這兒，我有話要對妳說。」他以一種老朋友才有的直率自在神態，提出了令人難以抗拒的邀請。安起身走向他。他所站的窗邊位在房間的一端，兩位女士則坐在另一端；雖然距離溫特伍上校所在的桌子較近，但仍稱不上靠近。安走過去之後，哈維爾上校隨即變回嚴肅深思的表情，而這似乎才是他天生既有的神色。

「請看看這個，」他一邊說，一邊打開手上的包裹，向安展示著一小幅畫像，「妳可知道畫中人是誰？」

「當然知道，這位是班尼克上校。」

「沒錯，而且妳或許猜得出這是要送給誰的。但是——」哈維爾上校刻意放低聲音說：「這原本並不是爲她畫的。艾略特小姐，妳可記得不久前我們在萊姆散步時，還那麼爲班尼克感到悲傷嗎？我眞沒想到之後卻——，不過這些都不重要了。這幅畫是在好望角畫的。他在那兒遇見了一個很棒的德國年輕畫家，他曾答應要送我那可憐妹妹一幅自己的肖像，於是坐著讓畫家畫，並將它帶回來送給她。現在則由我負責將它裱好框，送給另一位！這任務竟落在我身上！不過他又能找誰幫忙處理這事呢？我希望自己能多替他設想，但說眞的，我簡直做不到，所以一點也不介意這事交由別人去辦。而溫特伍擔下了這任務，」哈維爾上校朝溫特伍上校看去，「他正在爲這件事寫信。」並且一邊激動地顫抖雙唇補充道：「我可憐的芬妮，換作是她，絕不可能這麼快便忘掉他的！」

「不，她絕不可能的。」安發自內心地低聲回答：「關於這種事，我很確信。」

「她不是那種朝三暮四的人，她是那麼地愛他。」

「任何眞正愛過的女人都不可能朝三暮四。」

哈維爾上校帶著笑意說：「這是妳的女性宣言嗎？」安也同樣笑著回答：「是的，我們絕不可能像你們男性那樣，很快便忘了對方。或許，我們生來注定如此，這不只是美德的關係，我們是不由自主的。我們總是待在家中，悄然地受著局限，只得任由感情煩擾著我們。而你們男人則總有事要奔忙，你們身上總有一份職業、興趣、分內工作這類的事情，使你們得立即退出情感的世界。持續性地專注在其他事務上，注意力的轉移很快就會減弱你們內心的情感負擔。」

「雖然我並不同意妳的說法，但假設如妳所言，一個男人身上的外務會使他很快從情傷中復原，可是這卻不適用於班尼克的情況。他從不曾讓自己忙於什麼。在那個非常時刻裡，多虧了局勢轉憂爲平，將他帶回陸地來，自此他便一直和我們同住，共處在這小小的家庭生活圈子裡。」

「是的，」安說著：「你說得沒錯，我都忘了這些事。那我們現在該怎麼看待這件事呢，哈維爾上校？如果這份轉變並非來自外在環境的影響，那一定是內在因素了。這必定是天性所致，是男人的天性讓班尼克上校如此。」

「不，不是的，男人的天性絕非如此。我並不同意妳所說：男人比女人善變，很快就會忘記他們的眞愛或曾經深愛過的人。我認爲恰好相反。我認爲，我們男人的心理特質和生理條件十分相仿，也就是，我們的生理條件是那麼強壯，情感當然也很堅強，足以承受最嚴峻的對待，安然度過最艱難的考驗。」

「你們的情感或許是最強韌的，」安回答：「可套用你的情感持久與否觀點，我卻要說，我們女性的情感無疑是最纖柔的。男人的體魄的確比女人強壯，但往往無法很長壽，這正解釋了我何以認爲男人的愛無法長久。否則，你們的生命就有太多難以承受之重了。有那麼多困難、苦厄和危險等著你們去掙扎，你們總是勞心勞力地去面對每件危險與磨難，你們遠離了家庭、故土和朋友，甚至就連光陰、健康和性命都不是你們自己的。倘若，還得額外擔負女人的那份纖細情感，」安顫抖地說：「對你們而言實在太苦了。」

「我們在這個議題上，永遠不會有共識的。」正當哈維爾上校這麼說的同時，一個輕微聲響引起了他們的注意，那是坐在房間一隅、從方才至今一直很安靜的溫特伍上校所發出的聲音。雖然那只不過是他手上的筆掉落的聲音，安卻驚訝地發現，他與他們的距離比她想像中要近。她半信半疑地想著，他手上的筆之所以掉了，是否因爲他一直想聽清楚他們的談話呢？然而，安並不認爲他聽得見。

「你的信寫好了嗎？」哈維爾上校問。

「還沒好呢，還有幾行要寫。五分鐘內應該可以完成。」

「我這邊一點也不急，你寫好了隨時叫我。」哈維爾上校接著以詼趣的海軍用語，一邊朝著安笑說：「我的定錨點好極了②！補給充分，啥都不缺，不慌不忙，就等訊號指示。」隨即，他便壓低聲音說著：「嗯，艾略特小姐，正如我所說，我們在這一點上永遠不會有共識。或許該說，男性與女性在這一點上永遠不會有共識吧！但請容我提出所有的歷史記載、小說、散文和詩詞來反駁妳。如果我的記憶力像班尼克那麼好，就能馬上舉出五十則引言來支持我的論點；還有，我生平讀過的每一本書，總是說女性在情感方面如何如何不專一。所有歌曲和諺語也都說女性是善變的。但也許妳會這麼回答：『這些文本全是男性寫的啊！』」

「或許，我是該這麼說。是的，沒錯，請不要引用書本上的舉例吧！兩性之間，男性總是佔盡各種優勢得以從他們的觀點發聲。你們總有機會接受較女性高出許多的教育，文明的筆桿就掌握在你們的手裡，所以若要以書本所言來證明任何論點，我可不能同意。」

「那該怎麼證明我們各自的論點？」

「我們永遠無法證明。關於這件事，我們永遠別期待能證明什麼。這種各自表述的差異性觀點是不容證明的。打從一開始，我們便可能對自己的性別帶有一絲偏心，在這個偏心基礎底下的立論，會使我們從自己的生活圈去找任何能支持的眞實事件來證明，而其中或許有很多讓人印象深刻的事，正好無法貿然地提出，除非是要揭露祕密或輕率以告。」

「啊！」哈維爾上校滿懷情感地喊道：「如果我能讓妳體會這樣的心情就好了！一個男人望了自己的妻兒最後一眼，目送那艘載著家人離去的小船駛遠，直到再也看不見爲止，然後轉過身來對自己說：『天知道，我們還能不能再相聚。』還有，如果我能讓妳明白，當這個男人眞的再次見到家人，他的內心是何等激動興奮就好了！情況也許是，經過了十二個月的漫長別離，終於回航了，但又得立刻派駐另一個港口，他於是估算著家人能多快地來到這裡，並故作鎮定地自我欺瞞：『要等到某某天，他們才能抵達。』但內心無時不盼望他們能比預定時間早個十二小時到達，最後，彷彿上天爲他們裝上了翅膀似的，他們竟然眞的比預定時間還提早好幾個小時來到。還有，如果我能向妳說明這一切就好了！一個男人爲了他生命中的這些珍寶，是如何至感榮幸地樂意承擔起一切，並付出他的所有。妳知道的，我說的是那些懷有眞心至情的男性！」哈維爾上校激動地按住了自己的心。

「噢！」安熱切地喊道：「這是何等的眞心眞意哪，我希望自己能公允看待你和其他同樣懷抱這些情感的男性們。上天絕不容許我看輕任何擁有熱切與忠實情感的男男女女。如果我仍要宣稱眞正的情感與堅貞不二的心志只屬於女性，那無疑是太過張狂地自取其辱了！請容我這麼說：只要、只要你們有這麼一個對象的話，是的，我相信你們有能力爲維繫婚姻生活而盡心付出最好的一切，也相信你們願意爲了家庭的和樂而盡最大努力去包容體貼一切。我是指，當你們愛的女性仍然活著，並爲你們而活的情況下。在此，我想爲我們女性的美德說句話（這份德性並沒什麼好嫉妒的，你們毋須企求），那就是：我們的愛永遠長存，無論愛情仍在或愛的希望已逝！」

一時間，安無法再迸出任何隻字片語，她的內心情感滿溢，就快喘不過氣。

「妳眞是一位非常美好的女性。」哈維爾上校一邊喊道，一邊深受觸動地抬手拍拍安的臂膀，

「我沒道理不同意妳，而且只要一想到班尼克，我就什麼也說不出了。」

這時他們的注意力轉向了其他人。卡夫特太太正準備離開。

「嘿，腓德烈克，我想，你我要分頭去忙了。」卡夫特太太說：「我要回家去，而你和你的朋友還有事要辦。今晚，我們應該還會再碰面才是。」接著朝向安說道：「就在妳家的派對上。我們昨天接到妳姐姐的邀請卡了，我相信腓德烈克也拿到了，雖然沒親眼瞧見就是。腓德烈克，你今晚應該沒別的事，跟我們一樣都會去參加派對吧？」

溫特伍上校正急急忙忙摺著一封信，因此無法或者不願好好地回話。

「是啊，」他說：「的確是。我們得分兩路了，妳請先走吧，但我和哈維爾也很快就要離開。也就是說，哈維爾，如果你已經準備好了，請再給我半分鐘。我知道你準備好要離開了，半分鐘後我便任憑你差遣。」

卡夫特太太已離去。溫特伍上校果真迅速地封好他的信，很快地準備妥當，而且露出迫不急待要離開的匆促不安神色。安不知該如何解讀這神情。他們離去前，哈維爾上校親切地對她說了聲「再見，祝好。」溫特伍上校則一字未吐，他就這麼穿過房間離去，就連看她一眼也無！

然而，安才走近他剛剛用來寫信的桌子，便聽到有人折回的腳步聲。門打開了，是他。他對她們說了聲抱歉打擾，說是回來拿遺忘在這兒的手套，隨即便穿越房間來到寫字桌前，背對著瑪斯格羅夫太太而站，從一堆散亂的紙張底下抽出一封信，交到安的面前，並以熱切懇請的目光朝她望了片刻，接著他很快拿起手套，再次步出了房間。瑪斯格羅夫太太甚至不知道他回來過呢，這簡直是一瞬間的動作！

這一瞬間的變化則使安驚訝得幾乎說不出話來。這封以潦草難辨筆跡寫著「安・艾略特小姐收」的信，顯然就是他剛才急急忙忙摺疊的信。原以為他只是在寫信給班尼克上校，沒想到也同時在寫信給她。安的人生意義全取決於這封信的內容了。任何事都可能發生，任何事與其懸宕未決不如正面迎向它。瑪斯格羅夫太太正在自己的桌子那兒整理一些東西，有了這道保護，她於是悄悄陷進他剛才坐過的椅子裡，學著他剛才俯首寫信的姿勢，她的雙眼全神貫注地盯著信裡的一字一句：

我再也無法默默地聆聽了，我必須以這種能力所及的方式對妳傾吐。妳看穿了我的靈魂。一半的我苦惱著，另一半的我則懷抱著希望。請別告訴我，一切都太遲，那份珍貴的情感已然消逝。讓我以一顆比妳八年半以前所撕碎的、如今更加屬於妳的心，再次向妳求婚。請不要說男人忘情比女人來得快，不要說男人的愛消逝得快。除了妳，我從未愛過別人。我或許曾有失公允地看待妳，或許曾顯得軟弱與怨恨，但卻從未變過心。是妳將我帶來了巴斯。為了妳，我深思著、計劃著。這些事妳都沒察覺嗎？妳會不瞭解我要的是什麼嗎？如果我能像妳看穿我的情感那樣，讀懂妳的心意，那我就不需要等上這十天了。我幾乎無法再往下寫。每一秒鐘，我都聽見使我拜倒的言詞。儘管妳壓低了聲音，但我卻能聽出別人無從分辨的深情語調。妳是一位太美好、太秀逸的女性！妳果眞能公允地看待我們男性。妳是眞的相信，在我們之中，也有懷著眞感情與堅貞不二心志的男性。請相信我對妳的情感正是如許熱烈、如許堅定！

腓德烈克・溫特伍

我得走了，儘管我的命運未決。但我將儘快回到這裡，或者跟隨你們大家。妳的一句話、一個眼神，就足以決定我今晚是否走進妳父親的房子，或者永不踏入。

這樣的一封信教人難以很快平復心情。半小時的獨處和沉思或許能使她平靜下來。但由於目前的處境充滿束縛，才過了十分鐘，她的思緒就被打斷，絲毫無法讓自己恢復平靜。甚至，每一刻都帶來嶄新的情緒擾動，那是無法稍抑的幸福感。正當她仍在享受這份初來乍到的激越之情時，查爾斯、瑪麗和亨麗耶塔全都回來了。

她得表現出平常模樣的自己才行，但這立即使她的內心陷入交戰，過了一會兒她便決定投降。她開始聽不進他們說的任何話，於是不得不以身體微恙當藉口。他們隨即察覺她的氣色非常差，又是吃驚又是關心的，而且說什麼也不願離開她的跟前。這眞是令人不快哪！其實只要他們都走開，獨自留她靜靜地待在房間裡，她就會好起來的。可他們全都圍繞著、伺候著她，反倒使她心煩不已；絕望之餘，她便說要回家。

「那好，我親愛的，」瑪斯格羅夫太太喊道：「馬上回家去，好好照顧自己，希望妳能好起來參加今晚的派對。眞希望保母賽拉在這兒，她就能照料妳，畢竟我自己不懂照顧病人哪！查爾斯，搖鈴找輛人力轎子來，她這個樣子沒法自己走回去的。」

坐人力轎子，萬萬不可！慘事莫此爲甚！如果是自己一人靜靜地往城北走去，安甚至認爲可能會遇見溫特伍上校，並說上幾句話，而且她幾乎肯定能遇見他；倘若因爲坐轎子而失去了這機會，這是她絕無法忍受的。安堅決表示自己不需要轎子。至於瑪斯格羅夫太太，現在一聽到「身體不適」便只往一個方向去想，她帶著幾許憂慮地自我喊話：安最近並未滑倒，頭部也未受到撞擊；於是，就在完完全全確認了安未曾摔跤之後，她便欣然同意讓安離開，並深信到了晚上安的身子一定會好轉。

安擔心事有不周，便試圖說道：「夫人，我擔心有什麼未傳達清楚的地方。煩請轉達另外兩位男士，我們誠摯希望今晚能見到你們大家。我擔心這之中有什麼誤解，所以特別請您轉告哈維爾上校和溫特伍上校，我們希望能見到他們兩位。」

「噢，我親愛的，我向妳保證，這事兒傳達得清清楚楚的。哈維爾上校一定會去的。」

「您眞這麼認爲？但我還是有些擔心。如果他們沒來的話，我會感到非常遺憾的。您能否答應我，再見到他們的時候，請如此傳達我的邀約之意？我想，今天中午以前您還會再見到他們倆的。請您務必答應我。」

「如果這是妳的請求，我肯定幫忙傳達。查爾斯，你如果見到哈維爾上校，記得替安轉達口信。但說眞的，我親愛的，妳不需要這麼擔心。我確信哈維爾上校一定會去，我想溫特伍上校也是一樣。」

安無法再多做什麼努力了，但內心仍隱隱覺得，會有某種陰錯陽差損及她那全然幸福的愛情。然而，這種念頭並未持續很久。她想著，即使他沒能來坎登廣場參加派對，她也會盡一切力量請哈維爾上校代爲轉達自己的明確心意。

下一瞬間又發生了令人苦惱的事。在眞心關切與善良天性的驅使下，查爾斯想陪伴她走回家，他堅持非這麼做不可。這下可糟了！但她也不能一直不知感激，畢竟爲了護送她，他不惜犧牲與一名製槍師傅會面的約定。他們啓程了，安只好一路帶著表面的感激之情而行。

當他們走到聯合街時，身後傳來了一陣加快的腳步聲，足音聽起來頗熟悉，這爲她稍後與溫特伍上校的照面，帶來了充分的心理準備。他追了上來，但對於是否加入他們或逕自向前走，似顯得遲疑。他不發一語，只是注視著安。安頗爲鎭定地讓他端視著自己，且表現出溫暖動人的神色。因而，這邊的雙頰由蒼白轉緋紅，那邊的動作由遲疑轉堅定。他走在她的身旁。不一會兒，查爾斯靈機一動地說：

「溫特伍上校，你準備上哪兒去？只到蓋街嗎？或是要往更北邊的市區去？」

「我還不知道。」溫特伍上校給了一個出人意表的回答。

「那你會往更北一點的貝蒙街去嗎？你會去坎登廣場那一帶嗎？因為如果是的話，我就用不著客氣地請你代我護送安到家門口。她今天早上累壞了，得有人扶著她走路才能回到家。我得趕到市場一個傢伙的店舖那兒，他答應讓我看一支正準備要寄出的上好獵槍，他說會替我保留到最後一分鐘再做包裝；如果我現在再不往回走，就沒機會了。根據他對槍的描述，聽說和我那支口徑次一級的雙管獵槍非常相似，就是之前某次在溫斯洛附近打獵，你用的那一支。」

想當然耳，自是再同意也不過。從外人的眼光來看，溫特伍上校只是展現了最合宜有禮的樂意應允，他抑制著笑容，內心卻手舞足蹈地狂喜著。半分鐘之後，查爾斯已然消失在聯合街的另一端；這兩位則繼續前行，他們很快地交談了許多，並決定往較為幽靜的貴佛道（Gravel Walk）走去。在那裡，此番談話影響所及，無疑眞眞切切使當下的每一刻都成了幸福時光，也為兩人日後的生活傾注了永不磨滅的快樂回憶。他們再度交換了對彼此的情感與承諾，就如昔日也曾為之且看似一切穩當那樣，只是沒想到當時隨之而來的竟是這許多、許多年的分離與疏遠。他們重拾了舊日時光，或許與當年想望的結合相比，今日的復合反倒帶來了更多的快樂；通過了更多的柔情以對、考驗以試，如今已然更加瞭解彼此的性格與忠貞不渝的情感，並且更有行動能力，行動之中也更見正當性。他們緩緩地踱步上坡，不管身旁迎面來去的是閒逛中的政治家、奔忙中的女傭、送秋波的女孩，或是保母和孩子，他們一律未多注意，只管沉浸在兩人過去與現在的共同經歷之中，尤以那些不久前還衝擊著彼此、使人印象至深且鉅的事件釐清說明，特別引起兩人的關注。上週發生的種種細微變化全都提了出來說個仔細，至於昨天和今天發生的事則更是毫無止盡地談論著。

她並未誤解他。對艾略特先生的嫉妒之情，成了他裹足不前的心頭重擔，是疑慮，更帶來苦惱。自從在巴斯第一次見到她時，嫉妒之心便油然而生；經過短暫幾日的懸而未決，在音樂會上嫉妒心又回來了，並終致毀了一切；甚至，在過去這二十四小時裡，嫉妒的心情更影響著他的一言一行，或者該說使他毫無作聲與動作。然而，從她的神情或談話、或偶爾的鼓舞舉動看來，他感覺自己頗有一絲希望，這才使嫉妒之心逐漸消解；最後，則因聽到她和哈維爾上校談話時懷抱的深情和語氣，而徹底受到了征服；終於，他不能自已地隨手抓了張紙，不可遏抑地盡情傾吐自己的情感。

對於信中的字字句句，他沒有什麼要收回的，更毫無任何保留。他堅稱除了她，從未愛過別人。她是無可取代的，他從未見過能與她相媲美的女性。這一切在在使他不得不承認，自己之所以一直對她懷抱堅定情感，是不知不覺而然的，甚至可說是無心而就。他也不得不承認，自己曾想過要忘記她，並以爲自己做得到。他自以爲對她漠不關心，但那其實是出於怨恨之情；先前未能持平看待她的優點，只因他曾深受其害。現在，他的內心已很確切地明白，她的性格之所以完美，在於她具備了最美好中庸的堅毅與溫柔特質；但他卻不得不承認，自己是在厄波克羅斯才學會公允地看待她，在萊姆他才開始懂得自己的心情。

在萊姆，他學到的教訓不只一件。艾略特先生那驚鴻一瞥的愛意，起碼喚醒了他對她的情感；還有，在堤防上、在哈維爾上校家中經歷的種種，無不確認了她在性格方面的過人之處。

而談到他先前試著去愛露易莎．瑪斯格羅夫一事，他說那是出於憤怒的自尊所為，並堅稱自己始終認為那是不可能的，以及自己從來不曾、也不可能會愛上她。然而，一直到發生不幸事件那天，以及在那之後的空暇沉思裡，他才認識到有一種完美至極的心靈，是露易莎絲毫無法企及的，或者說，在他內心沒有比這顆完美心靈更能擄獲他的了。他終於懂得性情莊重與任性妄為、沉著心志與率爾行事之間的差別何在。他這才發現，那位他曾失去的女性，隨著每件事的發生無不一再提升她於自己心中的評價。他開始為自己的驕傲、愚蠢，與過激的怨恨之情感到懊悔，恨沒能把握先前得以接觸她的種種機會，試著重新追求她。

從那時起，他對自我的悔恨變得益發嚴苛。他好不容易才從露易莎剛發生意外那幾天的驚恐與自責心情得到釋放，好不容易才開始感覺自己又活了過來，卻發現自己雖然活著，可失去了自由。

「我發現，」他說：「哈維爾竟認定我已有了婚約！哈維爾夫婦都認為我和露易莎之間有愛情。我嚇壞了並且感到震驚。某種程度而言，我是可以立即駁斥的，但當我開始想及，其他人包括她的家人、甚至她本人在內會否也都這麼認為，如此一來我便無從替自己作主了。顯然在道義上我已經是她的人，如果她是這麼希望的話。我太輕率了，先前從未認真想過這件事。我從未考慮到，就許多方面而言，自己過分親密的舉動將導致危險的後果；而且，我也無權嘗試讓自己愛上兩姐妹之中的任何一位，這麼做即使不導致其他嚴重後果，也可能引來極不適當的風評。我實在錯得離譜，而必得承受一切苦果。」

簡而言之，當他發現自己已身陷此局面時，一切都太遲了。即使他很確信自己並未愛上露易莎，但倘若她如同哈維爾所認定的那樣，對他是有愛的，那麼他對她便有道義上的責任。他因而決定離開萊姆，到別處靜待她的痊癒。不論得採取任何正當方法，這麼做無非是想讓其他人以爲他對露易莎可能抱持的情感與臆測，逐漸淡化下來。於是，他去了他弟弟那兒，打算過一陣子再回凱林奇，之後再見機行事。

「我在艾德華那兒待了六個星期，」他說：「看到他過得很幸福。除此之外，我沒有其他快樂可言，我不配得到啊！艾德華還特別問起妳，他甚至問及妳的容貌有否改變，卻沒想到在我眼裡妳永遠是妳。」

安微笑著，並打算聽過便罷。這番話胡說得太過動聽，實在欠責備。一名二十八歲的女性，被人讚爲青春常駐、魅力不減，聽來的確頗感安慰。但在安的心中，相較於他先前曾說過的話，此番愛慕之詞代表的意義無價，絕非言語所能形容；這並非是他情感復活的理由，而是熱烈情感復活後，情人眼裡自然出西施的結果。

他一直待在什羅普郡，不斷悔恨自己愚昧的驕傲、釀下的大錯，直到接獲露易莎與班尼克兩人的驚喜婚訊，才立刻釋放了禁錮的心。

「如此一來，」他說：「我最壞的處境便已劃下句點。現在，我至少有機會盡力爲自己做點什麼來捉住幸福。想想，若將時間長久耗在等待上而沒能付諸行動，再等下去必然只會招致不幸，這樣實在太悲慘了。所以，接獲婚訊不到五分鐘我便說：『星期三我就到巴斯去。』於是，我來了。認爲自己或許還有幾分希望而專程前來，應該算是正當理由吧？妳仍舊單身，我認爲妳很可能和我一樣，還存有幾許過去的情感，而且，有件事鼓舞了我。我從不懷疑會有其他男性愛妳並追求妳，但我確切知道妳至少曾拒絕過一位男性，這個人的身家條件比我更好，爲此我不禁常常自問：『這是爲了我嗎？』」

關於密爾松街的第一次碰面，自然有許多話題可聊，至於音樂會，可說的事當然更多。那一晚似乎是由許多微妙時刻串連組成。在八角廳，她主動趨前與他交談的片刻；艾略特先生出現後，霸佔她不放的片刻；以及接下來那一兩個標誌著愛情重燃展望、或令人萬分沮喪的光景等等，他們無不熱烈地侃侃談論著。

「看著妳，」他喊道：「和那些對我不可能會有善意的人在一起；看著妳堂兄坐在妳身旁，和妳有說有笑的，我突然驚覺這是多麼門當戶對的組合。我想著，那些對妳有影響力的人肯定如此期待著吧！甚至，即使妳個人再不願意、對他再沒情意，但那些人可都是站在他那邊的堅強說客啊！倘若那時我貿然地出現在妳面前，不像個十足的傻子是什麼？此情此景，教我看了怎能不痛苦。我還看到那位『忘年之交』就坐在妳身後，讓人很難不想起她對妳的影響力，她過去以無可撼動之姿說服妳的那份強力印象。這一切的一切，全都不利於我啊！」

「你應該去釐清事情的本質，」安回答：「你不該這麼不信任我呀！現在和過去的情況不一樣，我也不是當年的我了。如果我曾經錯在不該順從別人的勸服，請記住那份勸服是想引領我走向安全而非風險。當時我的順從，是出自對義務的順從，我有義務讓自己過得好而不使家人擔心。但現在的情況，卻絕不叫做服從義務。我如果嫁給一個不正派的人，那才是招致各種風險、違背所有義務。」

「或許我的確該如此推論，」他回答：「但我就是做不到。進一步瞭解妳的個性是最近的事，我一時還無法從妳的角度去想事情，並從中窺見愛情的希望，而是仍然覆沒迷失在這些年來持續刺痛我的昔日感受裡。我只能想到，當年的妳選擇順從，放棄了我，而且任何人都有辦法影響妳，就我不行。我看著妳們在一塊兒，那可是在悲慘當年指引妳該怎麼做的那位忘年之交啊！這麼一來，只能讓我以爲她的權威不減當年，再者，也不能小看長久積習的力量。」

「我還以爲，」安說著：「我對你表現出的態度，能讓你一掃過去的陰霾。」

「不，並非如此。妳舉手投足透露出的安適自在，會讓我以爲妳已有了婚約，所以顯得神清氣爽。音樂會當晚，我帶著這樣的想法離去，然而我卻堅決想再見到妳，這就是，經過一晚來到早上又令我重啓精神、讓我繼續留下的一股動力。」

最後，安又回到家裡，她內心充塞的幸福感絕非這個家的任何人所能想像。所有驚詫未決的局面、今早一開始的那些痛苦全隨著此番長談而煙消雲散，再次踏進這個家的她如此幸福，這份快樂竟讓人患得患失了起來。要消解從高漲幸福感底下飄出的不安念頭，唯有片刻嚴肅而充滿感激的沉思才能辦到。於是，她回到自己的房間，在滿懷感激的喜悅情緒裡，逐漸安定下這份幸福感受，生出了無畏的信心。

夜晚降臨，客廳照亮得燈火通明，賓客聚首。這不過是玩紙牌的派對，不過聚集了以往從不相識的人與那些太過頻繁相見的人。一場平淡無奇的聚會，要親近彼此嫌人太多，要豐富有趣嫌人太少，但安卻感覺今晚的時光過得特別快。內心充滿幸福情感的她，神采分外秀美動人，因而超乎自己想像與盼望的受到眾人讚賞，對於身旁所有人，她也一律報以寬容的好心情看待。艾略特先生當然在，她迴避著他，對他感到同情。對於華利斯夫婦，她則興致盎然地試圖融入他們。道林波夫人和卡特蕾小姐，也很快成了不那麼令人反感的親戚。她並不在意克蕾夫人，而父親與姐姐也沒做出任何有違社交禮儀的舉動使她感到困窘。與瑪斯格羅夫家的人則自在快樂地交談；和哈維爾上校溫情互動如兄妹；想跟羅素夫人好好談話，卻總受到心中那份甜蜜的幸福打斷；對於卡夫特夫婦，她則同樣得隱藏內心的幸福感受，但這並不妨礙他們之間情眞意摯的談話與關心。至於和溫特伍上校，則不斷有短暫交談的機會且多多益善，她並意識到他時時刻刻都在自己的跟前。

其中有一次，兩人看似正在欣賞端麗的溫室植物擺設，實則短暫談著話。

她說：「我一直想起過去的事，並試著公正看待自己的作爲是對或錯。我必須說，我認爲自己做對了，儘管因此承受了許多煎熬苦果；我仍確信當時聽從我那忘年之交的指引是對的，而日後你一定也會更加敬愛她的。她對我而言就像是母親。不過請別誤解，我並不是要說她給的建議是對的。或許，所有建議是好或壞都得就個別情況去看。但如果是我，就當年的類似情況而言，我是不可能會這麼去建議的。我說我做對了，是指順從她這件事。如果當年我沒聽她的話，比起立刻放棄婚約的痛苦，我勢將爲了這樁遙遙無期的長久婚約而更受折磨，這是因爲我對不起自己的良心。只要人類天性中仍存在著良知，那麼至少我現在是心懷坦蕩、無可責難的；而如果我沒錯的話，這份努力善盡義務的強烈責任感，也可算是女人天性中不算太壞的成分吧！」

他看看她，接著往羅素夫人那兒看去，然後再次看著她，狀似愼重地回答著：

「現在還做不到，但假以時日我會原諒她的，我相信自己很快就能寬容以對。而且我也一直想起過去的事，內心並浮現了一個疑問：難道除了那位女士，就沒有另一號更可惡的大敵嗎？答案指的是我自己。請告訴我，一八〇八年當我帶著幾千英鎊回到英國並受指派到『拉寇尼亞號』擔任艦長時，如果我那時寫信給妳，妳會回信嗎？終歸一句，妳那時會願意恢復婚約嗎？」

「當然！」她回答得很簡短，但語氣十分堅定。

「天啊！」他喊道：「妳是願意的！當時我不是沒想過或渴望過，因爲唯有這樁心願實現了才能使我的成就更加圓滿。但我的自尊心卻是那麼強，太過驕傲而不願再次求婚。我絲毫沒能理解妳。我閉上了雙眼，不願去理解妳或持平地看待妳。這段回憶如今想起，除了我以外，每個人早就都該受到原諒。或許，也可免於這六年的分離與煎熬。這於我又是個痛楚，而且才剛降臨。我一向對自己擁有的一分耕耘一分報酬感到自滿，我習於以名實相副的名利收成看待自我價值。然而，就像那些身居逆境的偉人那樣，」他笑著補充道：「我必須努力學習讓自己的心順從命運，學習接受並品嘗生命中不期然收穫的甜美果實。」

譯註：

①the Sultaness Scheherazade's head。典故來自《一千零一夜》（即《天方夜譚》），故事一開始，源自一位阿拉伯國王因發現妻子出軌，從此不信任女性；為了報復，他決定每天都娶一個新娘，並在隔天賜死她。就在國王不知已處死多少女子之後，宰相的女兒雪赫瑞瑟德自願嫁給國王，她絕頂聰明，每晚都說一則故事給國王聽，且故意將這些扣人心弦的動聽故事結局留待隔天見分曉。自此國王為了聽故事，便讓雪赫瑞瑟德活過一天又一天，直到一千零一個日子過去……。

②珍．奧斯汀出於對海軍的喜愛，頗喜愛使用海軍式的譬喻手法，此處是指哈維爾上校自認所處狀態相當安適，亦即與安談話令他感到愉快。

第二十四章

Persuasion

誰會懷疑接下來的事態發展？倘若有兩個年輕人突然動了結婚的念頭，無論經濟狀況再怎麼拮据、決定下得再怎麼草率，或根本不是彼此的眞命天子／女，他們還是會不顧一切地想結婚。這些也許都是不良的結婚示範，但我認爲這種事所在多有。而如果這些人都結得成婚，那麼像溫特伍上校和安這樣一對心智成熟、判斷力明晰且具備獨立生活經濟條件的戀人，想結婚豈有度不過的難關？就實際情況而言，他們的能耐並無用武之地，除了缺乏家人的眞心祝福，便沒有什麼好煩惱的事。沃特爵士並未反對，伊麗莎白則僅無害地顯出事不關己的冷漠態度。溫特伍上校早已不是無足輕重之人，就財力而言他擁有兩萬五千英鎊，就名位而言他早已因才幹卓越獲致了最佳晉升。現在的他絕對夠資格向從男爵的千金求婚；這名從男爵既愚蠢又揮霍，絲毫不懂理財用度，糟蹋了上天賜與的世襲福澤，經濟情況左支右絀的他，如今只拿得出女兒所應繼承一萬英鎊財產的一小部分。

沃特爵士並不疼愛安，此時此刻他既不感到虛榮也未見眞心快樂，儘管如此，他仍認爲女兒的這門婚事還不壞。相反地，當他後來常有機會在公開場合見到溫特伍上校並仔細端詳之，他對這位女婿的容貌可是越看越滿意，而且感覺溫特伍上校的出眾儀表還算能匹配安的高貴出身；除了這一切，溫特伍上校還有響亮的名聲。這才使他喜孜孜地提起筆，準備在那本《從男爵名冊》插入婚姻事項的記載。

在這些家人之中，唯一可能使這對佳偶感到焦慮擔心的，便是羅素夫人的反對意見。安知道，夫人的內心必定在受苦，她在識清艾略特先生的眞面目之後，便不得不放棄讓他與安結婚的盤算；她也必定在掙扎，她得眞正去認識溫特伍上校，還他一個公允的評價。然而，這就是羅素夫人現在要做的功課。她必須學著去相信自己錯看了這兩位男士，他們截然不同的外在舉止使她形成了偏見與偏心的觀感。就因爲溫特伍上校顯於外的神態模樣，不是她所喜歡的類型，便遽下斷語認爲他的性格危險又躁進；而艾略特先生的舉止則因得體穩當、溫和有禮，剛好正中下懷，使她認爲此人必然處世觀念相當正確、心志非常沉著，於是很快接受了他。羅素夫人要做的，就是承認了她完全錯看了他們兩位，並早日形成新的看法與期許。

有些人，對人對事相當敏覺，洞察力非常細微，明心見性是他們的夙慧；簡單地說，這種特質與是否飽經世事歷練無關，羅素夫人在這方面的判斷力並不如她的年輕朋友安。但她卻是一位非常美好的女性，如果說，她人生的次要目標是追求通達的智慧與清晰的判斷力，那麼她的首要希望就是看到安擁有幸福。她對安的愛，勝過她對自己洞悉世事能力的琢磨之心。一掃剛開始的尷尬之情後，對於爲安帶來幸福的這位年輕男子，她發現，要像個母親般愛他如子一點也不難。

全家人之中，瑪麗大概是獲悉婚事第一時間便十分開心的一位。自己的姐姐要結婚當然可喜可賀，而且她還可以居功地說自己是促成此婚事的重要推手，因爲去年秋天是她要安到厄波克羅斯陪伴自己的；讓瑪麗備感滿意的事還有，由於自己的姐姐當然比夫家兩位小姑的條件好上許多，因此相較於班尼克上校和查爾斯・海特，溫特伍上校確然應該是最富有的那一位。當她們姐妹倆後來再度碰面時，眼睜睜把自己居上位的權利交還給姐姐①，以及看著姐姐擁有一輛非常氣派的四馬馬車，或許瑪麗還是有那麼一點不是滋味，但她告訴自己，她有美好的未來可展望，這是最大的安慰。畢竟，安可沒擁有厄波克羅斯別墅，沒有地產、也沒有一家之主可當；而且，只要溫特伍上校沒受封為從男爵，她與安的處境就不會幡然丕變。

至於她們的大姐，若能和瑪麗一樣滿足於自己的處境則再好不過，畢竟她的情況更是不太可能有什麼改變。很快地，她便因發現艾略特先生離開了而感到羞辱。先前，艾略特先生的出現激起了她不切實際的希望，但這份希望卻隨著他的離開而崩解，從此再沒出現過任何條件合適的男性。

得知堂妹安的婚訊，最感到意外的人是艾略特先生。這打亂了他追求幸福婚姻的絕佳計畫，也擾亂了他藉女婿身分之便監視沃特爵士不可再婚的絕佳希望。但儘管計畫失敗、心情沮喪，他還是能做點什麼以促進自己的利益與享樂。很快地，他離開了巴斯，克蕾太太也旋即離開巴斯，後來便聽說她在他的保護下受安置於倫敦。至此一切再清楚不過，他是如何從一開始便玩著兩面手法，以及他是多麼堅決固守著爵位的繼承，至少不讓這名狡詐的女人壞了他的事。

克蕾太太則是被情感沖昏頭，交出了理智；為了這名年輕男子，她竟不惜犧牲繼續盤算沃特爵士的可能性。然而，她不僅有情感，更有手腕。他們倆究竟誰的狡獪奸計能得逞？畢竟，在他阻撓她嫁給沃特爵士之後，難保自己不會落入她的蜜語柔情攻勢，讓她成爲威廉爵士夫人？這一切仍是未定之數。

不消說，沃特爵士和伊麗莎白對於失去克蕾太太這位同伴，並發現她原來一直在欺騙他們，自是感到無比震驚與屈辱。的確，他們擁有高貴的親戚，可以經常往來以獲得慰藉；但他們必定會感到，得一直去奉承追隨別人，卻不再有人奉承追隨自己，這種處境只能算是半喜不樂。

羅素夫人則是很快就調適好自己，準備對溫特伍上校展現長輩應有的愛護之意。對此安感到很欣慰，再沒有其他煩惱會損及她的幸福未來，除了意識到自己竟沒有任何通達事理的親人能仰仗、能將他介紹給丈夫這件事以外。她覺得很自卑。兩人的財富比例懸殊，她一點也不遺憾，只是她卻沒有任何一位家人能得體地接納他與敬重他；她是那麼受到大姑與小叔的眞心重視和熱情接納，但自己家人這邊，卻不見任何尊重與善意，也沒有和諧的氣氛能回報他；這是全然沉浸在幸福快樂之中的她，內心最鮮明的痛苦。在這世界上，她只能爲他帶來羅素夫人和史密斯太太這兩位朋友。但他是非常樂意與她們互動往來的。對於羅素夫人，如今他已能撇開她先前的過錯，打從心底珍視這位長輩。他當然不可能說些「我認爲您當年拆散我們的行爲是對的」這種話，除此之外，他已準備好盡可能說些悅耳動聽的話。至於史密斯太太，她當然具備了許多令他很快便感到親切並樂意與之長久往來的人格特質。

如果沒有史密斯太太，艾略特先生的眞面目就不會被揭露；這是史密斯太太最近爲安幫上的大忙。溫特伍上校與安結婚，不僅沒讓她少了個朋友，反而多結交了一個朋友。她是他們結婚後第一個上門恭賀的訪客，而溫特伍上校則是熱心幫助她，讓她有機會能取回史密斯先生在西印度群島的資產。他以一個膽大心細男人與一個忠實可靠朋友的立場付出了最大努力，爲她寫信，爲她奔走，就連最枝微末節的事項也一併幫忙處理，此番盡心是對她先前曾幫了妻子一個大忙的報答感謝。

史密斯太太並不因最近財富增加、健康方面稍見改善、擁有可經常往來的朋友，而使自己的快活個性走樣，這都是拜她天生樂觀開朗、心智充滿彈性的特質所賜。只要這些重要且美好的人格特質依舊在，她甚至可能超然看待不斷湧來的物質榮華。她可能會變得很富有、很健康，但她仍舊是那個快活的她。她人生的快樂泉源來自發光發熱的內在靈魂，她的朋友安則來自一顆充滿溫情的心。安是柔情似水的，溫特伍上校的熾熱情感涵容了她的一切。但因爲他海軍職業的關係，她的朋友們擔心未來若有戰爭爆發，很可能會令她的幸福快樂蒙上陰影，她們無不希望或許她還是少點柔情的好。她以身爲一名海員的妻子爲傲，卻必得隱隱承受伴隨丈夫這項職業而來的參戰壓力，如果可能，比起馳騁沙場，還是讓海軍把居家好男人的角色扮演好會更爲卓然有功吧！

譯註：

①現在，安與瑪麗都是已婚女性了，在同一個社交場合裡，基於安是較為年長的姐姐，所以身為從男爵次女的她將取代妹妹瑪麗的地位，擁有居上位的權利。

國家圖書館出版品預行編目資料

勸服／珍・奧斯汀（Jane Austen）原著；簡伊婕翻譯．
——初版．——臺中市　：好讀，2010.02
面：　公分，——（典藏經典；26）

譯自：Persuasion

ISBN 978-986-178-141-9（平裝）

873.57　　98022048

好讀出版

典藏經典 26

勸服

原　　著／珍・奧斯汀
翻　　譯／簡伊婕
總 編 輯／鄧茵茵
文字編輯／林碧瑩
美術編輯／謝靜宜、賴怡君

發 行 所／好讀出版有限公司
台中市 407 西屯區何厝里 19 鄰大有街 13 號
TEL:04-23157795　FAX:04-23144188
http://howdo.morningstar.com.tw
（如對本書編輯或內容有意見，請來電或上網告訴我們）
法律顧問／陳思成律師

郵政劃撥：15060393 知己圖書股份有限公司
台北公司：台北市 106 羅斯福路二段 95 號 4 樓之 3
TEL:02-23672044　FAX:02-23635741
台中公司：台中市 407 工業區 30 路 1 號
TEL:04-23595820　FAX:04-23597123

初版／西元 2010 年 2 月 15 日
初版六刷／西元 2017 年 3 月 1 日
定價：250 元
如有破損或裝訂錯誤，請寄回台中市 407 工業區 30 路 1 號更換（好讀倉儲部收）

Published by How-Do Publishing Co., Ltd.
2010 Printed in Taiwan

ISBN 978-986-178-141-9

讀者回函

只要寄回本回函，就能不定時收到晨星出版集團最新電子報及相關優惠活動訊息，並有機會參加抽獎，獲得贈書。因此有電子信箱的讀者，千萬別吝於寫上你的信箱地址

書名：勸服

姓名：__________ 性別：□男 □女 生日：____年____月____日

教育程度：__________

職業：□學生 □教師 □一般職員 □企業主管

□家庭主婦 □自由業 □醫護 □軍警 □其他__________

電子郵件信箱（e-mail）：__________ 電話：__________

聯絡地址：□□□ __________

你怎麼發現這本書的？

□書店 □網路書店（哪一個？）__________ □朋友推薦 □學校選書

□報章雜誌報導 □其他__________

買這本書的原因是：__________

□內容題材深得我心 □價格便宜 □封面與內頁設計很優 □其他__________

你對這本書還有其他意見嗎？請通通告訴我們：

____

你買過幾本好讀的書？（不包括現在這一本）

□沒買過 □ 1 ～ 5 本 □ 6 ～ 10 本 □ 11 ～ 20 本 □太多了

你希望能如何得到更多好讀的出版訊息？

□常寄電子報 □網站常常更新 □常在報章雜誌上看到好讀新書消息

□我有更棒的想法__________

最後請推薦五個閱讀同好的姓名與 E-mail，讓他們也能收到好讀的近期書訊：

1. __________

2. __________

3. __________

4. __________

5. __________

我們確實接收到你對好讀的心意了，再次感謝你抽空填寫這份回函

請有空時上網或來信與我們交換意見，好讀出版有限公司編輯部同仁感謝你！

好讀的部落格：http://howdo.morningstar.com.tw/

請填妥後對折黏貼，直接投郵即可，無須貼郵票。

廣告回函
台灣中區郵政管理局
登記證第 3877 號
免貼郵票

好讀出版有限公司　編輯部收

407 台中市西屯區何厝里大有街 13 號
電話：04-23157795-6　傳真：04-23144188

沿虛線對折

購買好讀出版書籍的方法：

一、先請你上晨星網路書店http://www.morningstar.com.tw檢索書目或直接在網上購買

二、以郵政劃撥購書：帳號15060393 戶名：知己圖書股份有限公司並在通信欄中註明你想買的書名與數量

三、大量訂購者可直接以客服專線洽詢，有專人爲您服務：
客服專線：04-23595819轉230 傳真：04-23597123

四、客服信箱：service@morningstar.com.tw